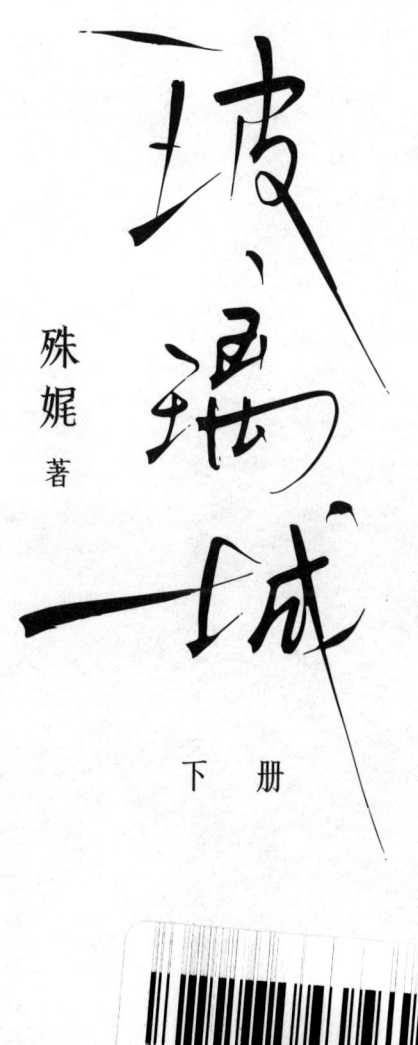

殊娓 著

下 册

青岛出版集团 | 青岛出版社

第六章
可以继续

裴未抒的手又一次落在她的发顶,他轻轻地揉了揉她的头发,宋晞才意识到自己哭了。

眼泪来势汹汹,她几乎说不出话,只能慢慢地蹲下,以手掩面。

他们在10月下旬去鹭岛出差,再回来。在月余的时间里,他们走得如此近,其实宋晞也有察觉,裴未抒对她不太一样。

可她没敢有过太多的憧憬。

她猝不及防地听到裴未抒的这些话,还是忍不住那些眼泪,哭得比上次还惨。

《活着》里生活贫苦的"苦根"突然有了煮豆子可吃,吃得太多,被豆子撑死了。

在这个微雪的冬夜里,宋晞也意外地得到了太多的"豆子"。

那些感情就像被水泡发的干豆子,争先恐后地膨胀,拥挤在每一条神经里,令她一时难以负荷。

2010年的这个时节,她在每天的晚上拿着信封跑到裴未抒的家门前,趁着四下无人,把心事投进信箱里,再雀跃着和"超人"一起蹦着跑着,踩着积雪回家。

她当时并未想过自己会在六年后的又一个12月，在一个平凡的夜晚，听到回音。

她不只是喜极而泣。

在她努力地向上、拼命地成长的时间里，那些有过的不甘心和委屈此刻通通地涌出来。

宋晞一边哭一边想：裴未抒一定会觉得她很奇怪吧？他会觉得她哭得莫名其妙吧？

但裴未抒只陪着她蹲下来。

他不知道宋晞为什么哭，比她更慌乱："好了好了，不哭……"

曾在国外的顶级律所里侃侃而谈的法律人愣是词穷语塞。

把一句"不哭"重复了几遍，裴未抒才终于找回自己的言语。

语气很温柔，他像怕吓着她似的，说："宋晞，我说喜欢你，不是想索取什么，只想告诉你，你很好，值得被喜欢。"

宋晞抬起头，泪水涟涟。

视线模糊，她看不清裴未抒的表情。

他用温暖的指腹蹭掉她的眼泪，然后说："我知道你有放不下的人，你放不下就不放下，我没逼你做什么，你不要哭。"

他说他读过国际学校、能说流利的英语、能出国读书旅行，真遇见喜欢的人，还是会自我怀疑。

他说："我喜欢你。"

他说："只想告诉你，你很好，值得被喜欢。"

…………

成长的道路上，那些生怕自己落后的焦虑与不安，在漫长的岁月之后，终于被治愈。

宋晞很想跟裴未抒说些什么，却又不知道如何开口。

这太难以启齿了。

她难道要告诉他，自己这么多年来喜欢的人就是他？

那裴未抒会怎么想呢？

她不得不承认，他们之前相处时，她有过一丝庆幸，庆幸自己是在这个时间点认识他的。

她也有过私心。

她不想让裴未抒知道那些过去,也不想让他知道"Yamal"和"阿加莎·克里斯蒂"从最开始就和他息息相关。

宋晞宁愿让裴未抒觉得,那些巧合的事和鹭岛山顶的便利贴一样,只是缘分。

玄关柜子上的手机不断地振动,裴未抒走过去帮她拿了手机。

屏幕上显示,来电人是"烦人精"。

他可能不太好说是"烦人精"给她打电话了,只把手机递到她的眼前:"你要接电话吗?"

哭成这样,宋晞不想接听任何人的电话,本能地摇头。

可裴未抒刚把手机拿开,她又反悔了,拉住他的袖口。

这个善良的女孩抽抽噎噎地说:"我……我得接电话,我的弟弟在国外读书,万一有什么事……"

宋晞擦了两下眼泪,把碎发别到耳后。

在她准备好接电话的瞬间,裴未抒已经帮忙点击了接听键,把手机贴在她的耳侧。

宋晞努力地压下哭腔。

况且,宋思凡"命令"般的语气也确实足够让人冷静,他在嘈杂的背景音中大声说:"喂,宋晞,我在机场,你过来接我。"

"哪个机场?"

"这还能是哪个机场?帝都呀,在T2航站楼,我等着取托运的行李呢,你快点儿过来呀。"

也是,现在已经是12月的中旬,宋思凡肯定放假了。可是大半夜的,他连招呼都不打,突然叫人接机,鬼才会想去。

宋晞拒绝道:"你自己打车吧。"

宋思凡鬼叫起来,声音提高了八度。他说得好像宋晞才是那个良心被狗吃掉的人:"我的腿受伤了呀,我妈没跟你说吗?"

宋晞自己都还有事情没处理明白,脑子里缠着一团乱麻,她哪里还记得宋思凡的腿伤?

她蹙眉想想,好像是有那么回事。

她上上次回去吃饭时,张茜说宋思凡去骑马时摔到腿了。她听张姨的语气,那只是小伤,并不算严重,大家没把这件事放在心上。

可那是 11 月底的事情,这都过去半个多月了,腿还没好吗?

宋思凡坚持说自己的腿伤未愈,现在已经是夜里的 11 点多,他总不能让家长们来接他。

这涉及安全的问题,宋晞毕竟是做姐姐的人,比人家年长 5 岁,不好拒绝,只能应下来。

她接电话时,裴未抒就陪在她的身边。

宋思凡在电话里的声音还挺大的,裴未抒应该也听见了,询问宋晞是否需要他陪着去机场。

托宋思凡的福,宋晞彻底冷静了。

她拒绝了裴未抒的提议,对他说自己的思绪很乱,想要一个人静静:"我自己去机场吧,你别陪我了。"

裴未抒点头:"行。"

她到底还是招待不周,也没能给裴未抒倒上一杯厨房里烧好的水。

他倒是陪着她下楼,走出小区,在便利店里买了一罐冰镇的饮料,用消毒的湿巾擦了擦,才把饮料递给她:"你在车上敷敷眼睛。"

他又从羽绒服的口袋里摸出一罐热饮:"你拿着它在路上喝。"

"裴未抒。"

"嗯?"

天冷,宋晞开口时呵出一团白雾,小声说:"你好平静啊,我……我的情绪起伏还挺大的。"

"我看上去平静?"

"嗯,你还挺平静的。"

方才下过一阵小雪,路面湿滑。

裴未抒站在路灯下,仔细地揣摩了一下自己的状态。

其实他理应平静,毕竟是学法律的人。

以前他在律所里见过太多奇葩的人了，有扯着律师的裤腿不让律师走、被拖出去半米仍不松手的人，也有那种哭天抢地、要死要活的人。

做他们这一行的人如果太心软，会被表象蒙蔽双眼，也会被利用。平静地对待任何事该是职业习惯。

但他今天真不算平静。

他只是不擅长表达负面的情绪，看上去像波澜不惊……

其实他快"惊"死了。他极少有束手无策的时候，在刚才宋晞哭的时候，他算是体验到这种感受了。

并且他刚告白过，也没收到什么答复，看人家女孩的样子，余情未了的可能性更大。

他怎么可能平静？

于是裴未抒说："你看错了。"

打车软件提醒着宋晞，出租车抵达了前面的路口，她已经能看见车灯了。

再过1分钟，出租车就能停在他们的面前。

宋晞把被冰镇过的饮料瓶放在右眼上，只用一只眼睛看着裴未抒。

她鼓起勇气，声音仍然很小："那我晚上从机场回来以后，能给你打一个电话吗？"

"能。"

"可是我回来的时候应该很晚了，你会等我吗？"

裴未抒对她笑笑，伸手帮她理了被夜风吹乱的头发："我等多久都行，你别再哭了。"

去机场的路上，宋晞坐在出租车的后排，安静地看着夜色。

直到行程过半，她才突然觉得很开心。

她独自驮着那些无望的期盼走了太久，以至于在突然得到回应时，显得如此惊慌失措。

这会儿她才反应过来，裴未抒真的说过"我喜欢你"。

宋晞很不合时宜地想起2008年的冬天，来自南方小镇的她第一次见到漫天的雪花。

她对朋友李瑾瑜说:"我第一次见这么大的雪,雪好美呀。"

课间李瑾瑜把她叫出去,用积雪攥了一个雪球,把雪球砸在她的身上:"宋晞,来呀,我们打雪仗啊。"

此刻的心情就像她被那个雪球砸中时的心情,既新奇又兴奋。

她想快点儿回去,想和裴未抒打电话,也想告诉他,自己也是喜欢他的。

不过眼下,她得先把腿脚不好的"烦人精"接回家。

到机场后,宋晞才发现,宋思凡口口声声说的腿伤未愈全都是骗人的。

她在机场里找到宋思凡时,大少爷正坐在他的那个巨大的行李箱上玩手机,手边还摆了超大杯的饮料,饮料被喝得见底了。

见到她,宋思凡还有脸埋怨,隔着好几米远的距离说:"你可太慢了。"

宋晞要被气死了。

要是没有宋思凡的电话,她在家里哭完,冷静下来,这会儿应该已经和裴未抒沟通完了。

她怪宋思凡,更怪自己反应迟钝。

她越想越和自己赌气,也就更没有心情搭理人。

宋晞站在原地叫了宋思凡一声,垮着脸招招手,示意他走,然后就转身径自朝等出租车的出口走去。

"宋晞,你,喂——"

宋思凡瞪大眼睛,瞬间从行李箱上起身,自己绊了自己一下,狼狈地追在后面:"不是,你吃错药了?!你等会儿……"

宋思凡大概也知道大半夜折腾人的行为有些恶劣,在出租车上反倒消停了。

过了挺久,宋思凡从宽松的羽绒服里掏出一个毛绒公仔塞给宋晞。

这是国外的一个挺贵的品牌,小公仔比巴掌大不了多少,就卖200多块钱。

宋晞整个人裹在羽绒服里,心不在焉,只以为宋思凡是在道歉,把公仔递回去:"我没生你的气,你留着吧,把它拿回去给宋思思玩。"

宋思凡却没接公仔。

他只不耐烦地丢下一句:"我也给那个小鬼买了,这就是给你的。"

"谢谢。"

他们进家门时,客厅里灯火通明。

宋晞的妈妈和张茜熬夜在沙发上等,怕宋思凡在长途的航班上吃不饱,还给他准备了夜宵,也怕汤冷掉,一直用小火煲着汤。

"晞晞饿不饿,也来吃点儿东西吧?"宋晞的妈妈问。

宋晞说自己晚上吃得挺饱的,同他们聊了几句,拿着手机躲回阁楼上,给裴未抒发信息:"我回来了。"

现在都凌晨的2点多了,裴未抒竟然秒回消息。

他还不是回信息,是直接把电话打了过来。

宋晞的心跳快得要命,脸皮烫得像发高烧。

她接起电话,声音简直不像自己的声音了:"你还没睡呀?"

"我没睡,不是说好了等你回来吗?你弟弟的腿怎么样?"

"他完全没事,跑得比我还快,就是装的。"

说完,宋晞深深地吸了一口气,才换了话题:"裴未抒,我有事情想和你商量。"

"嗯,你说。"

他可能是因为熬了夜,电话里的声音有点儿低沉嘶哑,宋晞听得更紧张了。

她蹲在书架旁,看着那本《陌生女人的来信》,把手压在心脏处,能感觉到里面像住了勤劳的鼓手,鼓手三更半夜还"咚咚咚咚"地敲鼓敲个不休。

"裴未抒,我也喜欢你。但有一件事挺麻烦的,其实我还没想好要怎么和你说,所以现在有点儿不知道怎么办才好……"

裴未抒沉默片刻,忽然问:"你刚刚是在说喜欢我吗?"

宋晞几乎脱口而出:"喜欢的。"

她说完，脸更烫了。

她现在感觉就是谁往她的脑门儿上磕开一个生鸡蛋，自己也能凭体温"滋滋"地把它烫熟。

阁楼的房门被紧紧地关着，房间里安静得能听见冬风轻轻地吹过窗缝的声音。

窗外悬着一轮温柔的下弦月。

月亮见证过几千年的悲欢离合，对阁楼里的人的慌张视而不见，不动声色地散发着它皎洁的光。

宋晞紧紧地攥着手机，用力到指腹泛白。她听见裴未抒的声音从小小的电子设备里传来——

他说："宋晞，我们在一起吧？"

夜里风停了，阁楼上陷入了一片宁静。

宋晞睡得不安稳，精神上的亢奋打败了生物钟，她短暂地入睡，顷刻间又醒来。

脑海里始终萦绕着裴未抒的那句话——"我们在一起吧""我们在一起吧""我们在一起吧"……

裴未抒这样问时，她连考虑都没超过三秒钟，非常遵从内心的想法，迅速地回答："那我们在一起吧。"

她太过激动，没控制住声音，声音大了些。

随后阁楼的门被敲响，宋晞的妈妈推开门，困惑地问宋晞这么晚了在和谁说话。

"没谁！"她吓得不轻，慌乱中竟然把电话挂断了。

她总觉得不真实。

她甚至产生了荒谬的念头——

自己会不会还是18岁，投递过信封之后，因为贪念太重，才蒙着被子做了这样长的梦？

宋晞忍不住从枕侧摸出手机，怕光亮会惊醒同样睡在阁楼上的妈妈，把头蒙在被子里。

手机上显示着日期和时间。

她睡前最后联系的人是裴未抒,她点进微信就能看见他的头像。

所有事是真实地发生过的,毕竟对话框里还留存着他们刚才的话:"我答应了,你听见了吧?"

"嗯,我听见了。"

"我的妈妈回屋睡觉了,我不能和你说啦,你睡吧,晚安。"

"晚安。"

宋晞只是看着这么几句对话,心跳又开始乱起来,她更加睡不着了。

这就算……开始谈恋爱了吗?

她想来想去,还是只能把这份特别的心情说给他听。

宋晞又给裴未抒发了信息。

她本来想说"我好兴奋""兴奋到睡不着",又觉得太不矜持,反反复复地删减话语,最后只发了七个字:"裴未抒,我睡不着。"

她其实也没指望他能回复消息的,毕竟现在已经快4点了。

可是她很快发现,对话框上方的"Yamal"变成了"对方正在输入……"的字样。

裴未抒回复她:"一样,我也睡不着。"

长方形的手机在被子里发出光亮,宋晞却觉得它此刻像月亮。

她喜欢裴未抒说他也睡不着的样子。

她终于不再唱独角戏了,紧张、开心、激动、失眠,有人和她同频。

她好高兴呀,真的好高兴好高兴。

宋晞想到一个很喜欢的英语短语,以前在英文读物里见过它几次——

"butterflies in my stomach"。

她初见这个短语时觉得惊恐,直白地翻译成"我的胃里有蝴蝶"。后来她结合书里的剧情发现,这个短语好像是在表达一种面对心上人时紧张和高兴的心情,表达那种像"小鹿乱撞"的感觉。而且她越看越妙,那种开心像胃里都住进了翩翩的蝴蝶,令人怦然心动又紧张。

她把这个短语发给裴未抒:"Butterflies in my stomach."

裴未抒回复的是:"On cloud nine."

这句话的意思不是"在九号云上"。

他是在说,他也极度开心。

不行了,她开心得快要爆炸了。

整个人闷在密不透风的被子里,有一种缺氧的感觉,可宋晞还是忍不住想要打滚儿、尖叫。

她又不得不压抑着快乐的心情,只能抿嘴偷笑。

要是今晚没有接宋思凡就好了,她就住在自己租住的房子里,说不定……

对话框里又冒出一句:"宋晞,我突然挺想见你。"

宋晞被说中心事,顿时觉得自己可能是疯了,竟然想要半夜偷偷地跑出去见裴未抒。

幸好她还有一丝理智,想着他不一定在他的爸妈那边,先发信息问他要定位。

裴未抒发来定位。他就在这边,和她只有千米的距离。

至于走过去需要多长的时间,她太熟悉了。

"裴未抒,我今天住得很近。"

"15分钟后你出门在外面等我,我去找你!"

怕吵醒家人,宋晞没穿拖鞋,只套上袜子,蹑手蹑脚地下楼。

"超人"睡在一楼,她不敢弄出太大的动静,紧绷着神经摘掉挂在玄关处的羽绒服,把羽绒服团成一团抱在怀里,又悄悄地溜出门。

到了院子里,她才把羽绒服套在睡衣的外面。

她在高中的三年里,走过成百上千次这条路。只有这次走这条路时,她是有"终点"的。

外面很冷,但宋晞感觉不到。

合欢树丛早已变得光秃秃,那些金属鸽子的雕塑在月色下泛着冷清的光泽。

她的"终点"站在雕塑前,牵着萨摩耶犬,在等她。

一路奔跑的脚步逐渐地慢下来,她真正要和他见面时,反而不如和他线上聊天儿时那么自在。

宋晞有些迷茫。

"在一起"之后的相处应该是什么样的?

她又突然有些慌乱,想到自己出来得太草率:

她昨晚哭过,尽管用冰饮料罐敷过眼睛,眼睛应该还是有点儿肿;宽大的羽绒服里套着的是睡衣;她也没顾得上照照镜子,理一理头发……

这时,路灯还未亮。

她能隐约地看见裴未抒的身影,他走过来,面容越来越清晰,眉眼间漫着笑意。

他先开了口:"我大概是疯了。"

裴未抒走到宋晞的面前,帮她理理头发。

他笑着说:"见你过来,我还挺紧张的,过去没体会过这种感受,感觉像在做梦。"

宋晞眨眨眼。

好神奇,她十几分钟前有过一模一样的想法。

裴未抒伸出手:"过来。"

宋晞不明所以地伸出小指:"什么意思?"

手指被他的手指钩住,裴未抒说:"我怕你睡醒了反悔,先拉钩吧。"

"驷马难追,你就别反悔了。"

裴未抒知道宋晞有过很辛苦的暗恋,她因为用心过,也许现在仍然未能放下那个人。

所以在相处中,他也愿意把自己的紧张、冲动等情感和她说一说。

他想要以这样的方式告诉她:

你看,我遇见喜欢的人也会这样。人在感情的事上,本来就是没办法独善其身的。

我是你的盟友。

裴未抒的坦诚给了宋晞极大的安全感。

那些不知道该如何和他相处的忐忑，在他妥当的言辞中，逐渐地消失了。

宋晞不擅长运动，熬夜又跑步，好半天都没调整好呼吸。

她在冷空气里呼出团团的白雾："可是，你怎么知道我住在这边的？"

"不知道。我本来在门口等的，听见你的脚步声，就过来了。"

裴未抒说着，把手里的羽绒服抖开，给宋晞穿上。

他猜到了她不会穿得太保暖，带了最厚最舒适的一件长款的羽绒服，羽绒服是鹅绒的，直接把宋晞裹成了竹筒粽。

"雪球"一直好奇地绕着宋晞转圈，左闻闻、右看看，尾巴摇成了花。

裴未抒说他出门时"雪球"非要跟着，怕吵醒家人，索性带着它一起来了。

他拍拍它的头："电灯泡，我来给你介绍一下，这是宋晞，是我的女朋友。"

电灯泡……

女朋友……

脸又红了，宋晞很不好意思地蹲下去，和"雪球"打招呼。

狗狗像是听懂了主人的话，居然热情起来，直往她的怀里钻。

比起那时，"雪球"胖了些，也老了些。它只是蹦跳了几下，就已经有些喘气了。

宋晞抱着毛茸茸的萨摩耶犬，像在拥抱一位老朋友。

这真是毫无准备的、冲动的一次见面。

深更半夜，他们其实也无处可去，宋晞穿着睡衣，也不好出现在裴未抒的家里。

两个人就带着莫名其妙兴奋的"雪球"，走在寂静无人的小区里，有一搭没一搭地聊着。

"裴未抒,你之前谈过恋爱吗?"

"没有。"

可是应该有很多女孩喜欢他吧?

她都撞见过有人向他表白呢。

宋晞也没谈过恋爱,不懂什么情侣间的禁忌。

她非常没心机,好奇地问:"你为什么不谈恋爱呢?"

裴未抒认真地思考后,回答:"我没这方面的心思,也没那么多时间。"

"蔡宇川说你在大学里修了双学位,你都有空学计算机的知识,没空谈恋爱吗?"

"我也可能受到了我姐姐的影响。"

裴嘉宁有点儿恋爱脑,很小的时候就谈恋爱,谈了挺多次恋爱。而且她比较追求那种轰轰烈烈的感情,还因为谈恋爱被请过家长。

"她恋爱时,情绪非常容易被对象左右。她和对象吵了架,回来会大哭、绝食、把自己关在屋里不出来……这些行为在我看来十分不理智。"

宋晞看了看四周模糊的景色,树木和房屋皆隐在昏暗中。

她喃喃自语:"可是我们在这种时候出来,好像也不太理智呢……"

"是呀。"

裴未抒忽然笑了:"但我感觉很不错。"

两个人在冰天雪地间散步。

北方的冬季有些萧条,万物凋零,宋晞却觉得心里有一颗种子迅速地生根发芽,枝丫交错,开出朵朵桃花。

宋晞问裴未抒:"这算是我们的第一次约会吗?"

裴未抒评价说这次约会过于简单,约她晚点儿再来一场正式的约会。

"什么时候?"

"等你睡醒。"

天蒙蒙亮时，宋晞溜回家里，带着一身愉悦的冷气，钻回被窝里。

反正今天是周六，她睡了一个懒觉，9点多才爬起来，下楼和宋思凡、宋思思兄妹一起吃了早饭。

饭后宋思凡叫住宋晞。

他昨晚送给宋晞的公仔被"超人"拖回了狗窝里，只露出半颗脑袋。

宋思凡指着那半颗脑袋，语气很冲："宋晞，我昨晚是把公仔送给狗了？你就这么对待别人送的东西？"

心情好极了，宋晞颇有点儿百毒不侵的意思，见谁都笑。

被宋思凡阴阳怪气地说了几句，她也没怼他，跑过去把公仔拿出来，拍掉狗毛，连声音都是上扬的："那我把它拿回阁楼上收起来吧。"

她回到阁楼上，正好能给裴未抒发信息。

本来这对新晋的情侣要在睡足之后约会，程熵突然从群里跳出来。

"大家来我家聚餐吧？"

"我买了'德国心脏病'，咱们玩桌游？"

"吃烤肉怎么样？"

"今天下雪，你就说下雪天和烤肉配不配？！"

蔡宇川回复："就你家的冰箱……能有烤肉？"

"买呗！"

"帝都没有超市吗？"

"其他人呢？"

"别睡了，出来嗨。"

以前他们聚会时确实也提到过，如果这个周末有空，就去程熵家聚会。

盛情难却，又和大家有言在先，宋晞和裴未抒只好把约会的时间先让出来。

但他们还是在去程熵家之前，相约去了超市。

只有他们两个人。

超市就在附近，宋晞怕裴未抒想起过去送她回家的事，主动地提出在小区门口等他。

到超市后，裴未抒推着车，跟在宋晞的身旁，他们偶尔互相问问朋友们的喜好，探讨一下食材的选择。

他们也谈到了程熵新买的桌游。

宋晞没玩过"德国心脏病"，听裴未抒说那是卡牌类的游戏，有些担忧地问："那玩起来很难吗？"

"不难。"

裴未抒用手机搜了图片给她看："回头我教你，你用几分钟就能学会。"

"好呀。"

宋晞放心了，指了指前面："我们去那边看看吧，好像肉类都在那边。"

超市里放着《初恋》这首歌。

熟悉的旋律在响："分分钟都渴望跟他见面，默默地伫候亦从来没怨；分分钟都渴望与他相见，在路上碰着亦乐上几天，轻快的感觉飘上面……"

宋晞原本站在冷鲜柜前看牛肉，听见歌声愣了愣，裴未抒留意到了，问她怎么了。

"没什么……"

裴未抒唱过这首歌，是在他们第一次去程熵家的那天唱的。时间也没有过去很久，但后来真的发生过太多的事情了。

宋晞仍然觉得一切恍如梦境，说："我总觉得好不真实，就好像你会突然消失。"

超市里开了暖风，他们的羽绒服搭在购物车上。

裴未抒单手推着购物车，把手里的一盒牛肉丢进车里。

他忽然倒退半步，牵住了宋晞的手。

皮肤相触的感觉令人心悸。

裴未抒说："这样呢，真实些了吗？"

宋晞和裴未抒都不算性格很张扬的人，谈恋爱才不到 24 个小时，也就没有大张旗鼓地和朋友们公开恋情。

两个人还像以前那样相处。

只不过他们走到程熵家的门口时是拉着手的。

他们离程熵家近，又负责购买食材，到得也稍早。

两个人进门时，程熵刚起床不久。

头发支棱着，程熵叼着牙刷下楼晃悠一圈，草草地和他们打过招呼，又回楼上继续洗漱去了。

一楼的客厅里只剩下宋晞和裴未抒。

宋晞看看袋子里的食材，询问裴未抒要不要先去厨房里整理整理食材。

裴未抒拉着她的手腕，把人带到沙发上坐下。

他伸手拿过茶几上的"德国心脏病"："一会儿我们几个人弄食材，你不是要学着玩桌游吗？过来试试。"

牌面上是几种水果，水果有香蕉、草莓、青柠和西梅，每张牌上水果的数量和种类都不一样。

玩家出牌时，看到桌面上某种水果的数量达到五，就要去拍铃。

先拍铃且拍对的人获胜，这个游戏挺考验反应能力的。

裴未抒给宋晞讲规则时，蔡宇川也来了。

蔡宇川搬了两箱饮料，累得站在门口扶着腰，喘得鼻孔都大了一圈。

"裴哥，宋晞，来喝饮料。程熵呢？"

听说程熵还在楼上，蔡宇川蹬掉鞋子，趴在楼梯口的扶手上，冲着楼上嘲讽："哟，程少爷起得这么早哇？"

程熵直接就说了一句："蔡秘书还那么虚吗？我在二楼都听见你喘气了。"

在两位损友你来我往地开玩笑时，宋晞已经听明白了"德国心脏病"的规则，准备和裴未抒试着玩两局桌游。

蔡宇川拎着饮料，凑过来看热闹。

毕竟之前听说自己喝多了酒把宋晞聊哭过，蔡宇川总觉得有点儿愧疚，知道宋晞没玩过"德国心脏病"，特地坐到离她近的这边，给她加油打气。

第一局桌游开始时，蔡秘书还在贴心地鼓励新手玩家："没事，你玩熟了就好了。"

"玩这种东西没什么技巧，你玩得越熟练，反应越快。"

"我当年学着玩这种东西的时候，几乎把把都输，被虐着虐着就站起来了……"

到第二局，蔡宇川已经不想说话了。

他甚至在心里骂起了脏话。

什么"玩熟了就好了"？宋晞的速度快得像是玩过八百年。

临近11点，杨婷和男朋友也来了，程熵终于磨蹭完毕，容光焕发地从楼上下来。

见人到齐了，蔡宇川觉得不能只有他自己受到刺激，主动地张罗："来呀来呀，咱们一起玩'德国心脏病'啊。"

几局桌游玩下来，其他人也受到了重创。

赢家永远是宋晞或者裴未抒，别人都没反应过来，两个人已经各种拍铃。而且速度相当，他们总拍在一起。

情况不是裴未抒先拍铃、宋晞拍在他的手上，就是宋晞先拍铃、裴未抒拍在她的手上……

程熵眼见又要输，把牌一丢，开始耍赖："不玩了不玩了，你们俩简直不给别人活路。频率都一样，你们是共用一个脑子吗？"

蔡宇川五十步笑百步，说："那你那么慢，是和乌龟共用一个脑子？"

他说完才反应过来，在场的一共有六个人，他骂了四个人，把自己都骂进去了。

众人哄笑时，宋晞下意识地看向裴未抒，却发现他也在看她。

她垂下头，有些不好意思。

男生们大大咧咧的，根本没发现什么端倪，还嚷嚷着"饿死了饿死了"，要去厨房里把烤炉找出来烤肉吃。

只有杨婷眯起眼睛，看看闺密，又看看裴未抒，脑子里敏感地冒出些猜想。

宋晞还不知道恋爱已经暴露了，蹲在购物袋旁找烤肉的调料，准备去帮厨。

杨婷心怀鬼胎地踱到宋晞的身旁，也蹲下来："晞晞，你明天有什么安排吗？"

"没安排呀。"

"那太好啦！"

杨婷可怜巴巴地说男朋友加班，自己没人陪着，抱着宋晞的胳膊摇晃："晞晞，你去我家陪我吧，好不好？"

宋晞不知道自己即将被"严刑拷打"，答应得挺爽快的。

她还趁人不备溜到裴未抒的身边，小声和自己的男朋友商量："我们明天也不能约会啦，杨婷的男朋友加班，我得去她的家里陪陪她。"

裴未抒故意逗她："你就不陪男朋友了？"

"可是我答应杨婷了呢……"

他们就在厨房的门口。

裴未抒抬手揉了一下宋晞的头发："我逗你的，你陪闺密去吧，我也才收到信息，明天要加班，后天去外地出差。"

"那你什么时候回来？"

"周四。"

不远处的杨婷盯着两个人看了半天，猛然回眸，拍了男朋友的后背一巴掌："你，明天加班。"

"啊？"

男朋友被"铁砂掌"拍得差点儿把内脏吐出来，莫名其妙地说："我不加班哪。"

"我说你加班你就加班，明天宋晞来家里陪我。"

男朋友似懂非懂，试探着问："那我去我哥家，和我哥打一天的游戏？"

后来在杨婷犀利的目光中,他又改了口,郑重地说:"明天我去我哥家加班。"

第二天,宋晞拎着甜点和水果,敲响了杨婷家的门。

她刚进门,就被堵在了玄关处。

闺密刚画完一只眼的眼线,挥舞着眼线笔,堵住了她的去路:"说吧,你和裴未抒是怎么回事?"

宋晞愣了愣,然后红着脸承认:"我们在一起了……"

"我的心好痛!你竟然瞒着我!我的心碎了!"

宋晞默默地递上大兜的甜品:"那……你吃点儿泡芙能好吗?"

"除了泡芙还有啥?"

"蛋挞、提子酥、芝士蛋糕……"

杨婷接过袋子:"那我能好,你拿来吧。"

两个人挤在沙发上,盖着同一条毯子,就像大学时的那样。

杨婷主要是奇怪闺密怎么突然就谈恋爱了。

之前自己介绍过那么多男人,她明明都不上心的。看电影都能睡着的人,突然就谈恋爱了?

事出反常必有妖。

"大学时我和你说过的那个人——我以前暗恋过的人,是裴未抒。"

"咯——"

杨婷举着半个蛋挞,差点儿被噎死,机械地重复着:"你以前暗恋过的人是裴未抒?"

外面又刮起了大风。

手机里的最后一条信息是裴未抒发来的,他祝宋晞和闺密玩得愉快。

宋晞攥着手机,连笑容都很恬静。

她像下午的三点被阳光烤得暖融融的鹭岛的港湾,水波都是轻柔的。

宋晞从暗恋讲起,讲到她在剧本杀的店里再次遇见裴未抒,也讲到前天的夜里他们没头没脑的第一次约会……

"其实我现在还有点儿……怎么说呢？我感觉像中了头彩。"

"闺密吹"坚决不同意宋晞的说法，反驳道："喊，什么头彩？裴未抒才该觉得自己中了头彩吧！"

宋晞笑出声来，说："不是那种意思，我当然也不差嘛。我只是觉得再次遇见他这种事……我词穷了，你懂我的意思吧？"

"懂的懂的。"

"婷婷。"

宋晞忽然叫了闺密一声，眼眶倏忽红了："人真的不能放弃努力，对吧？"

毕业那年，很多同学为了找工作而焦虑。

毕业于名校其实也不意味着就能平步青云，他们还是要想办法为自己谋求更好的出路。

有人说，在一线城市里虽然机会多，但是压力也大，考什么试都有更多的竞争者。

当时宋晞也想过，自己可以留在鹭岛，或者回老家。

宋晞的爸爸妈妈也知道孩子有压力，心疼又不忍，说："晞晞，你可以去任何一座城市，不一定非要去帝都，爸妈都支持你的，也会去陪你的。"

可她还是不甘心。

她已经这么刻苦、成长了这么多了，难道还不能凭自己的实力去帝都吗？

宋晞看中的是帝都非常有名的企业，她考进去就能落帝都的户口，以后就算是真正在帝都扎根了。

可压力实在大，她又总听到谰言，他们说能考进去的人都要有"关系"才行。

考试前，宋晞很焦虑，头发大把大把地掉，杨婷吓得以为她生了什么不好的病，抱着她号啕大哭。

幸好她没放弃努力。

最后她考进了那家知名的国企。

她留在了帝都，才又遇见了裴未抒。

她们聊了很久很久，也是感慨万千。

后来，杨婷忽然问宋晞："可是晞晞，你和裴未抒讲过你的暗恋，却没告诉他那人是他。那他可能会觉得你现在心里还有别的男生。"

宋晞一愣。

她和裴未抒在一起的时间满打满算也不到两天，他们昨天还是在程熵的家里玩到了晚上。

当局者迷，旁观者清。

她只顾着开心，只顾着适应"女朋友"的新身份，并没有想到杨婷说的这种可能性。

她倒是确实想过要把暗恋的事彻底告诉裴未抒。

那天在电话里，她说了"我还没想好怎么和你说"之后，裴未抒没有追问，给足了她思考的时间。

宋晞虽然没有谈过恋爱，但是也知道两个人在一起应该坦诚。

"那我尽快地和他说这件事吧。"

"你们当面谈比较好。"

杨婷给出建议："对重要的事，你们还是得面对面地聊，发信息特别容易有误会。"

昨天大家聚会时，程熵和蔡宇川吵着要去裴未抒家吃饭，几个人约定了下周六在裴未抒家见。

"这周我们都有些忙……"

宋晞翻出日历，计划着说："那周六在他家吃过饭，我就先不走了，和他聊聊这件事。"

杨婷戳着宋晞的手臂："哟哟哟哟，不走了呀，你要住在他家吗？"

"没有！"

"完了。"

杨婷突然一跃而起，从沙发的缝隙里摸出手机，手忙脚乱地点着屏幕："我得把我新买的包退掉。"

话题变得突然，宋晞都蒙了："你退什么包？"

闺密却一脸严肃，说从今天开始要省吃俭用、过苦日子……

"你怎么了，是没钱用了吗？"宋晞继续发蒙，对闺密的经济状况有些担忧。

"我有钱，不过得攒钱给你们俩随份子呀，哈哈哈哈哈……"

脸一下子红了，宋晞扑过去："杨婷！"

晚上杨婷的男朋友打来电话，说是不回来了。

宋晞留在杨婷的家里，趁着闺密去洗澡了，给裴未抒打电话。

裴未抒还在加班，周围很安静。

她把手机贴在耳边，连他在那边敲击键盘的声音都听得一清二楚。

想到杨婷说的那种可能性，宋晞很顽皮地吓唬裴未抒："你都不再问我上次说的事了吗？万一我现在还想着别人，虽然答应了你，但是又放不下他，怎么办？"

裴未抒听语气就知道这是玩笑话。

他也就顺着她的玩笑继续说："我先吃醋，再给你签一份'独占许可合同'，把你绑在我的身边。"

"还有这种合同？"

"这种合同有是有，但没我说的那种作用。"

裴未抒的那边又传来一阵键盘敲击声，然后传来轮子滑过地面的声音："你晚上在杨婷家住？"

她能想象到，裴未抒大概把工作暂时放到了一边，暂且走开，专心地和她通话。

宋晞说："嗯，杨婷的男朋友不在。你要忙到很晚吗？"

"还好，我最晚要忙到12点。"

宋晞说："那你开车回去要注意安全。"

"我上次和你说，我的姐姐有点儿恋爱脑，是不是？"

裴未抒笑了一声："我才发现我也半斤八两。我仔细地想了一下你刚才的问题，事实真是那样的话，我好像也没什么办法。"

浴室里传来"哗啦啦"的水声，阳台上挂着几件洗过的衣服，衣服散发出淡淡的洗衣液味道。

裴未抒的声音就在耳边，他说："我以前觉得'I wish you love'，刚才发现，可能更多地觉得'I wish you well'。"

如果"你情我愿"不能实现，那么我更希望你能"顺心如意"。

这一周，宋晞和裴未抒都有些忙。

裴未抒出差去了另一座城市，宋晞在他离开的当天收到了他寄来的快递。

那是香薰，味道和他的车载香薰的味道相同，是安息香冷杉的味道。

之前她说过这种味道很好闻，裴未抒就送给她一样的香薰。

可能气味会唤醒大脑的记忆，家里摆放着同款的香薰，她总觉得自己像在他的车里，而裴未抒就在身边。

他们偶尔忙里偷闲，打电话或者进行视频通话。

这天裴未抒打来视频电话时，宋晞刚结束加班回到家里，正在给自己做晚饭。

蘑菇刚下锅，视频通话的提示音响起。

接起视频电话时，她怎么都掩饰不住那份快乐。

宋晞笑容灿烂地对着屏幕上的人挥手，在油锅和油烟机的干扰声中，微微地提高声音，快乐地说："嘿，晚上好呀。"

裴未抒像是在酒店的房间里，环境干净、简约。

他也在画面里跟着笑起来："你的围裙上有小熊的图案，很可爱。"

"这是我搬家时杨婷陪我挑的，我们买了一样的围裙。"

"你在做什么饭，晚饭还是夜宵？"

"做的是晚饭，今天我下班晚。"

宋晞把手机立靠在电热水壶前，拿了锅铲去翻炒蘑菇，一心二用地和裴未抒聊天儿，给他讲帝都的天气、琐碎的日常，也听他讲在另一座城市里出差的生活。

听到他说两菜一汤的餐食比较简单，宋晞想起什么似的，问道：

"裴未抒，明天是冬至了，你在那边吃得到饺子吗？"

"我可能吃不到饺子，据说当地的人冬至要喝羊肉汤。"

他们聊天儿从来都是有来有往的，不会让对方受冷落。

裴未抒也问宋晞她的家乡是否有冬至吃饺子的习俗。

"没有的。我们也是到帝都之后才入乡随俗，以前在镇上，冬至时会吃糍粑，妈妈也会做很好吃的八宝饭。"

炒蘑菇出锅后，宋晞切了后置摄像头："裴未抒，给你看——"

裴未抒一眼就认出来了，笑道："你怎么把'小粉'和'小黄'炒了？"

"物尽其用，我看盒子上写着蘑菇是可食用的。"

因为宋晞要吃饭，他们结束了视频通话，但还是忍不住互相发着信息。

裴未抒问："'小粉'和'小黄'的味道怎么样？"

宋晞很诚实地回复他："中看不中用。"

"这些蘑菇没什么菌香，不如镇上的菌子好吃。"

那天晚上他们一直在互发信息，聊到很晚才准备入睡。

裴未抒发的最后两条信息是："晚安。"

"你像阿加莎·克里斯蒂的书籍。"

也许对其他人来说，这句话平平无奇，甚至有些莫名其妙。

可宋晞和裴未抒同是推理迷、"阿婆"的书迷，两个人之间更有默契。

她也因此比别人更能理解裴未抒的梗，也更能感受到这句话所带来的感动。

"阿婆"的书籍引人入胜，对推理迷来说，有着致命的吸引力。

推理迷只要翻开了书的第一页，几乎不可能中止阅读。

宋晞也有过这种经历，告诫了自己无数次"今天不能熬夜""要早睡早起""看完这几页就睡"……

可她还是欲罢不能，禁不住捧着书一口气读到凌晨，非要看看凶手和案件的原貌。

裴未抒竟然用这种感觉来形容她。

挂钟的夜光指针显示着时间，现在已经快到夜里的 12 点了。

心跳好快，宋晞有一种错觉，自己的心跳声已经大到会吵醒鱼缸里沉睡的金鱼了。

那天晚上，宋晞对"小粉"和"小黄"的味道只是随口评价了一句，裴未抒却已经把她的话放在了心上。

周六那天的聚餐，客随主便，根据裴未抒的意思，餐食的内容就这么变成了菌汤火锅。

只是不太凑巧，宋晞他们的办公室里的暖气坏了，他们需要找师傅上门修理。

办公室主任临时抓"壮丁"，抓住了住得近的宋晞，让她周六过去盯着些。

于是周六那天，其他人一大早就去了裴未抒家，只有宋晞被"扣留"在办公室里，一边盯着师傅修理暖气，一边在群里发信息："那我晚点儿过去，你们等我呀。"

"不要买水果了，我买了好多好多水果。"

她又发了"小熊转圈圈"的表情包。

裴未抒的家很大，有全落地窗，视野极其开阔。

杨婷他们到家里时，裴未抒正和别人打着电话。

他把朋友们迎进来，简单地颔首，算是打过了招呼，又举着手机走开，对电话那头的人说："那好，我记下了。操作时如果有困难，我再联系您，谢谢王叔。"

开放式厨房的料理台上摆放着各种新鲜的菌菇，满室弥漫着菌类特有的味道。

程熵捏起一朵胖乎乎的牛肝菌，挺惊讶地问："裴哥，哪里来的这么多新鲜的蘑菇呀？这些蘑菇可让人太有食欲了。"

其实裴未抒为了弄到这些蘑菇是费了些周折的。

他的爸爸联系了住在南方的朋友，朋友用加急的快递把蘑菇寄过来。

裴未抒省去过程，只说结果："蘑菇是一位叔叔从南方寄来的。"

蔡宇川走过去闻闻，竖起大拇指："说真的，什么东西都是当地产的最地道。我们超市里的蘑菇就没有这么香。"

"那能一样吗？我们买的蘑菇多数是别人在菌菇的大棚里种的，人家的这种蘑菇是野生的。"

杨婷的男朋友打量着金黄色的菌子："这是什么？"

程煽说这是"金耳"，它有肉一般的口感："待会儿你尝尝，它可太美味了。"

"不过裴哥怎么突然想起自己做菌汤火锅了？这挺费事的呢，裴哥还是太爱我们了。"

别人不知道真相，杨婷还能不知道吗？

他爱的是你们吗？最爱吃菌菇的人是谁？

她的好闺密宋晞呀。

杨婷忍不住嘀咕："醉翁之意不在酒吧。"

裴未抒笑笑，不置可否。

其实杨婷有很多话想说。

她见过宋晞默默地流眼泪的样子，也见过宋晞在凌晨的3点钟还坐在桌边，宋晞点着一盏充网费送的小台灯，刻苦地翻译着英文资料。

那时候杨婷掀开上铺的帘子，压低声音问她："晞晞，你还不睡吗？"

宋晞就会抬起头，揉揉已经泛红的眼睛，柔柔地一笑："我马上就睡。"

别人上了大学都过得多姿多彩，只有宋晞一分钟都不敢懈怠似的，忙得像陀螺。

那时候杨婷很不解，不明白为什么闺密拼命成那样。

闺密只是说觉得自己差得太远。至于是在和谁比，宋晞当时并没有说过。

杨婷想要把这些事通通讲给裴未抒听。

她也想要问问裴未抒——你能不能发誓，一辈子对我的姐妹好？

但杨婷不能开口。

毕竟她是一个成熟的闺密了，要把眼光放得长远。

宋晞跟她说过，今晚会在他们离开后留下来，和裴未抒说说暗恋的实情。

感情毕竟是两个人的事情，他们该自己处理这件事。

而且杨婷也觉得，他们散场的时候肯定已经到了后半夜了，到时候只有裴未抒和宋晞留下。两个人共处一室，再说点儿肺腑之言……

那肯定得发生点儿什么事的！

她不能坏闺密的好事。

她得忍住冲动，必须得忍住冲动。

小不忍则乱大谋……

杨婷正做着心理斗争呢，谁知道裴未抒忽然抬头看了她一眼。

杨婷可心虚坏了，倒退半步，差点儿一屁股坐在他家的实木地板上。

裴未抒像是能看穿人心，忽然开口："我会对她好的，放心。"

杨婷猛地偏过头。

她被裴未抒说得突然好想哭。

用调料包调出来的菌汤火锅不够鲜，裴未抒打电话咨询过那位叔叔，准备自己用鲜蘑菇做锅底。

他穿着米白色的高领毛衣，套上围裙，拿出破壁机往里面放蘑菇。

旁边的"混吃混喝"三人组就知道灌饮料、偷吃切好的午餐肉，默默地为女朋友做料理的裴未抒显得更耀眼了。

阳光透过宽大的玻璃窗洒进来，画面挺养眼的。

杨婷走到一旁，趁人不注意，拿出手机偷拍了一张照片发给宋晞："快看。"

"你的男人在为你洗手作羹汤。"

脸皮薄的宋晞回复的是"小熊脸红"的表情包："……"

临近11点钟，裴未抒差不多做好菌汤锅的汤底料了，把帮倒忙的几个人撵出厨房，自己靠在窗边给宋晞打了一个电话。

忙音过后，宋晞的声音传来："喂？"

宋晞的性格很好，她总是快快乐乐的。

她被领导揪着加班也不抱怨，还笑眯眯地给裴未抒汇报进度。

她说："裴未抒，我刚刚问过修理暖气的师傅了，他最多再用半个小时就能结束工作，我就能过去了。"

"我要不要去接你？"

"你别接我了，这边堵车。我坐地铁过去，很快的。哦，对了，我订的水果估计快被送到了，待会儿你记得签收一下。"

"好。"

他们又聊了几句，才挂断电话。

裴未抒单手把玩着手机，陷入了沉思。

和宋晞在一起有一周了，他可以毫不掩饰地说，自己非常开心。

但开心之余，他也有点儿疑惑，不太能想得通一些事。

宋晞看向他时，那种从眼底流露出来的情感常常让裴未抒觉得，她对和他在一起的这件事也是发自内心地感到开心，她的开心程度并不比他的低。

可事情如果是这样，又很说不通。

她那天为什么哭得那么凶？她纠结着没说的事情会是什么？

原本裴未抒认为，宋晞大概是暗恋了太久，一时难以放下心里的那个人。

可和她相处时，他又不太能感觉得到她的心里有其他的人。

如果这是工作上的事情，裴未抒会断定，如果一件事让人凭直觉感到矛盾、别扭，那一定是因为事情原本就另有蹊跷。

但这是感情上的事，他不能全用理性的思维去分析。

裴未抒甚至荒谬地有过一种错觉，会不会宋晞暗恋多年的人是他？

他再自嘲一下，觉得自己真是疯了。

有人按响门铃，裴未抒签收了宋晞订购的水果。

也许是因为在鹭岛时，他买过两三次水果，都选了芭乐和火龙果。

她觉得他喜欢吃这两样水果，也订了芭乐和火龙果。

帝都的芭乐卖得多贵。

傻姑娘。

他把水果送去厨房，再从那边过来时，杨婷正在和男朋友说："你帮我把我的手机充电器拿给我，手机没电了，在我的包里。"

杨婷的男朋友拎起程熵的薄荷绿色的斜挎包："哪个是你的包，这个吗？"

"你不知道哪个是我的包？不是，你在咱们家见过我有绿色的包吗？"

杨婷不敢置信，指了指沙发上的包："那个白色的包是去年我过生日时宋晞送给我的，你还帮我拎过它。你忘了？"

"你过生日的时候我不是喝醉了吗？忘了忘了，我真忘了。"

蔡宇川可能是怕他们真的吵起来，帮忙递充电器时插了一句话："杨婷，你的包不错呀，图案挺可爱，你是从哪里买的这个包？"

"这不是我买的，是晞晞亲手给我做的。"

"真的假的，她自己做能做得这么好？宋晞可以呀！"

"闺密吹"得意地扬起下巴："对呀，晞晞可厉害了，上面的图案是她自己绣的呢！"

裴未抒就坐在沙发上，杨婷的包在他身旁的不远处。

听到宋晞的名字，他也就顺着朋友们的目光看过去——

那是一款白色的、有帆布质感的小方包。

做包的人显然花了心思，把针脚的细节处理得很细致，这个包真的很像商品。

上面的图案很特别，是一个红色的、笑眯眯的小蘑菇。

视线停在上面，裴未抒忽然觉得这个拟人化的小蘑菇图案格外眼熟。

客厅里的人吵吵嚷嚷的。

程熵手机里的游戏 BGM 一直在响；电视上播放着蔡宇川喜欢的女主持人的节目；杨婷、杨婷的男朋友、蔡宇川三个人凑在一起，还在聊宋晞缝制的包包……

嘈杂声中，裴未抒却忽然在脑海的某个旮旯里找到了一丝关于类似图案的记忆。

他的确见过这种图案，在很多年前。

那真是太久太久以前的事情了。

印象其实非常模糊，裴未抒急于确认事实，在朋友们仍在说笑时，探身从茶几上拿了车钥匙。

程熵抬起眼，有些纳闷儿地问："裴哥，你要出去呀？"

裴未抒说要回爸妈那边一趟，要找非常重要的东西。

"我可能不会太早回来，等宋晞到了你们先吃饭，不用等我。她早上只吃了面包，估计饿了。"

程熵和蔡宇川常来裴未抒的家，熟悉这里像熟悉自己的家似的，根本不见外。

还以为裴未抒有工作上的事，程熵也就随口应下来："那行，你忙去吧，宋晞来了我们就开饭。"

裴未抒"嗯"了一声，拎起沙发上的羽绒服往外走。

"你不早点儿回来，这里可就没你的饭了呀。"

说完，程熵才反应过来，用胳膊肘撞了撞蔡宇川的手臂，扭头问他："裴哥怎么知道宋晞早上吃了面包，宋晞在群里说了？"

平时裴未抒不会做得这样不周全，在聚餐的时间丢下朋友们自己离去。

但他确实有些心慌意乱，只对着身后摆了摆手。

他驾车一路疾驰。

他到家时，裴爸爸和裴妈妈不在家，只有裴嘉宁在客厅里陪"雪球"玩。

看见裴未抒大步流星地从庭院走进来，裴嘉宁还挺诧异，问："你怎么回来了？"

"找东西。"

"哦吼，啧啧啧啧。"

裴嘉宁阴阳怪气的声音遥遥地从楼下传来："你又要找什么东西哄你的那个女孩呀——"

裴家的阁楼上有一个很大的空房间。

小时候裴嘉宁曾突发奇想，占用过这个房间，但没过几天就失去了新鲜感。后来这间屋子便成了储物室，随着姐弟俩的成长，一些闲置下来的物品被收纳好并堆放在这里。

储物室被打扫得一尘不染，一排排的物品架上整齐地码放着储物箱。

裴未抒不常来这里，找东西很难有头绪，只能用最笨拙、最耗时的办法，把每个箱子都打开翻看。

当他翻到某排物品架时，储物箱里的东西逐渐地开始和高中时期有了联系。

他找到了校服、运动服、篮球鞋、棒球帽，还找到了他用不锈钢和铝合金制作的机械手套。

他再打开下一个储物箱，里面满满的都是各种纸张和信笺。

裴未抒有预感，也许他要找的东西就在其中。

他正准备翻看那些纸张，手机铃声响起。

宋晞打来了电话。

她是被朋友们逼着打过来电话的，声音有些不自然："那个……裴未抒，他们问你什么时候回来。"

裴未抒说自己在找东西，在短时间内很难赶回去，让她多吃点儿饭。

宋晞大概按了免提键，有人在喊："他只让宋晞多吃？太偏心了！"

裴未抒也能听见程墒和蔡宇川在吵吵嚷嚷："趁着裴哥不在，咱们可以狠点儿折腾喽，哈哈哈哈……"

"他自己组装的电脑呢？电脑在哪里？拿出来玩两下！"

宋晞大概拿着手机走开了，到了相对安静的地方，才压低声音，偏心得十分明显:"我帮你看着他们。"

"好,我一会儿就回去。"

眉心舒展开,裴未抒坐在储物室的地上,靠着物品架,忽然叫了宋晞一声:"宋晞。"

"嗯?怎么了?"

"下午没有其他的事情吧?"

"没有哇,我在你家等你呢,晚点儿有事情和你说。"

"好。"

裴未抒听见杨婷在叫宋晞,杨婷说笋和蘑菇都被煮好了,让宋晞快点儿过去吃:"你不要和他腻歪了,他不是一会儿就回来?"

宋晞于是说:"那我先挂电话啦,晚点儿见。"

电话被挂断后,裴未抒把手机放在地板上,开始翻看储物箱里的那些纸质物件。

那里有各种他从国外寄回来的明信片、出国旅行的海关材料和酒店的订购单、同学送的节日贺卡、成绩单、家人们写给他的生日祝福……

里面甚至还混着一封裴嘉宁写给某任前男朋友的信,开头是"My darling(我亲爱的)"。

在那封信的下面,裴未抒终于找到了自己想要找的东西。

他的确记得这种东西的存在,但其实对这些信封已经没有任何印象了。

只是此刻把信封拿在手里时,他看着上面淡雅的花纹,下意识地觉得,这像是宋晞会挑选的样式。

他把信拆开来看,每个信封里都是一张卡片。

"腊八节,祝你万事'粥'全。"

"今天的天气很好,祝你开心。"

"东区的第二个路口有一个有胡萝卜鼻子的雪人,它超级可爱。"

…………

比起宋晞现在的字体,那时候她的字体更稚嫩一些。

每张卡片上都无一例外地画着笑眯眯的小蘑菇,这和杨婷包上的图案相差无几。

与此相关的记忆慢慢地重回脑海——

裴未抒第一次见到这种形象的小蘑菇图案,是在某年的冬天。

那时候他还没去国外留学,每晚都带着"雪球"出门夜跑。

某次夜跑时,他在家门外捡到了一沓用长尾夹夹着的 A4 纸。

他借着路灯的光亮去看上面的内容,发现那是高中的复习资料。

复习资料的主人看起来学得挺认真。

印刷在纸张上的黑色宋体字被人用红、绿、蓝三色的圆珠笔圈圈点点,做了各种记号。

空白处还写着延伸的知识点、题型。

裴未抒站在路灯下,随手翻了几页资料。

有一页上贴着两张大号的便利贴,他仔细地看去,资料的主人把某个知识点抄了几十遍。

可能那人经常记错那个知识点吧。

那人在自己的罚抄下写了誓言:"再错我就是猪!"

裴未抒当时愣了愣,随即笑出声。

那天他和"雪球"没去平时夜跑的路,只在附近溜达着转了几圈,迟迟地没等到失主。

最后他做了决定,用白板和野营灯在家门口做了"失物招领"。

第二天早晨,裴未抒起床后几乎忘记了这件事。还是老爸提醒了他,他才带着"雪球"出门去看。

看来失主成功地拿到了复习资料,装资料的纸袋不见了。

白板上多了一行字:"谢谢你的失物招领,祝你每天开心。"

旁边还画了一个笑眯眯的小蘑菇。

裴未抒看到白板,也只是笑了笑,并没太把这件事放在心上。毕竟那只是裴未抒的生活里太小太小的一段插曲。

而他那段时间里正和家人计划一起去亚马尔半岛旅行,在购物的清单上罗列了一堆去北极圈的必备物品。

他也在准备去国外读法律专业，通过校友联系了国外的学长，询问经验。

生活充实忙碌，他无暇顾他。

他再见到那种小蘑菇的图案，已经是两年之后。

又是一个冬天。

多亏了裴嘉宁的某段糟糕的恋爱经历，他才能记住这个时间点。那段时间家烦宅乱，连裴未抒都和姐姐生过一场不小的气。

他那几天看见裴嘉宁就觉得闹心，怕自己言语过激，基本没怎么回家。

那一天他终于从程熵家回来，裴嘉宁坐在客厅的沙发上。

茶几上摆着一沓信封，裴嘉宁只拆开了一个信封，满脸失落，眼睛通红，眼皮浮肿，她像是哭过。

他们是至亲，裴未抒也见不得裴嘉宁的那副模样，坐到她的身旁，压着火气，叫了她一声："姐。"

裴嘉宁像丢了魂，过了很久才说："裴未抒，你陪我去医院吧。"

从医院回来后，裴嘉宁才告诉裴未抒她不小心拆了别人给他的卡片，以为那是男朋友给自己的，还吃了一块本应属于他的巧克力。

"那可能是你的朋友给你买的。"

夜深人静时，裴未抒才闲了下来，看了那些卡片。

卡片上没有落款，也没有日期。

唯一能代表时间点的是"腊八节"的字样。

对方应该连续投递卡片有一段时间了，甚至在某张卡片上约他见面。

裴未抒显然不知道送卡片的人是谁，只有卡通蘑菇的图案很眼熟。

"明天下午6点钟，我们在网球场见面吧。"

他不知道"明天"是指哪天，估计已经错过了那一天。但教养使然，他还是去商场买了一袋不错的巧克力，打算和对方说清楚。

无功不受禄，不收陌生人的礼物是他的原则。

…………

这些都是 2008 年至 2011 年发生过的事情。

因为宋晞的关系，裴未抒再回忆这些事时，已经不能再像过去那样几乎置身事外。

眉心不自觉地皱起。

一些他和宋晞相处时的细节也开始浮现在脑海里——

"你喜欢蘑菇？"

"喜欢啊。"

以及他们在鹭岛的夜晚，宋晞讲起自己的暗恋。

"国际学校的校服都那么时尚""后来他出国了""我试着认识过他，给他写过很多卡片，也约过他见面"……

但也有些事和宋晞的表达有出入。

在裴未抒的记忆里，卡片上写的"腊八节"才过去几天，他当时觉得见面的邀约应该也不会发生在太久之前。

于是在连续一周多的时间里，他都会在下午的 6 点钟去网球场等一等。可他并没有等到写卡片的人，他也没有机会把巧克力还给她，说一句"谢谢你的祝福"。

所以宋晞说的那些事——那些指责她是"卑微的讨好和逢迎""幻想"的自大的话，真的是他说的吗？

他就算曾经说了类似的话，也只可能是在说给裴嘉宁听，还是在家里说的，宋晞是怎么听到的？

至于网球场……

电光石火般，裴未抒回忆起一件事。

他在网球场里见过程熵，当时在气头上，对自己说过什么话都没有印象，那些话多半表达的是对裴嘉宁的不理解和恨铁不成钢的意味。

他和程熵是在几点见面的？那会不会刚好就是宋晞去的时候？

裴未抒的眉心又皱起来。

裴未抒做的菌汤锅底真的非常好吃。

用来煮的菌菇也都很新鲜，甚至有些家乡的味道。

室内的暖气很足，宋晞穿着毛衣，吃得额头上稍有汗意。

火锅摆在桌子的中央，锅中的汤"咕嘟咕嘟"地沸腾着，她再喝几口冰凉的碳酸饮料，别提有多惬意了。

只不过宋晞的脸颊始终红扑扑的。

裴未抒走之前说的那句"她早上只吃了面包"，成功地吸引了所有人的注意力。

所以宋晞来他家时，才进门，就被朋友们围住盘问。

历史好像重演了，她又回到了去杨婷家的那天。

只不过这次盘问她的人更多了。

她是一个老实人，被问也就红着脸承认了事实，一点儿没有要顽抗的意思。

程熵指着餐桌，愤愤地说："裴哥变了，看看这满桌的蘑菇，我以为这是裴哥对我的宠爱、对蔡狗的宠爱、对杨婷和她男……"

"可别。"

杨婷怀着一种"娘家人"的心情，赶紧打断程熵的话："不用宠爱我们，他宠爱晞晞就行，给我往死里宠晞晞。"

"那个……"

宋晞弱弱地举起手，被朋友们闹得没办法，只好指了指自己泛红的脸，可怜巴巴地说："放过我吧！"

他们吃着菌汤火锅，吃到最后，也没等到裴未抒回来。

男生们喝了些酒，酒足饭饱。

煮火锅的电磁炉被关掉了，汤底上有一层薄薄的油膜。

宋晞拿着手机，有些犹豫，不知道该不该给裴未抒发信息。

她正思忖着，手机在手中振动了一下。

她念着他，他就出现了。

"我快到了。"

明明裴未抒也没说什么，但宋晞就像是接收到了强烈的信号，莫名其妙地觉得他的"我快到了"是在说"我想见你"。

宋晞忽然起身："我下楼一趟。"

那点儿小心思明晃晃地写在脸上。

杨婷带头起哄："你这是要下楼接谁呀？"

"怎么，裴哥在自己家的地下车库里迷路了？"

…………

在朋友们的声声调侃中，宋晞连外套都没穿，闷头就往外跑。

裴未抒的家在高层，她乘坐电梯下到地下车库里，果然就看见了熟悉的车驶过来。

他的倒车技术还不错，他一步到位，停好车下来后，又探身从里面拿了什么东西，才走过来。

"你怎么……"

宋晞看到他手里的东西，话语突然中断。

这么多年过去了，可她是认得亲自在精品店里挑选过的信封的。

她甚至可以清晰地记起那天自己是怎样腼腆地指着玻璃展示台，对售货员说："您好，可以把这两种信封拿出来给我看看吗？"

他们都很聪明，只看到彼此的表情，就已经知晓了对方的情况。

宋晞在想：裴未抒知道了。

而裴未抒想的则是：真的是宋晞。

地下车库里的穿堂风有些冷，吹透毛衣，凉飕飕的。

裴未抒也没穿外套，沉默着，大步地走向她。

原本宋晞就打算今天和裴未抒聊这件事的，也没有掩饰事实，只是有那么一点儿羞于正视过去的自己。

她想问问裴未抒怎么会留着这些信封。

可她还没问出口，裴未抒已经拉住她的手腕，她跌进温暖的怀抱里。

鼻间都是他衣服上的清香，清香的味道就像早春的阳光。

裴未抒没有说"原来你暗恋的人是我"或者"原来你喜欢的人是我"。

他没有得意，也没有表现出任何的惊喜。

他只是张开双臂拥抱了宋晞，眉心紧皱，眼里满是心疼。

"原来让你哭的人是我。"

在宋晞老家的小镇上,有一条河,河水清澈见底,小时候宋晞常和朋友去河边玩,脱掉凉鞋,踩入静静地流淌的河水里。

河水被盛夏正午的阳光晒过,轻轻地包裹着皮肤,暖和又温柔。

裴未抒的拥抱就像那种感觉。

宋晞把头埋在裴未抒的胸前,忍不住鼻子发酸。

他们有太多的话想和对方说,但朋友们都在楼上等着,他们不好在外面待太久。

况且帝都的冬季寒冷,这会儿外面又起了风,地下车库里冷风阵阵,这里也不是一个适合谈心的地方。

"咱们先回去吧。"

"嗯。"

宋晞被裴未抒牵着,朝电梯间走去。

见他出去两三个小时却只穿了一件单薄的毛衫,她忍不住问:"裴未抒,你没有穿外套吗?"

"我穿了。"

裴未抒笑得有些无奈,说大概是把外套落在他爸妈的那边了,找到东西后急着往回赶,忘记拿外套了。

那些信封还在裴未抒的手里,宋晞偷偷地瞟了几眼,有些不好意思,问他怎么会一直留着信封。

裴未抒便在电梯缓缓地上升的时间里,把往事讲给宋晞听,说他那年去网球场等过她,却没等到她。

"你去网球场等过我?"

"嗯,我等过一周多吧。"

宋晞感到意外,也有些欣慰。

"其实后来我的确没有再去网球场了,就算要路过那边,也都是绕路走的。而且我是在老家度过的高三的下半学期。"

"宋晞,你是不是在那边听到过我的什么话?当时程熵也在,是不是？"

宋晞点点头。

裴未抒说："这里面有一个误会，我用一两句话也说不清。晚点儿我讲给你听。"

电梯抵达楼层，金属的门向两侧敞开。

裴未抒家的房门敞开着，程熵就站在门边，像狐獴群体里的哨兵，一见到他们手拉手地从电梯里走出来，就转头冲屋内招手："快，他们俩回来了。"

宋晞留意到，裴未抒听到程熵的声音，把那沓信封揣进了休闲裤宽松的裤兜里。

朋友们冲出来，簇拥着两个人，把两个人带回家里。

他们把防盗门关上，开始"逼供"。

他们知道宋晞是一个脸皮薄的女孩，之前起哄时也有所收敛，这次主要是针对裴未抒。

但裴未抒始终没有松开拉着宋晞的手。

他态度坦然地说："重新认识一下，这是我的女朋友宋晞。"

程熵吹了一声口哨，朋友们善意地起哄——

"你说你们俩是什么时候有情况的？我们居然不知道，你俩藏得太深了吧？"

"其实这也不意外，上次大家一起玩剧本杀时我就觉得，他们俩像失散多年的兄妹似的，有一种默契感。"

"你会不会说话？"

"什么兄妹，兄妹能谈恋爱呀？那叫天定良缘！"

宋晞没想到裴未抒还跟着"嗯"了一声。

他似乎在表示对"天定良缘"的认同。

"我不行了。"

程熵倒在蔡宇川的身上，捂着胸口："我受到了暴击，就我一个人没对象。"

蔡宇川把程熵推开："我谢谢你，难道我就有对象？"

"你?"

程熵假装思考,实则飞快地跑开,边跑边喊:"你不算人哪——"

他被蔡宇川投掷过去的拖鞋砸中,"啊"的一声倒在了沙发上。

吃过的火锅总不能一直摆在餐桌上,几个人玩闹完了,跟着裴未抒和宋晞把餐厅收拾干净,把碗筷、锅具通通丢进洗碗机里。

他们干完活儿,杨婷的男朋友提议玩"谁是卧底",说微信小游戏里有这款游戏,他们不用自己想词语了,这样挺方便的。

"裴哥,宋晞,过来一起玩?"

宋晞摇摇头,没有参与游戏。

她陪着裴未抒来到厨房,想帮他弄点儿吃的东西,却被制止了。

裴未抒搬了一把椅子过来,把它放在她的身边,并给她倒了一杯温水:"我自己做饭,你陪我就好。"

家里的温度高,裴未抒已经换上了一件浅色的短袖。

油烟机抽走蒸腾的热气,他站在灶台前,单手把鸡蛋磕入沸腾的菌汤里,把蛋壳丢进垃圾桶。

宋晞看着他的动作,放下水杯,问他:"裴未抒,你好像很会做饭。"

"这只是煮面而已。"

裴未抒回眸对她笑:"女朋友对我的滤镜是不是过于厚了?"

"可你还会做菌汤的汤底。"

"这是我今天才学会的,味道还可以?"

宋晞频频地点头:"很好吃!"

过了一会儿,她又开口了,话题与那些卡片无关,却与过去的事情有关:"其实我还知道你会煎鸡蛋饼。"

很多年前,她听到过裴未抒的姐姐和奶奶的对话,当时姐姐提过裴未抒会煎鸡蛋饼。

后来宋晞工作后租房独住,学会做的第一种食物就是鸡蛋饼。

她没有隐瞒事情,把这些事都讲给裴未抒听。

裴未抒听后,只是轻叹了一声。

以为他要对她的行为做出什么样的评价，宋晞还紧张了一番。

结果裴未抒竟然说发现自己当男朋友当得不太合格，对宋晞的了解远远不够。

鸡蛋在热汤中凝结成型，裴未抒把挂面放进去。

他伸手揉了揉宋晞的头发，逗她开心："以后我会努力地打探女朋友的喜好的。"

客厅那边很热闹。

电视上播放着体育节目，不知道在转播什么球类的赛事，解说员激情澎湃地说："球进了！"

几位朋友在玩"谁是卧底"，为了找出卧底、隐藏身份，极力地描述着手里拿到的词汇。

裴未抒的家很大，厨房虽然是开放式的，但离客厅也有一段距离。

相较之下，他们这边安静多了。

只有水沸腾的"咕嘟咕嘟"的声音和狂风鞭挞玻璃窗的声音。

裴未抒端着煮好的面，坐到宋晞的身边："宋晞，我们之前见过吗？"

"见过的。"

"所以，我们第一次见面是在什么时候？"

料理台上有一盆金边虎尾兰，两颗被洗好的芭乐摆在旁边。

宋晞隐隐地能听见电视里的解说员说某个球队又一次进了球。

程熵和杨婷的男朋友玩着"谁是卧底"，也不忘在听见进球的时候激动地隔着杨婷击掌。

这种气氛竟然很像2008年奥运会期间的气氛。

宋晞把手臂支在进口岩板的台面上，用双手托着脸，在这些相似的热闹声音里，回忆往事。

她给裴未抒讲自己来到帝都市的第一天，讲她在小区里迷路、又在他的陪伴下找到宋叔叔家。

那只是举手之劳，当时裴未抒并没有很深刻的印象。

也是因为宋晞细细地讲起这件事，他的脑海里才浮现出依稀的印象。

"不过你没有印象也是很正常的。"

可能是因为在讲暗恋的时期吧,宋晞回忆起那段惭凫企鹤的日子,皱了皱鼻子,把原因归结于自己的平凡。

她说自己那时候黑黢黢的,刚坐过40多个小时的火车,之前还晕车吐过,肯定又丑又蔫儿的,没什么记忆点。

提到这个问题,裴未抒放下筷子,表情突然变得严肃起来:"上次去程熵家之前,我们在超市门口遇见过问路的男生,你觉得他长得帅吗?"

宋晞一愣。

当时确实有一个男生问路,但她也只是带那个男生走到转角处,然后指了路而已,哪里还记得人家帅不帅?

严格地说,她只记住了"性别男""年纪不大"。

"他帅不帅?"裴未抒又问了一遍。

宋晞不太明白裴未抒为什么突然吃飞醋。

"可是我不太记得他的长相……"

回答到一半,宋晞反应过来了。

裴未抒说他当时也和宋晞一样,只是帮忙,并没有留意过长相。

裴未抒的喜欢是治愈型的。

好像在他的喜欢里,她的那些疤痕都在逐渐地消失。

可是宋晞已经跟着朋友们学"坏"了。

她故意抬杠,和裴未抒开玩笑:"那要是我是一个绝世的美丽女子,你肯定也能记住我的。"

"不一定。"

裴未抒像是认真地思考了似的,拖长声音"嗯"着,然后列了一堆篮球明星的名字:"你是姚明、德里克·罗斯、麦迪他们的话,我应该就能记住你了。"

宋晞撇嘴:"喊——"

朋友们在客厅里千呼万唤,蔡宇川扯着嗓子喊:"在那边谈情说爱的那俩人，快点儿吃饭，我们等你们俩一起玩游戏呢。你们别在桌下偷偷地牵手了！"

脸皮薄的女孩又开始不好意思，红着耳朵和自己的男朋友吐槽："蔡宇川的眼睛怎么那么厉害？咱们在桌子下拉手，他也能看见？"

裴未抒觉得宋晞可爱，笑着："他的耳朵也灵。"

话音还没落，果然蔡宇川又嚷嚷："有人提我的名字了，我可听见了！"

"……"

这可就不适合谈事情了，他们说什么都像是在直播，宋晞压低了声音，和裴未抒密谋："那我们晚上再说吧？"

"好。"

吃过饭，宋晞和裴未抒也加入了朋友们的娱乐局，他们玩到了挺晚的时候，又在裴未抒家点了外卖，吃过饭才各自散去。

杨婷还记得宋晞的计划，知道闺密有话和裴未抒说，先拽着男朋友走了。

因为家里的小侄女明天过生日，蔡宇川也撤了。

只有程熵一时犯懒，不愿意走，想留在裴未抒的家里住。

程熵的嘴还挺甜的，他一口一个"嫂子"。

"嫂子，我就留在这儿睡吧，睡在客房里就行。"

都不等宋晞心软地开口，裴未抒先下了逐客令："我给你叫好车了，车一会儿就到，是蓝色的轿车，车牌号是3782。"

"裴哥，裴哥，你为何这么狠心，有了爱情就不要友谊了吗？你有了嫂子就不要兄弟了吗？"

程熵指了指不远处的宋晞："家里又空旷又冷清，为什么她可以在这儿睡，我就不行？我也想留下睡呀……"

原本宋晞想说"就让他留下吧"，反正裴未抒家这么大呢，她和裴未抒谈事情，程熵总不至于非要凑过来听吧。

但程熵一口一个"睡"，宋晞听得直上火，生怕裴未抒误会了她留下的目的，想要开口解释，又觉得一两句话说不清。

反正她是嫂子，长嫂如母。

宋晞干脆把喋喋不休的程熵推出了门，和裴未抒统一战线："蓝色的轿车，车牌号是3782。下次见！"

她说完，"咔嗒"一声把门关上了。

程熵在"剧本杀王者六人组"里疯狂地喊着："太过分了！"

"你们俩这样！"

"我是会让份子钱缩水的！"

"缩水！"

宋晞看过手机，好笑地抬起头，刚好迎上裴未抒的目光。

偌大的房子里没有了那些吵吵闹闹的朋友们，只剩下他们两个人，气氛突然就暧昧起来。

裴未抒走过来。

说不出为什么，宋晞忽地移开视线，清了清嗓子才开口："之前你在电梯里说过有误会，那我们把以前的事情聊聊吧，聊完我……我就走了……"

她暗暗地恼火，气自己在关键的时刻说话不利索，就好像她真想住在这儿似的。

裴未抒已经走到面前，俯身平视着她。

他说："我送你回去也行，或者，你要不要留下来，我们多聊一会儿？"

之前朋友们都在，坐在客厅里喝喝酒、聊聊天儿，不需要多么明亮的光线，也就没开主灯。

只有一圈淡黄色的灯带幽幽地亮着。

光线微弱，目之所及的一切是昏暗的。

裴未抒和宋晞离得极近，隐隐地感受到了彼此的气息。

宋晞为此感到紧张，心慌意乱，呼吸都是颤抖的。

可她也有一种说不出来的感觉，就像是能清晰地感觉到多巴胺在传导着某种类似兴奋的情绪。

其实裴未抒的家很大,她来时,程熵和蔡宇川已经带她参观过这里了。

他家有一间主卧、三间客卧,还有书房和衣帽间。

别说只有她留下来,就算朋友们也留下,他家也能容纳这么多人。

况且他们本就是情侣,时间太晚的话,裴未抒开车送她回家再回来,折腾一趟,颇有点儿舍近求远的意味,这样其实也没什么必要。

可是,不能只有裴未抒一个人游刃有余。

宋晞的倔脾气又上来了。明明脸颊都红了,她还是反问裴未抒:"那你希望我留下来吗?"

她说了这句话,心里舒坦多了。

输人不输阵,她瞬间感觉自己"扳回一局"。

"我挺希望的。"

裴未抒站直了,拉着宋晞的手往沙发的那边走,一边走一边笑着回眸:"你再不说话,我都要慌了。我本来想逗逗你,结果……"

他笑了一声,摇摇头,没再说下去。

宋晞的好奇心倒是被勾起来:"结果什么?"

"结果我发现,我的定力可能没有那么好。"

两个人的手机同时振动,"剧本杀王者六人组"里有人到家报平安。

程熵还在吐槽宋晞和裴未抒的不近人情,拍了自己的家里空无一人的景象,又盗用了宋晞的"小熊哭泣"的表情包。

被他们这么一打岔,宋晞和裴未抒没有再去纠结刚才的留宿和定力的问题。

他们有太多的话想聊,在茶几旁的白色短绒地毯上席地而坐,从不同的视角聊起那些往事。

他们真正聊起来,还是会有点儿难为情。

宋晞抱着一个抱枕,无意识地揪着抱枕边缘的流苏穗,回忆着:"那天我有点儿激动,挺早就醒了,去网球场的时间也很早。看见你和程熵在,我就躲起来了……抱歉,我偷听了你们的对话……"

裴未抒揉揉宋晞的头发，安抚地看她一眼，随后说："我们在谈论的不是你，那时候我甚至还不知道卡片的存在。"

他说事情关乎裴嘉宁的私事，所以出来时询问了裴嘉宁。

征求过姐姐的意见，他得到了准许，才把事情讲给宋晞听。

见裴未抒的表情有些严肃，宋晞不自觉地挺直了腰背。

她把手放在他的手背上，以自己的方式表达重视和安慰的意味。

那天的记忆对裴未抒来说，的确相当糟糕。

他原本要去给朋友过生日，和程熵商量后，决定先去给朋友买一个生日蛋糕。

以前裴未抒办理过一家糕点店的会员卡，那家店的蛋糕有最好的味道，不会过分甜腻，连他们几个男生也比较喜欢吃。

但他在国外留学，长期不在帝都，经常是裴嘉宁在使用会员卡。

裴嘉宁不在家，姐弟两个人打了电话。

"我挺久没用过会员卡了，你去我的房间里找找看，卡应该就在床头的抽屉里，那里没有的话，你就翻翻我常背的几个包。"裴嘉宁在电话里如是说。

裴未抒带着"雪球"去了姐姐的房间，绕过地毯上的毛绒玩具、电脑、充电器，走到抽屉前。

他姐裴嘉宁是一个"马大哈"，丢三落四，东西从来不在她自己以为在的地方。

裴未抒拉开抽屉，没看到会员卡，倒是看见了一张单子。

上面有某医院的字样。

裴家的人是做医疗器械的，在很多医院都有熟识的医生，家里的人看病问诊时会去固定的几所医院。

那张单子上的医院的名字却相对陌生，那家医院离他们住的这边还挺远的，而且这是门诊手术的记录单。

裴未抒忽然有一种不好的预感。

他拿起单子看，上面登记着裴嘉宁的基本信息，显示手术在前几天完成，麻醉方式是全麻。

"胎停流产"四个字，让裴未抒的手指都在发抖。

没有人知道裴嘉宁做过这样的手术，裴未抒哪怕再冷静，一瞬间也气得几乎要爆炸。

家里没人，程熵就在楼下等他。

裴未抒脸色难看地大步从楼上下来，拎起羽绒服就往外走，程熵立马跟上去："裴哥，裴未抒！"

那时候裴嘉宁的男朋友是一个混日子的富哥，整天出入的都是些娱乐场所。他的身边莺莺燕燕，私生活混乱，连长辈们都对这些事有所耳闻。

家里的人都不太同意裴嘉宁跟他在一起，只有裴嘉宁像中邪一般，疯狂地迷恋那个混蛋。

只是迷恋他也就算了，她竟然会做到那种地步，连医院都去过……

裴嘉宁是裴未抒的至亲，裴未抒要说不心疼她肯定是假的。

就是那天，裴未抒压抑着一肚子的火气，和程熵去了网球场。

他吹着冷风，试图冷静下来。

"也许你当时听到过一些不太好的评价——类似卑微、讨好、单方面地付出的这种话，我都不是在说你。"

提到这些事，裴未抒还是有些生姐姐的气。

他缓缓地吐出一口气，看向宋晞，神色又柔和下来："所以该说抱歉的人是我，抱歉宋晞，我让你难过了这么多年。"

宋晞完全没想过事情会是这样，有些发愣，摇摇头："那你姐姐的身体……"

裴未抒说他陪着裴嘉宁去医院复查过，万幸，裴嘉宁恢复得还算不错。

后来裴嘉宁终于和那人分了手，结束了那段她傻傻地以为那是恋爱的荒唐的关系。

他就是在陪裴嘉宁去医院复查的那天夜里，才看见了宋晞的那些信封。

信封薄薄的，被叠在一起也没有多厚，他很快读完了那些卡片，后来还买过一袋巧克力。

宋晞想让男朋友开心，故作轻松，摊开手心，凑到裴未抒的面前："你没等到我，那巧克力呢？"

"可能家里的人吃了吧，我再给你买巧克力。"

裴未抒并不是一个情绪化的人，他很稳重，说完这句话，又反过来逗宋晞开心："我们没有把裴嘉宁的事告诉爸妈。所以，以后也要麻烦你对我的爸妈保密。"

"可是，我不认识你的爸妈……"

"你早晚会认识他们的。"

聊得太久了，宋晞开口时，嗓子有些干哑。

留意到她的状况，裴未抒起身去厨房烧了一壶热水，又拉开双开门的冰箱，从里面拿出两瓶杏仁露。

杏仁露是蔡宇川买的，他买饮料喜欢整箱地买，这次也买了两箱杏仁露，被程熵吐槽："你就不能换一种口味的饮料买吗？"

大家吃火锅时，杏仁露没有碳酸饮料受欢迎，确实剩了挺多，喝不完的杏仁露就被放进了冰箱里。

夜深人静，只有电热水壶工作的声音和裴未抒制造出来的动静。

宋晞仍然坐在地毯上，看着裴未抒的身影。

他把烧开的热水倒进锅里，去加热杏仁露。

"裴未抒。"

被叫了名字的人转过身来，靠在料理台上，隔着一段距离问宋晞："怎么了？"

"你还没告诉我，你怎么知道那些卡片是我写的？"

裴未抒回来后换过衣服，卡片已经被他收起来了。

他言简意赅，只说了四个字："杨婷的包。"

宋晞听懂了。

过去她没想过会再遇见裴未抒，那个图案又是她最擅长画的。她上大学做笔记时画过小蘑菇，杨婷看见了挺喜欢，还夸过它"好可爱"。

去年给闺密做生日礼物时,宋晞忽然想起这回事,也就选了小蘑菇的图案去缝制包包。

她没想到裴未抒会阴错阳差地看见它。

热好了杏仁露,裴未抒把热水倒掉,用两条干净的毛巾包住它,帮宋晞打开盖子,把杏仁露递给她。

捧着热好的杏仁露,宋晞忽然想到了去看英仙座流星雨的那天。

山顶小店的老板也是用这种方法加热杏仁露的。

裴未抒似乎也想到了这件事。

"在鹭岛时你和我说,是去看英仙座流星雨的那天觉得不再喜欢我了的,是吧?"

"嗯……"

"我好像是从那天开始喜欢你的,从你的便利贴开始。虽然我们那时素未谋面。"

宋晞在熟人面前本来也活泼,面对男朋友时更是不经意地撒娇。

她拖长声音"哦"了一声:"那要是便利贴不是我写的,你就不喜欢我了呗?"

裴未抒看着她:"请问,我是在和程熵与蔡宇川的合体谈恋爱吗?"

两个人开了几句玩笑,宋晞去推裴未抒的手臂,结果没拿稳手中的杏仁露,杏仁露洒在了毛衣的袖口上。

毛衣是浅色的,她只能去厨房里清理衣服。

裴未抒陪着她站在水池边,见她的袖口被打湿了一片,便问她要不要换一件衣服。

换衣服吗?

可这是裴未抒的家,她换下毛衣,穿谁的衣服呢?

那种丝丝缕缕的暧昧气氛又弥漫在空气里。

宋晞有点儿慌,手上的动作都停了。她转头去看裴未抒,却见他的眼里都是清白。

反而在他看见她的表情后,裴未抒笑着调侃她:"我这儿有新的衣服,衣服的标签都还没被拆,你想到哪里去了?"

"才没有!"

被人戳中心事,宋晞恼羞成怒,把手上的水往裴未抒的身上甩,和他打闹。

可她心软,甩完水又后悔,随手扯了几张纸巾帮忙擦拭水珠。

纸巾包裹着她的指尖,擦过裴未抒的脖颈、喉结……

喉结滑动,裴未抒偏头躲了一瞬间,又轻叹一声。

叹声未落,他忽然靠近,单臂环着宋晞的腰,把她抱起来放在料理台上。

料理台上一片冰凉。

水龙头没关,"哗啦啦"的流水声吵吵闹闹地做了帮凶,掩盖了他们凌乱的呼吸声。

裴未抒用两只手撑着料理台,宋晞被他罩在身下,咫尺之遥,他就那样静静地看着她,令人心悸。

"水龙头没关……"

眼前的人短暂地偏开头,伸手关掉了水龙头。

他再看向她时,睫毛下垂,目光似乎落在她的唇上。

大学时,杨婷曾迷恋过一款游戏,宋晞和她朝夕相处,也知道那款游戏叫 *League of Legends*(《英雄联盟》)。

闺密说自己最喜欢用的游戏人物是"锤石",给宋晞展示过,那是一个浑身冒着青色的光芒、喜欢用一个钩子当武器的家伙。

杨婷操纵它抢着钩子甩出去,很准地钩住一个小兵,得意地说:"看,厉害吧?"

裴未抒此刻缱绻的视线就像是"锤石"的钩子。

宋晞屏住呼吸,手里还捏着那两张刚才帮裴未抒擦水的纸巾。

湿答答的纸巾被捏成一团,她感觉自己即将溺毙于这个深夜里。

头顶上有几盏水晶材质的射灯,灯光照射下来,像彩虹的光圈。

裴未抒缓缓地抬起手,沾着五彩斑斓的光的指尖落在宋晞的脸上,轻轻地蹭。

皮肤相触,她连后脊都开始战栗。

他轻抚她的面庞,又克制地皱了皱眉,想要退开。

是宋晞红着脸拉住了裴未抒的衣摆。

她没有经验,完全遵从本能,前倾着身体仰了一下头。

那只是一个极其轻微的动作,裴未抒却已经看到了,他落在宋晞脸侧的手动了,游走在她的肌肤上。

宋晞心跳如擂鼓。

她感受着裴未抒温热的指尖,他轻轻地拨过她的耳郭,手滑向后颈……

只是无名指和中指轻轻地用力,他的女孩就已经顺着指腹的力道靠过来。

鼻尖相触,裴未抒问:"可以继续?"

宋晞说不出话,睫毛抖得不成样子。

于是裴未抒闭上眼睛,偏头吻住了她的唇。

第四部分

胡萝卜雪人

第七章
良性感情

大学时宋晞苦练英语,为此看过很多国外的电影、纪录片,很多知名的影片里都有动人心魄的接吻的桥段。

她那时没有恋人,全凭想象根本无法想到自己如果同别人接吻会有多么手忙脚乱。

而当事情真正发生时,她其实没有慌张,只是意乱情迷。

灯光下浮动的每一颗微小的尘埃仿佛都是躁动的。

这个吻持续了很久。

面对裴未抒,宋晞是根本不设防的,没有任何犹豫、任何怀疑。

她本能地、坦然地贴近他,他甚至不需要如何进攻,在两个人的贴合间,她已经傻乎乎地张开唇……

她的纵容像给火焰添柴,裴未抒本就不多的定力差点儿全线崩塌……

他最终退开时,和宋晞一样呼吸凌乱。

裴未抒的脑海里只有两个字——要命。

可他还是克制地、安抚地拥着宋晞,揉了揉她的头发。

刚和他有过亲密的举动,宋晞觉得很不好意思,越过裴未抒的肩膀去看窗外的那轮无辜的月亮,都觉得它长了眼睛,偷窥过他们亲昵的过程。

她呼吸乱乱地把头埋在裴未抒的胸前,却意外地摸到他的衣领处一片潮湿。

像酒后断片儿,她完全不知道自己什么时候用手揽过裴未抒的脖颈。

刚洗过的毛衣袖口湿答答的,把他的衣领也弄湿了……

她更不好意思了。

谁来救救她……

到底还是裴未抒细心。他握着宋晞的右手手腕,把她的手放在他的心脏的位置。

他以此告诉她,唇齿相依时,他们有过同样的心悸。

平复过呼吸,裴未抒偏头看了一眼墙上的挂钟,哑声问宋晞:"你还走吗?"

现在将近夜里的1点钟。

宋晞像鸵鸟,把头埋在他的胸前,动作很轻地摇了摇头。

她不走了,就留下来吧。

主卧里有独立的卫浴,而且浴室里的洗漱用品也齐全,裴未抒把主卧让给宋晞,给她拿了新的衣物。

宋晞洗过澡,换上了裴未抒的短袖,短袖很大,她可以把它当裙子穿。吹干头发后,她想去找裴未抒,推开卧室的门才发现他就靠在门外。

裴未抒拿着两瓶矿泉水。

他说他敲了门,她没应,所以他等了几分钟。

"我刚才在吹头发,没听见……"

"我知道。"

裴未抒也洗了澡,在灯光的映衬下,皮肤更白了些,他满身清爽的薄荷味和苦艾的香味。

他走进来,把两瓶矿泉水放在床头上,然后帮宋晞调整了落地灯的光线。

宋晞坐在床边,心里有些纠结。

她其实不想让裴未抒走开，起码现在不想。

神经很亢奋，她根本没有睡意，可又不好意思开口留他，总觉得这样怪怪的。

裴未抒转头看了她两秒："你困吗？"

宋晞摇头。

"我本来想给你送了水就去隔壁的屋里休息的。"

裴未抒从抽屉里翻出遥控器，把室内的其他灯关掉，只留一盏落地灯。

"刚刚我突然后悔了，再和你待会儿？"

"嗯！"

主卧的床很大，宋晞把枕头竖起来，靠在床头上。

她只占了床上的一小部分面积，但裴未抒并没有和她一起坐在床上。

他坐在床边的地毯上，靠着床边的柜子，同她聊天儿。

宋晞喜欢跟裴未抒在一起的所有时间。

她不用猜疑、算计，也不用掩饰自己的任何想法。

就像现在，她在坦承过后又有些忐忑，却绝不会心绪不宁地把想法藏在心里。

她直接问裴未抒会不会觉得她过去的唱独角戏般的暗恋很傻。

宋晞看向裴未抒时，落地灯的灯光有些晃眼，她下意识地避开了灯光。

她重新看过去时，裴未抒已经伸手按在灯具上，调整过角度，光线刚好照不到她的脸。

裴未抒说他不会那样觉得，只会觉得很遗憾。

可暗恋他多年的人是她呀。

宋晞眨了一下眼睛，不明所以地问："你为什么会遗憾？"

其实裴未抒也说不清那种感觉，只能给宋晞类比说他小时候在学校的"课外活动展览日"买过低年级的校友贩卖的百合球种。

他很重视那株植物，买了花盆、土壤、肥料，很精心地呵护它。

后来百合球种发芽、长大，终于含苞待放。

但他那几天要出去参加比赛，他比完赛再回到家里时，已经错过了百合的花期。

他看着已经开败的百合花,怅然若失。

百合花有很多很多,他喜欢的百合花却只有那么一株。

"宋晞,你就像我错过的百合花。"

裴未抒的遗憾都是真的。

他没能看见过年时宋晞在他的家门口堆的小雪人,很遗憾;

她在卡片上写了"东区的第二个路口有一个有胡萝卜鼻子的雪人,它超级可爱",他没有及时地去看雪人,很遗憾;

他没有在网球场等到宋晞,很遗憾;

他没有早点儿认识这个善良、坚韧又聪明可爱的女孩,很遗憾……

"你分享了很多美好的瞬间,我都没能参与那些瞬间。"

裴未抒伸手,帮她整理了一下已经下滑的衣领:"所以我会感到遗憾。"

这明明是极寒的冬夜,窗外寒风呼啸,光秃秃的树枝在夜色中张牙舞爪,毫无情调可言。

床头的一盏灯却像春天下午 3 点的暖阳。

这让人觉得一切温暖而平静。

宋晞写的那些卡片就在床头上,被整齐地叠放在一起。

她拿起卡片看了看,对自己很挑剔,总觉得那时候的自己还没练好字,写字不太好看。

而且现在看起来,她那时大概真的很紧张,有些笔画的走向很不自然,她像是在极力地抑制着手的颤抖。

于是她问裴未抒:"那你要不要把这些卡片扔掉?"

"不扔。"

时间到底太晚了,他们就这样聊着天儿,睡意已经袭来,她逐渐地沉入睡梦中。

但宋晞在梦里也仍然记得,裴未抒在跟她说,那些卡片对他弥足珍贵。

其实对宋晞来说,那份写卡片的心情也很珍贵。

"明天下午的 6 点钟,我们在网球场见面吧。"

这句话不仅仅是在表达"我想认识你""我对你有好感",更是宋晞的勇敢。

那是她在自卑中破茧后终于生长出来的勇气和自信。

她站在玻璃城外,终于愿意试一试,去敲那扇门。

她很开心,裴未抒愿意珍视她的那份勇敢。

也许是因为和裴未抒在一起让人感到安心,宋晞的这一觉睡得十分安稳。

她还做了愉快的梦。

她梦见自己脚步轻快地跑向网球场,那是和记忆里一样的明媚天气,阳光灿烂、万里无云。网球场里也没有程熵,只有裴未抒一个人。

裴未抒穿着那件白色的羽绒服,在等她。见她过来,他浅笑着把一个信封递给她。

他在梦里说……

他说了什么?

信封里的东西又是什么?

宋晞完全不知道。

因为她睡足了,意识逐渐地清醒。她即便在梦里试图阻止自己醒来,还是没能听见裴未抒的话。

他的身影越来越淡,最终消失了。

她好失望,好生气!

宋晞在被子里猛蹬腿,发泄自己的不满。

她最终接受了现实,从被子里钻出来,茫然地看了一眼四周陌生的环境,才想起来自己是在裴未抒的家里。

床头的静音闹钟上显示,此时是上午的 10 点。

起得有些晚了,可她没有任何担忧。

她的男朋友超级好,不会因为她睡懒觉就笑话她。

宋晞懒懒地伸了一个懒腰,习惯性地去摸手机,却摸到了一个信封。

他是在模仿她的行为，和她以前往他家的信箱里投递信封一样。

信封里有一块进口的巧克力和一张卡片。

卡片上是裴未抒的字体——"圣诞节快乐，女朋友。"

她很快乐呀！

宋晞飞速地洗漱完，拿着巧克力跑出主卧。

上午10点的阳光很明媚，室内的供暖过于充足，客厅里敞着一扇窗。

清新干燥的空气中，裴未抒正坐在客厅的沙发上看电脑，听到她的脚步声，抬眸看过来："早。"

"早，我昨晚梦见你了，裴未抒。"

宋晞拿着那颗榛子巧克力，快乐地坐在裴未抒的身旁，一边拆开包装，一边给他讲她的梦："我本来还挺失望的，没想到睡醒后真的收到了你的信封。"

她把巧克力丢进嘴里，笑盈盈的，脸上都是喜悦。

裴未抒也就忽然想起自己曾在小龙虾的店里觉得宋晞眼熟。

他把这件事讲给宋晞听，还顺手从沙发旁提了一个挺大的纸袋出来，把纸袋递给她。

里面满满的全是巧克力。

快乐太多，宋晞有点儿应接不暇。

她看着装满巧克力的纸袋被放在自己的腿上，睁大了眼睛，又听说裴未抒对她有过些许的印象，简直不知道该先为哪件事开心好。

她只能抱着巧克力，对男朋友说："哦，原来不只是姚明、德里克·罗斯、麦迪能让你记住，我也能让你记住？"

"嗯，你也能。"

"那你什么时候去买了巧克力？我怎么不知道？"

裴未抒说他是9点去买的。

商场开门后，他是第一批进去的顾客，直奔地下一层的巧克力柜台，让售货员帮忙挑了店里最受欢迎的巧克力，每一种巧克力都买了些。

她觉得裴未抒的"些"用得不是很准确，实际上他买的是一大袋沉甸甸的巧克力。

自己赚了钱后，宋晞也和杨婷去逛过这家巧克力店。

里面的商品很昂贵，连一个冰激凌都卖几十块钱，大多数人买一点儿东西，买六颗或九颗一盒的巧克力，就已经要付两三百块钱。

宋晞没见过谁这样买一大袋的巧克力。

她想象着裴未抒在店里像"打劫"一般把每种口味的巧克力抓上一把丢进袋子里的样子，忍不住笑起来。

"可是巧克力这么多，我要吃到什么时候？"

"你慢慢地吃。今早我问过我姐，她说这个牌子的巧克力不错。"

"你没尝一颗巧克力？"

裴未抒像是被宋晞问得怔住了，思索几秒，转而笑道："我还真没想过，就觉得买巧克力是给你吃的。"

宋晞多年前得到了好吃的巧克力，自己不舍得吃，把它们通通分批次塞进信封里。那种心情在六年后的冬天，终于得到了回应。

她起得很晚，也没办法再吃丰盛的早餐，但又不能饿着肚子等到中午。两个人商量过之后，决定只吃煎鸡蛋饼，中午再出去吃饭。

吃饭时，裴未抒才说昨晚他也梦到宋晞了。

"真的？你梦到我什么了？"

裴未抒的梦不是很让人开心。

他梦见在鹭岛的最后一晚，宋晞泪水涟涟地盯着他——"如果有机会再见到他，我只想问一问，他现在过得开心吗？他有没有实现从小的梦想？他是否真的喜欢现在做的工作？……"

那时候他以为宋晞的心里另有他人，现在知道了实情，也明白了她为什么会这样问。

在这个圣诞节的上午，裴未抒给了宋晞这些问题的答案。

他说："宋晞，我现在过得不错，很开心。我算是完成了小时候的梦想，在做法务的工作，还挺喜欢这份工作的。"

"以后你别再为我哭了。"

这是宋晞第一次听说裴未抒的工作内容。她知道了他仍然在做和法律相关的工作，很替他高兴。

而且她也没准备什么圣诞节的礼物，想来想去，红着脸把男朋友按在了沙发上。

"裴未抒，你先别动。"

没经验，她只能腼腆地扶着裴未抒的双肩。

她又觉得去吻他的唇可能不太纯洁，自作聪明地挑了一个"好地方"。

宋晞闭着眼睛，紧张地亲了亲裴未抒的喉结。

裴未抒感受到喉结上的温软触感，微微地眯起眼睛。

执着于送圣诞礼物的女朋友就坐在他的身上，还挺热情地想要多亲几下，噘着嘴，在他的喉结上啄了又啄。

这真的非常考验人。

他躲开些，用食指抵住宋晞的额头，无奈地问："你不想出门了？"

果然，宋晞并没有任何不纯洁的意图。

她抬起头，眼睛都是亮的："我想的，裴未抒，我们出去过节吧？"

"你先下去。"

他毕生的克制都在这几个字里了。

这是他们在一起后度过的第一个节日，裴未抒提供了挺多供宋晞参考的选项。

可能因为听他讲过在国外喂浣熊的故事，宋晞对某家养了小浣熊的咖啡馆很有兴趣，说想去摸摸那些浣熊。

两个人计划得很细，但计划赶不上变化。

上午的10点30分，换好衣服准备出门时，宋晞接到了宋思凡的电话。

宋思凡说宋思思吵着要过圣诞节，宋思思早起后磨着张茜买了一棵圣诞树。

小公主发话，连宋家群和宋晞的爸爸都推掉了工作上的事，抽空回去了。

可是宋晞好想和男朋友腻歪呀。

她抱着一丝侥幸的心理，问："思思不是没提到我吗？"

下一秒，她就听见宋思凡在电话里扯着嗓子问宋思思："喂，你想不想让宋晞姐姐回来过圣诞节？"

"想！！！"

"……"

宋晞在心里把宋思凡骂了无数遍。

她要是有"锤石"的大钩子，就先刨死宋思凡这个"烦人精"。

挂断电话，她挂在裴未抒的身上耍赖，说她家里的妹妹要过圣诞节，今天得回去了。

"我也回那边，咱们顺路。"

裴未抒没有任何不悦，拿了车钥匙，把宋晞送过去。

宋晞进门时，宋思思站在椅子上，正在往圣诞树上挂饰品，"超人"在树下兴奋地摇着尾巴。

见宋晞进门，宋思思小朋友递给她一串金色的小铃铛："宋晞姐姐，你陪思思一起呀？"

宋晞对妹妹的要求都是答应的。

她捏了捏宋思思的脸蛋儿，嘀咕着："你知道宋晞姐姐为你牺牲了什么吗？是和男朋友相处的珍贵时光……"

"宋晞姐姐，你说什么？"

"没什么，圣诞快乐。"

"罪魁祸首"宋思凡倒是像没事人一样，坐在沙发上，不知道在和谁打电话，谈论着他们男孩子感兴趣的话题。

"我听说了，Nintendo Switch（任天堂游戏机）在明年的春天上市，你把它买来试试不就知道了？"

宋晞陪着宋思思小朋友玩了一会儿，又去厨房里帮妈妈和张茜的忙。

厨房里的两个人系着围裙。

张茜在用手机查教程，宋晞的妈妈则有些犯难地说宋思思想要一只圣诞烤鸡，可她们老一辈的人只会做传统的菜肴，没做过这些菜，只能现学现卖。

"我也不知道能不能做得好吃……"

宋晞帮忙擦橙皮和柠檬皮，又帮忙切苹果、切南瓜，忙得不亦乐乎。

她安慰说："妈妈厨艺这么好，做什么都会好吃的。"

手机在料理台上振动，张茜接下宋晞手里的水果："张姨来就行，晞晞，手机响了，你快去擦擦手，看是谁找你。"

闺密杨婷发来信息，询问宋晞昨晚和裴未抒聊得怎么样。

宋晞没提裴未抒姐姐的那些事，做实况转播，连裴未抒送巧克力的事都和闺密说了。

"我挑了一些巧克力，下次见面把巧克力送给你呀。有你喜欢的榛子巧克力。"

杨婷却很失望，发来一堆问号："你们俩就这么生生地聊了一宿？什么事也没发生？"

脸皮又烫了，宋晞站到厨房的窗口处去吹风。

腌制烤鸡的香料味被凉风吹散了，她用余光看见妈妈正在把苹果块填进鸡腹里。

她很不好意思地告诉闺密，自己和裴未抒接吻了。而且上午她也主动地亲过裴未抒。

"我不敢亲他的嘴，只亲了他的喉结。"

她又发了"小熊捂脸"和"小熊跑开"的表情包。

杨婷可能是准备吃午饭了，足足过了两三分钟，才回复宋晞："亲喉结……很好……"

"给你竖大拇指。"

"以后你这么亲就行，很纯洁！"

"信我！"

宋晞总觉得哪里怪怪的。

但她没时间反应，两个大人已经准备把腌好的烤鸡放入烤炉里，一切还挺像那么回事的。

彩椒、圣女果、南瓜衬在烤鸡下，烤鸡让人看着很有食欲。

她拍了照,把照片发给裴未抒,和男朋友分享第一次和家人做烤鸡的经历。

性格使然,宋晞藏不住心事,眉眼间满是初恋的喜悦。她收起手机,心思很快就被张茜和宋晞的妈妈看穿了。

两位家长都询问她最近是不是有什么开心的事情。

"有的。"

宋晞挽住两位长辈,大方地承认:"妈妈、张姨,我谈恋爱了。"

宋晞的妈妈很开心。

之前宋晞上大学时,妈妈也关心过这个问题,旁敲侧击地问下来,发现女儿像是没有这方面的心思。

她连放假时都不和男孩子一起出去,就知道学习、兼职。

宋晞的父母很开明,觉得只要孩子开心,恋爱又不是大事。

他们也就没再问过她。

宋晞的妈妈第一次听宋晞说谈恋爱了,而且她看上去那么快乐。

妈妈和张茜都由衷地为宋晞开心,但也有些属于家长的担忧,问她的男朋友是什么样的人。

宋晞说裴未抒很优秀,他是从国际学校毕业的,在国外留学,学法律专业,现在在某知名的企业做法务工作。

她想给妈妈看看照片,从相册里翻到杨婷昨天拍的那张裴未抒"洗手做羹汤"的照片,给两位家长看。

"男孩子长得很帅嘛,看起来也挺高的。"

"他还会做饭吗?"

三个女人凑在一起,谁都没留意到宋思凡从厨房的门边走开了。

她们聊着与裴未抒有关的话题,冷不防地听见"哐当"一声惊天的巨响,吓了一跳。

手机差点儿掉在地上,宋晞以为是站在椅子上挂圣诞装饰物的宋思思小朋友摔倒了,跑出去,却看见宋思思愣在椅子上。

小朋友安然无恙,"超人"也一样。

只是一人一狗都愣愣的,"超人"回过神,"汪汪汪"地对着门外叫了几声。

"思思，怎么回事，那是什么声音？"

"是哥哥……哥哥摔门走了……"

宋晞这才看向窗外，看见宋思凡大步地走向一辆出租车。

她追出门，叫了他一声："快该吃饭了，你去哪儿？"

宋思凡却没有回头，关上出租车的门，扬长而去。

谁都不知道宋思凡是怎么回事，烤鸡出炉了，宋家群和宋晞的爸爸回来了，宋思凡也没再出现。

两家人等着他来吃饭，他的手机却是关机的状态。

张茜急得又给熟悉的同学妈妈打电话，得知宋思凡没去过那里，有些犯愁。

最后还是宋家群发话了："咱们别等了，他过完年就20岁了，不是12岁。他这么大了，又独自在国外生活过，不会出事的。咱们先吃饭，不用管他。"

直到他们吃完晚饭，宋思凡都没回来。

宋思凡平时确实毒舌又嘴硬，常常和大家格格不入，但很少会失联。

家长们说着不担心，但其实心里也挂念。

宋晞也一样，总觉得宋思凡是不是发生了什么事。

他明明进门时还好好的……

到了晚上的9点多，宋思凡还是不见人影。

裴未抒和宋晞发信息时都敏锐地察觉到了她的情绪，问她："你心情不好吗？"

宋晞也不瞒着裴未抒，回答说家里出了点儿小状况。

裴未抒很快打来电话。

宋晞听见裴未抒的声音，才安心了些，给他讲了宋思凡突然玩消失的事情："家人都很担心。"

两个爸爸已经回工厂了，临走前还特地嘱咐大家联系上宋思凡后告诉他们一声。

宋思思都察觉到了气氛有些不对，小声问宋晞："哥哥到底去哪里了？"

没心没肺的恐怕只有"超人"了，它撅着屁股在狗窝里酣睡。

宋晞站在客厅的窗边，玻璃窗上映出她蹙着眉的愁容。

"张姨晚上都没吃几口饭，你们男生的心思都这么诡秘吗，人说消失就消失？这真是太任性了，让家人都跟着担心……"

裴未抒在电话里说自己很冤枉："你这是一竿子打死一船人。"

他们对话间，庭院前有些动静，一辆出租车亮着车灯停在门前。

被家人惦记着的宋思凡从车上下来，完好无损。

宋晞透过窗子看见宋思凡的身影，终于放下心来。

"宋思凡回来了。"

她还和裴未抒说简直不想要这个弟弟了，他净惹人操心、生气。

察觉到她的语气变得轻松，裴未抒也笑着："人回来就好。"

是呀，人回来就好。

宋晞也放松下来，看见宋思凡在进门后摔了一跤，还有心情看笑话，幸灾乐祸般和裴未抒说："活该，哪里有积雪他往哪里踩，大瞎子。"

但宋思凡摇摇晃晃地起身时，又失重般摔倒下去。

宋晞突然警觉起来，说："裴未抒，我先挂了，我的弟弟……他好像不对劲。"

"妈妈，张姨，快来！"宋晞一边喊着，一边跑出门去。

庭院里，宋思凡躺在白皑皑的积雪上，宋晞还没凑过去，就闻到了他满身的酒气。

"宋思凡，你起来。"

宋晞半跪在雪地上，去拽宋思凡的手臂，想扶他起来："怎么喝成这样，你不要命了？"

似乎听到了宋晞的声音，宋思凡睁开眼睛。

他躺在雪地里，没动，只是哀伤地看着她，看着看着就开始哭。

眼泪大滴大滴地流淌，砸在雪地里。

宋晞很茫然。

她很想问问裴未抒，如果她的弟弟真把自己摔傻了，他家的那些医疗器械能不能派上用场，能不能用来拯救宋思凡的智商……

隆冬时节的夜，天寒地冻。

张茜和宋晞的妈妈慌忙从家里跑出来，想把宋思凡搀回去，怕他着凉。

可宋思凡像是突然失掉了筋骨，被扶起来又滑下去，像面条似的。

他自己一点儿力气都用不上，像一个半身不遂的人。

他好不容易被张茜从背后托起来，又向前跪倒下去，斜倚着身旁的宋晞开始干呕，然后吐了一地。

呕吐物是紫红色的，触目惊心，像血似的。

张茜吓得当场就流下眼泪来了，慌得话都说不清楚："思凡，这是怎么了，这是……"

还没吐完，宋思凡就要往下栽倒，被宋晞手疾眼快地紧紧抓住。

她以前也听说过有人喝酒喝到要去医院洗胃，亲眼见了才知道这有多可怕。

宋思凡不知道到底喝了多少酒，脸色惨白，情况看起来实在不是很好。

宋晞的妈妈也没见过这种情况，在旁边想帮忙又帮不上，只能慈爱又难过地去拍宋思凡的背："思凡，我是姨姨。"

宋晞也担心，也害怕，但紧张到极点，反而冷静下来。

"这应该是红酒，不是血。张姨，你别怕，我们的领导有一次喝多了酒也是这样吐的。我们得送思凡去医院，叫救护车！"

"哎，我……我这就叫救护车……"

张茜慌里慌张地摸着身上的所有口袋，又去问宋晞的妈妈。

她们出来得急，谁也没拿上手机。

宋思凡又在干呕了，弓起背，身体一缩一缩的，有些像在抽搐。他看起来可怜得要命。

阵阵冷风里,宋晞愣是急出一头汗。

她想说她的手机应该就在玄关处或者客厅的窗台上……

她还没开口,先听见了裴未抒的声音。

"宋晞。"

裴未抒关上车门,大步地迈进庭院里。他说话时,唇边散开两团白色的雾气:"我送你们去医院。"

宋晞看见他,心里所有的慌乱像是有了落脚点。

她甚至想到了《大话西游》里的一句流传已久的台词。

可惜眼下的情景不允许她有浪漫的心思,她扯着宋思凡的胳膊,声音里都带上了哭腔:"裴未抒,你快来帮忙。"

裴未抒走到宋思凡的身边,把他扶起来,又简单地和张茜、宋晞的妈妈打了招呼。

裴未抒到底是男生,力气大。他并不吃力地扶起宋思凡,三两下地就把人塞到了宽敞的车后座上。

情况紧急,裴未抒把车开得很快,但也开得很稳。

宋思凡一直在干呕。手边也没垃圾桶、塑料袋之类的容器,他难免吐在了裴未抒的车里。

张茜只好连声说"抱歉"。

裴未抒没有任何不耐烦。

车里的皮饰是浅色的,可他连眉头都没皱一下,只安慰大家说宋思凡的症状看起来有些像急性酒精中毒,宋思凡吐出来会更好,多吐些还不用遭罪洗胃了。这是好事,只不过宋思凡去医院后可能需要输液。

张茜坐在后排,抹着眼泪和裴未抒道谢:"谢谢你呀小裴,今天我才听晞晞提起你,没想到我们第一次见面的场景会是这样。真是不好意思,太麻烦你了。"

"阿姨,您客气了。"

裴未抒说宋晞在电话里急得声音都变了,自己不放心,才过来看看能不能帮上忙。

宋思凡的状况很糟糕，谁也没有心情过多地寒暄，后半程的路上他们十分沉默，只有醉酒的人不断地干呕着、难受地闷哼着。

裴未抒就近找了一家医院，在急诊厅里借了推床，全程帮忙挂号、推人去化验，折腾了将近一个小时。

最后按照医生的建议，宋思凡输了液，留院观察。

有医护人员在，宋晞也终于放下心来。

医院急诊部的走廊里安静得十分沉重，每个人都是一脸憔悴，立式自助取片的机器冷漠地吐着片基，偶尔有患者被推向走廊尽头的CT（计算机断层扫描）室。

裴未抒略略地俯身，同宋晞耳语商量。

他说宋思凡是男生，男生在这么大的时候会有点儿要面子，不喜欢被人看见狼狈的样子，他留下可能不太好，会伤到宋思凡的自尊心。

"我先回去，你有什么事联系我。"

宋晞点点头。

裴未抒和两位长辈告别，宋晞把他送到急诊部外的停车场里，有些踌躇地说："裴未抒，那你的车……"

"这是小事，我明天去洗车。"

她还想说什么，裴未抒揉揉她的头发，制止了她。

他在医院旁边的便利店里买了几瓶热饮，也买了发热贴和纸巾，把它们通通留给宋晞。

他又把身上的羽绒服脱下来披在她的身上。

"你去陪家人吧。"

羽绒服上还残留着他暖暖的体温，令人安心。

宋晞在冷风中对裴未抒挥挥手，嘱咐着："那你慢点儿开车，早点儿休息。"

被嘱咐的人说着"好"，其实还是陪宋晞聊到半夜。

家里还有宋思思小朋友，况且医护人员也不允许那么多人陪护病人，只让留一个人。

宋晞仗着自己年轻，让家长们回家去睡觉，自己留在医院里看着宋思凡。

之前她只穿了一件毛衣,被风吹得手脚冰凉,幸好有裴未抒的热饮、暖贴和羽绒服。

但后半夜她还是嗓子痒,忍不住咳嗽过几次。

周一,宋晞请了假。

在医护人员的照顾下,宋思凡的脸色好了很多。他醒来时,宋晞正站在病房的窗边,哑着嗓子,小声和裴未抒打电话。

想到一些关于嗓音的往事,宋晞问裴未抒:"我的声音像乌鸦的声音吗?"

她的男朋友对她的滤镜比双层的玻璃还厚,耳朵可能还有点儿问题,裴未抒竟然说她像一只小百灵鸟。

"哪里有我这样的百灵鸟?"

宋晞感冒了,喝着矿泉水吞下几片药片,挺乐观地跟裴未抒说:"在医院里买药还是挺方便的,我走几步就到了。"

电话里,裴未抒担心地问她有没有发烧。

宋晞说只是发低烧,情况不严重。

"待会儿妈妈和张姨就过来了,我回去睡一觉就好了。"

她正说着,余光看到有什么东西在动。

她转过头,看见宋思凡已经坐起来:"我晚点儿和你聊,宋思凡醒了。"

急性酒精中毒不是闹着玩的,宋思凡才起身,已经感到天旋地转,不得不躺回去。

"你要喝水吗?"宋晞问。

"不要。"

病房里安安静静的,过了好一会儿,宋思凡才重新开口,嗓子哑得像破锣。他问宋晞昨天送他们来医院的人是否就是她的男朋友。

"嗯,他是我的男朋友,叫裴未抒。"

但现在哪里是认亲的时候?宋晞坐在床头旁的一张折叠椅上,表情很严肃。她掩唇咳嗽几声,开始教育宋思凡。

"你知道你昨天有多危险吗？好端端的，你为什么要喝那么多的酒？你知不知道大家有多担心你？你有什么事情是不能和家人说的，非要出去喝闷酒……"

宋晞越说越生气，越说越激动，又偏过头去咳嗽了几声。

她转念想想，觉得对虚弱的病人这么凶不太好。

她做了一个深呼吸，才勉强压制住自己的脾气。

她不知道宋思凡是知道自己做得不对还是真的没有力气开口，他就静静地躺在病床上，一声不吭。

到底是做姐姐的人，宋晞也心软了，絮絮叨叨地给宋思凡讲起多年前自己因为水土不服夜里被送到医院的那次经历。

"所以你有什么事情不要自己受着，和家人说说，知道吗？"

眼眶一红，宋思凡扯过被子蒙在头上。

声音又闷又虚弱，他只说了两个字："好吵。"

宋晞在心里"哇"了一声，差点儿想起身拿起折叠椅砸烂这个白眼儿狼。

幸好裴未抒这时发来消息，分散了她的注意力，救了宋思凡的狗命。

宋思凡在医院里待了两天，出院后也不太爱说话，像是突然变了一个人似的。

他倒是显得比以前懂事些了，不顶嘴了，也不欺负宋思思了。

他偶尔叫宋晞，也不再直呼大名，竟然还叫过她两三次的"姐"，让宋晞倍感惊讶。

她甚至跟裴未抒说："宋思凡那天摔到头了，你说要不要再让他做头部 CT 呀？"

2016 年的最后几天就在这场宋思凡醉酒的闹剧中过去了。

元旦假期前的最后一天，宋晞下班时，裴未抒已经等在办公楼下了。

她脚步轻快地跑过去，被裴未抒拥住。

因为宋思凡，前些天宋晞一直在宋叔叔家住，偶尔和裴未抒出去散步也要带上"超人"和"雪球",甚至宋思思都跟着去过一次。

今天她下班前,她妈妈打来电话,问她今晚是否还回去吃住。

宋晞可诚实了,说:"今天不回去,我要和裴未抒约会。"

于是宋晞的妈妈笑道:"那天咱们还没为思凡的事情好好地谢谢人家,你的张姨也说想请小裴吃饭。"

除了这些事,宋晞的妈妈还说了不少夸裴未抒的话。

宋晞在车上跟裴未抒说了这件事。

反正被夸的不是她,她也不用不好意思,还美滋滋地"添油加醋",掰着手指:"她们说你遇事冷静、有礼貌、靠谱儿……"

"看来我给家长们留下的印象还不错?"

"是呀,所以你什么时候和我回去吃饭呢?她们想请你吃饭的。"

晚高峰的时间有些堵车,他们被堵在车水马龙中。

裴未抒随意地握着方向盘的底端,转头看着宋晞,浅笑道:"我再登门吃饭,可就是正式地见家长了。"

宋晞也有些不好意思,说:"是她们约你呢,又不是我……"

街道上灯火通明,前面是望不见尽头的红色尾灯,两侧的商厦上有巨幅的广告,正在热映的几部电影的预告片在影城的屏幕上循环播放着。

以前出去吃饭时,他们会提前商量去哪里吃饭、吃什么饭。

唯独今天,两个人很默契地没有开口提这件事,心照不宣。

车子一路行驶到裴未抒家的地下车库里,宋晞和裴未抒一起乘坐电梯上楼。

抵达了目标楼层,裴未抒用指纹打开房门。

室内一片昏暗,十分安静,落地窗外是林立的高楼、繁华的街景。

房门"咔嗒"一声关上,玄关处的感应灯带亮起,光线是白色的。

宋晞穿了一双小皮靴,脱掉鞋子时有些费力。单脚站得不太稳,她摇摇晃晃的,被裴未抒扶住。

宋晞把鞋子摆放好,抬头迎上裴未抒的目光。

不知道为什么,她偏偏要说这么一句话:"裴未抒,我不发烧也不咳嗽，感冒好了，不会传染的……"

她都没说完话，裴未抒已经托起她的下颌，吻住了她的唇。

玄关处摆放着一盏蓝灰色的扩香石，北国的雪松搭配檀木的味道十分淡雅清冽。

窗外无风也无雪，双层的玻璃窗阻断了车水马龙的喧嚣，寂静的空间里，只有衣物摩擦的"窸窣"声。

他们脱掉沾染着室外凉气的羽绒服，把蓬松的羽绒服丢在地上，宋晞被裴未抒单手托着臀部抱起来，背靠着防盗门。

感应灯带自动地熄灭了。

在一片昏暗中，他们额头相抵，宋晞听见裴未抒说："你瘦了。"

她轻了两三斤。

她太容易瘦了，前几天发低烧、嗓子疼，本来也吃不下什么东西。她只跟领导请了一天假，忙着工作，又担心宋思凡的身体。

她生病、忙碌还到了生理期，想不掉秤都难。

光线暗，宋晞做过近视手术，有些后遗症，看什么都模模糊糊的。

只有裴未抒的面容是清晰的，灿如星月，她揽着他的脖颈，同他对视。

裴未抒的唇重新落下来，微凉，他动作温柔地亲吻她。宋晞也回应他，动作青涩、毫无章法，但也撩得人难以招架。

气息纠缠，一切都失控了。

她穿了一件薄薄的羊毛开衫，里面的衬衫被掖在牛仔裤里。她能感觉到衣摆被轻轻地抽出来，他的手探了进去。

呼吸乱得要命，她只能像考拉抱着树干那样，紧紧地抓着裴未抒。

背后的门突然被敲响，声音太近，宋晞吓了一跳，下意识地夹住了裴未抒的腰。

"您好，您的外卖到了。"

门又被敲了几下，随后传来裴未抒手机的振动声，声音被闷在地上的羽绒服里，很轻微。

感应灯带重新亮起。

理智回归，裴未抒笑着吻了宋晞的眉心，提醒她："你在和我比赛屏息吗？"

被他这样提醒，宋晞才意识到，自己竟然紧张到忘记了呼吸。

"呼——"

新鲜的空气涌入胸肺间，宋晞惊魂未定地把头埋在裴未抒的肩膀上："刚才我吓了一跳，你……你订了外卖吗？"

裴未抒仍然单手抱着她，俯身从鞋柜里拿了一双拖鞋，然后稳稳地走到客厅里，把宋晞放在沙发上，又给她穿上拖鞋。

"嗯，附近开了一家药膳店，评价不错，我把药膳买回来让你尝尝，给你补身体。"

裴未抒走回门边，顺手按亮客厅里的灯。

打开防盗门前，他从门上摘下一个物件，轻轻地一抛，把它丢给宋晞。

她的运动神经很不发达，她丢小纸团时从没精准地把它投进垃圾桶里过，尚不能游刃有余地接到他丢过来的东西。

她像拍蚊子般，用两只手堪堪把那个东西拍住。

她缓缓地打开手掌，里面竟然是磁性冰箱贴。

冰箱贴是小蘑菇的造型，半透明的，软乎乎的，材质有点儿像硅胶。

仿真度很高，而且它很可爱。

即将到来的2017年是鸡年，应景的商品大都是小鸡的造型，或者印着相关的花纹，公司发的日历、对联甚至快餐店的赠品都是这类图案。

宋晞一时搞不清冰箱贴的来处，问了裴未抒。

"你从哪里弄来的冰箱贴？这是你买的吗？"

裴未抒把外卖放在餐桌上，正在拆那些包装盒，随口说昨天他和蔡宇川吃午饭，蔡宇川要买烟，他也就跟着去了一趟便利店。

在收银台旁边的架子上，他无意间看见了这个小蘑菇的冰箱贴。

可能销量不太理想，它委委屈屈地被摆在货架的底层。

"我感觉你可能会喜欢它,就买了。"

她很难想象,他这个身高将近一米九的大男生会蹲在货架旁挑选小蘑菇造型的冰箱贴。

"你喜欢吗?"裴未抒问。

宋晞把冰箱贴举在脸侧,对着裴未抒灿烂地一笑:"超喜欢——"

"那下次去那里,我再给你买两个冰箱贴,那里还有黄色和棕色的冰箱贴。"

说完,裴未抒对她招招手:"过来吃饭吧。"

药膳的味道很不错,虫草参鸡汤暖暖的,连生理期的不适感都消减不少。

8点钟,电视上的元旦晚会准时地开始。

宋晞洗过澡,从浴室里出来,依然穿着裴未抒的衣服,盖着薄款的空调被,和裴未抒一起坐在沙发上。

他们也不是喜欢所有的节目,经常分神聊天儿,偶尔看几眼电视。

宋晞告诉裴未抒,自己要在春节期间休年假。

她的爸爸妈妈很多年没有回镇上了,今年宋叔叔、张姨他们一家人也有回去的打算。他们要去逝去的亲人坟前除草、祭拜,也想着南方温暖,要带宋思思小朋友去玩玩。

两家人计划着一起出行,宋晞当然也想回去看看。

"裴未抒,你要珍惜和我在一起的时间,过年期间我们可能有十多天都见不到面。"

她刚洗过头发,头发被吹得不算特别干,潮乎乎的,散发着淡淡的香气。

人也可爱,她只要和他在一起,就会亮着一双眼睛喋喋不休。

她还有点儿倔,生理期难受也不肯躺下睡觉,非要说这是他们在一起后度过的第一个跨年夜,要和他一起看晚会、等倒计时。

裴未抒本来也没想怎么样,被宋晞这么一问,忽然情不自禁地把人抱到腿上:"我们那么久都见不到面?"

"但我们可以打电话、视频通话,我还可以给你带家乡的菌干和……和……"

她说不利索后面的话了,因为裴未抒拉过她的手腕,在吻她的指尖。

温软的唇触在指腹上。

宋晞好半天才找回自己的声音,把话说完整:"和笋干。"

裴未抒亲了她一下:"春节是什么时候?"

"28日吧,我如果能请年假,可能21日或者22日出发。"

裴未抒这个人不笑时面相冷冷的,说出的话却很撩人。

他说:"再亲会儿。"

她只穿了裴未抒的短袖,坐在他的腿上,能感受到他对自己出行的不舍,也能感觉到他身体的变化。

过了几分钟,裴未抒起身。

他揉了揉她的头发,微敛眉心,说要去洗澡。

宋晞隐隐地明白这意味着什么。

脸皮很烫,她用两只手捂着脸,点点头。

裴未抒微微地皱眉的样子太吸引人了。

那是难以形容的禁欲感、自持感,让人的心里又慌又痒的。

这一幕深深地烙印在宋晞的脑海里,迟迟地不肯消散,牵扯着神经,她逐渐地联想到一堆事……

她急于看点儿什么其他的东西来转移自己的注意力,于是手忙脚乱地从沙发的缝隙里翻出手机,点开某个问答类的社交软件。

软件还记着她的"喜好",推送的都是些和暗恋相关的文章。

它甚至变本加厉,还邀请她回答问题——

"暗恋苦不苦""暗恋让你最心酸的瞬间是什么""暗恋的对象突然谈恋爱了,你是什么感受""暗恋没结果是什么感觉"……

宋晞有点儿不服气了,愤愤地想:她已经不是在暗恋了,是在明恋。

她暗恋的人现在是她的男朋友,都见过她的家长啦,虽然那只是因为意外,但他们也是见过面了的。

她想着裴未抒那天突然出现的场景，然后又成功地想起裴未抒的眉心和唇……

她还是……看看哲学吧！

宋晞在问答的软件上搜了一圈，点开某名师的视频，强迫自己听他讲了十几分钟的苏格拉底。

前些天的夜里她总是咳嗽，根本睡不好觉。

连日疲惫，又到了生理期，宋晞是看着哲学的视频睡着的。

裴未抒洗完澡出来时，就看见她安静地蜷在沙发上，闭着眼睛，还把手机握在手里。

视频里的名师"哇啦哇啦"地讲着哲学，电视上播放着吵吵嚷嚷的歌舞类节目，这都没能打扰她的睡眠。

眉心舒展，她看起来睡得很安稳。

宋晞才生过病，脸色有些发白，眼睑的下方也呈现淡淡的青色。

她说要等跨年的倒计时，但裴未抒仍不忍心叫醒她。

他走过去，放轻动作，抽出宋晞手里的手机，又关掉手机上的视频。

他无意间看到，宋晞在这个平台上的名字也叫"Yamal"。

账号上有很多消息提示，他不知道她写了什么回答，她的回答好像挺受赞赏的。

评论、转发、赞同、喜欢、收藏上面的红色数字都是"99+"。

裴未抒想起前些天他们聊起过"Yamal Peninsula"。

宋晞说她也是因为偶然间听到了他和同学的对话才了解到那些事的，也是从那时候才开始关注 Yamal 号破冰船的。

裴未抒当时就随口说："那以后有机会我们一起去那里，我给你当导游。"

宋晞答应了。

不过女孩仰起脸，很认真地告诉他，她要在攒够钱、能负担自己的全部旅行的开销之后，才会计划动身。

"我在准备考试，通过了考试可以涨薪，你可以为我加油打气。"

裴未抒问她什么时候考试,她就说在明年的秋天考试。

她还举了举拳头,给自己打气:"我听前辈们说,考试是挺难的。但我非常有信心。"

那天他们聊起"Yamal Peninsula",是在下班后的路上。

他们计划一起出去吃饭,却有些不走运,遇上了风雪交加的恶劣天气。

雪越下越大,路况也不好,车堵得几乎走不动,那些暴躁的司机已经开始不耐烦地鸣笛,但这样仍无济于事,谁都不知道要堵车堵到什么时候。

宋晞却从宽大的羽绒服口袋里翻呀翻,拎出两个小面包。

她笑着对裴未抒说:"好幸运,我们不用饿肚子啦。One for you and one for me(一个给你,一个给我)。"

裴未抒喜欢宋晞笑起来的样子。

或者说,他喜欢她的所有样子。

宋晞短暂地睡了一会儿,醒来时,时间刚好到了夜里的 11 点 50 分。

元旦晚会已经到了大合唱的环节。

电视被调成静音了,她的身上盖着裴未抒的羽绒服,额角有些出汗。

裴未抒靠在沙发上,垂着头回复手机上的信息。

"裴未抒。"她叫他。

"你醒了?"

裴未抒把手机拿给她看,说朋友们在群里聊天儿,他们想趁着元旦的假期聚一聚。

群名变了,不再是"剧本杀王者六人组",现在是"两对情侣和俩电灯泡"。

"我怕声音会吵醒你,帮你把手机暂时调成了静音模式。"裴未抒把她的手机递过来。

对话框里,蔡宇川正谈及他们两个人:"我算是见识到裴哥的爱屋及乌了。"

"你们知道那种盒装的巧克力饼干吧？那种饼干叫什么'蘑古力'。"

"昨天我们俩去便利店，连那种蘑菇造型的饼干，他都要多看两眼。"

"要不是我叫他，他都站在那儿不走了。"

程熵说裴未抒是在睹物思人。

杨婷回复了一串"哟哟哟哟"，她的男朋友有样学样，也跟着说"哟哟哟哟"……

宋晞问裴未抒："你真的看了？"

"可能是吧，那是无意识的行为。"

顿了顿，裴未抒才说："程熵说得对，我睹物思人。"

宋晞红着脸，和朋友们聊了几句，刚出现在群里，就被调侃得发了投降的表情包。

后来他们还说了什么，她都心不在焉的，总惦记着电视上的时间。

瞄见还有半分钟就到了零点，宋晞放下手机，恰好看见裴未抒和她做了相同的动作。

他也把手机扣在地毯上，转过身来面对她。

他们在最后的10秒钟里一起倒数着数，然后，2017年就这样来了，手机上的日期跳转到1月1日。

"宋晞，元旦快乐。"

"元旦快乐。"

某栋商厦上的LED（发光二极管）显示屏上闪烁着"元旦快乐"的字样；

不知道是谁的氢气球飞了，晃晃悠悠地飘在夜空中；

电视里的主持人都喜气洋洋。

宋晞也很高兴，凑过去想亲亲裴未抒，目标明确地直奔喉结。

她亲过这个地方，熟门熟路。

似乎察觉到了她的目的，裴未抒伸出食指抵住她的额头。

宋晞不解地抬头，看向裴未抒，想要听他解释。

毕竟她的男朋友去洗澡之前还对她表现出了难以抑制的喜欢、难以隐忍的欲望。

为什么他突然就不让她亲了？

"等你的生理期过去吧。"

"为什么？"

裴未抒看了她两秒，倏忽伸手，托住她的下颌扭向旁边，轻衔住她的耳垂。

宋晞像被电流击中，状态不比急性酒精中毒的宋思凡的状态好多少，整个人都麻了。

心脏麻得最严重，像通着丝丝缕缕的电流般，她有一种难以言喻的感觉，忍不住蜷缩了一下肩膀。

"现在你知道为什么了？"

元旦的假期有三天，比周末还多出一天，宋晞却总觉得时间短暂。

元旦当天，宋晞和裴未抒都要回长辈的身边，陪家人吃饭。

但宋叔叔家和裴家离得近，两个人在晚上依然约着去散步。

当然，他们也带着"超人"和"雪球"。

他们还绕路去了一趟程熵家，给程熵送了些宋晞的妈妈做的牛肉干和炸洋芋。

天上飘着小雪，没什么风。

宋晞告诉裴未抒，在她来帝都的那年，她第一次见识到北方的冬天，觉得很冷，也很开心，像生活在那种晃一晃就可以下雪的水晶球里。

"裴未抒，你见过那种水晶球吗？"

"见过。"

"我和李瑾瑜常常在路过精品店时去看橱窗里的水晶球，价格有点儿贵，我们买不起它，就饱饱眼福。"

宋晞发现自己面对裴未抒时越来越坦然。

她可以接受自己过去的无知、见识不足、迷茫、力有未逮；

她也可以接受自己现在仍然会在某些领域中有些无知、见识不足、迷茫、力有未逮的事实。

也许她的坦然不只是因为她在成长、内心逐渐地变得强大,也因为裴未抒的态度。

宋晞上大学时,隔壁寝室的一个女孩子常常在夜里和异地的男朋友打电话时哭泣。

她明明是一位很可爱的女孩,却总是疑神疑鬼,怕自己的魅力不足,怕会被男朋友抛弃。

杨婷还跟宋晞吐槽过,说:"这种恋爱关系未免太可怕了。"

世上确实会有那种男生,他哪怕爱着你,也会给你带来满身的伤痕。

那大概是一种奇怪的、不良的情感。

宋晞偏过头,看向自己的男朋友。

纷纷扬扬的雪中,裴未抒也在对她笑。他牵着两只狗狗的牵引绳,虎口都被冻得有些泛红,他却抬手帮宋晞整理围脖:"咱们再走一会儿就回去吧。"

"你不想和我一起散步啦?"

"想。"

一片雪花落在他的睫毛处,裴未抒下意识地眨眼,然后说:"但你的感冒刚好,我怕你着凉。"

这应该就是良性的感情了吧?

宋晞想。

而且担心她感冒的还不只有裴未抒一个人。

他们经过裴家的门前时,裴嘉宁从庭院的门口探出半个身子,热情地向宋晞挥手。

"你好呀,宋晞,初次见面,我是裴未抒的姐姐裴嘉宁。"

裴嘉宁根本不像是第一次和宋晞见面的样子。好像弟弟的女友就该是她的亲妹妹似的,她拿了好多东西,一股脑儿地把它们塞给宋晞。

东西有她自己烤的泡芙、暖手宝、被装在保温壶里的养生热饮……

"我听裴未抒说你病了几天,这种热饮能养身体,很补的,而且你喝了它不会上火。这是我请老中医调配的,你放心地喝。"

"谢谢姐姐。"

裴嘉宁笑容明媚地发出邀请:"宋晞,有空来家里玩哪,我的爸爸妈妈也很欢迎你,也担心你的感冒。听裴未抒说你好多了,我们都很开心。"

她只是感冒而已……

宋晞纳闷儿地看看裴未抒,眼睛里都是"你连这件事都说了"的疑惑。

裴未抒却偏开头,以手背抵唇,轻咳了一下。

这还是她第一次见裴未抒不好意思的模样。

裴嘉宁拉着宋晞给她讲:"他那天从楼上下来时就带着这副表情,问妈妈有没有什么缓解嗓子痛和咳嗽的药。"

姐弟俩的容貌本来就有些相似,姐姐板起脸皱眉的样子还真的和裴未抒很像。

裴嘉宁学得活灵活现,笑着说他们的妈妈是医学院的,研究方向有点儿广,平时家人有小病小痛也就想不到问妈妈。

所以那天,妈妈被裴未抒问愣了,还反问裴未抒:"怎么了,你生病了吗?"

所以全家人都知道了:裴未抒的女朋友感冒了,在咳嗽,嗓子疼。

"姐。"

裴未抒轻推裴嘉宁的背,把姐姐送进庭院里。

"等等,宋晞——"

裴嘉宁扭头,对着宋晞眨眼:"有空我们去喝咖啡,到时候我再讲给你听。"

"超人"比宋晞应得更快,兴奋地在落满薄雪的地面上跑了几步,发出"汪汪汪"的叫声。

宋晞喜欢这种被他重视着的感觉,也喜欢这种被他的家人重视着的感觉。

雪轻轻地飘落，落在宋晞的羽绒服上。

她穿了一件深色的羽绒服，褶皱处藏匿着几片雪花。她对着路灯，能清晰地看到它们的六个角。

雪花真的像圣诞节时橱窗上喷画的那种图案，很可爱，而且每片雪花都不太一样。

宋晞举起袖口给裴未抒看："看，雪花。"

她说完，忍不住露出大大的笑容。

她也分不清楚，自己到底是因为看清了雪花而开心，还是因为陪她看雪的人是裴未抒而开心。

他们踩在雪上，留下两串潮湿的脚印。

合欢丛上落满了白色的雪，整个世界都安静又干净，令人欣喜。

裴未抒把宋晞送到家门口，很绅士地吻了一下她的手背。

"明天见。"

宋晞抱着"超人"，捏着它的小狗爪对裴未抒摆手："明天见。"

假期的第二天，朋友们约了一起去滑雪。

杨婷去姑姑家了，来的只有杨婷的男朋友、程熵、蔡宇川，还有剧本杀店的老板和他的女友。

这是宋晞第一次来到滑雪场，程熵他们已经拿着单板去高级滑道了，她还踩着双板，拿着手杖，笨拙地留在初级滑道上练习滑雪。

裴未抒陪她一起滑雪。

他穿着一身银灰色的滑雪服，其实这种运动类的衣服大多很宽松，特别容易压个子，让人显矮又显胖。但因为身高太优越，裴未抒穿着滑雪服也很挺拔。

他还戴着滑雪镜，非常帅气。

一个女孩滑过来，停在裴未抒的面前，跟他要联系方式，裴未抒就礼貌地拒绝，然后指了指宋晞。

他说："别害我，女朋友看着呢。"

其实女朋友才不看他。

女朋友此时自顾不暇，颤颤巍巍地滑着雪，像耄耋老人，走都走不利索。

宋晞的身旁是一群跟着教练学滑雪的小学生,她蹭课听了一会儿,奈何运动神经还是不发达,脑子懂了,手脚还在茫然中。

她玩到下午,才终于敢在裴未抒的陪伴下去中级赛道了。

结果哪怕他面向她倒着滑、在前面护着她,宋晞还是不争气地摔倒了。

摔倒时撞到手臂了,宋晞没吭声,又磕磕绊绊地在初级滑道上滑了两圈,才以"累了"为借口,换掉滑雪服去咖啡厅里休息。

帝都的降雪量不足,雪场里大多是人造雪,但她透过咖啡厅的玻璃看过去,那里仍然一片白茫茫的。

宋晞还以为裴未抒会去高级雪道的那边找其他的朋友。

她刚点完咖啡,他就已经从男士的换衣间里出来,大步地走过来。

"你怎么过来了,不玩了吗?"

裴未抒只问:"胳膊怎么样?"

宋晞还以为自己掩饰得很好,没想到胳膊受伤的事被他看出来了,摇摇头,表示自己没什么事。

她只是怕再摔到同样的位置,毕竟还要上班,所以来歇着了。

"你去玩吧,我没事的。"

来时宋晞已经在车上听程熵他们说过,几个男生以前就很喜欢滑雪。

初中毕业后,程熵和裴未抒还和同学去过瑞士,在Zermatt(采尔马特)滑雪,看日照金山,住了一周多。

她的滑雪装备是租借的,而他们几个人用的是自己的装备。连雪板都是他们自带的,他们以前就有这些东西。

所以裴未抒应该也挺擅长滑雪的。

他只是为了陪她,一直没去高级滑道。

裴未抒点了一杯咖啡,坐到宋晞的身旁,和她一起看着玻璃窗外的人造雪景。

他说:"我不去。他们是来滑雪的,我是来约会的。"

宋晞吐槽说自己的运动神经不发达,裴未抒就给她讲自己小时候学滑雪的傻事,用"笨手笨脚"评价自己,还说他小时候喜欢逞能。

"一瓶子不满,半瓶子晃荡。"

他没等学得多好,已经悄悄地抱着雪板,坐缆车去了高级雪道,滑下来时连滚带爬地摔,第二天早晨起来后全身酸痛,被裴嘉宁嘲笑了好几天。

"不会吧……"

她摇头,表示不太相信,怀疑男朋友是为了安慰自己才这样说的。

"怎么不会?"

裴未抒用咖啡杯和她碰杯:"我又不是天才,我姐拍了视频,下次我找来视频给你看。"

宋晞发现裴未抒和家人都很喜欢留存东西。

他们喜欢保存照片、视频还有一些旧物,之前他说她的那些信封也都是被保存在储物箱里的。

"这是家庭的习惯吧。"

裴未抒说他家的某位老人过世前是患过阿尔茨海默病的,病症越来越严重,老人也就渐渐地忘掉了所有的亲人。

所以他们觉得有时候记忆不靠谱儿,需要借助一点儿外力,留存那些回忆。

"那我们也来留念吧。"

宋晞举起手机,第一次和裴未抒拍了合影。

咖啡厅里的光线很好,阳光落在他们的身上。

照片上,她的耳朵尖是粉红色的,而她男朋友眉眼间满是温和的笑意。

假期的最后一天,宋晞和裴未抒又单独待在一起了。

他们在宋晞的家里煮饭,改造金鱼缸上的自动喂食装置,窝在床上慵懒地看英文的推理电影,天南海北地聊天儿……

晚上裴未抒没走,他们第一次睡在同一张床上。

宋晞的床不够大,那些毛绒玩具只好委屈地被挪到沙发上和飘窗上。

第二天宋晞和杨婷打电话时,杨婷调侃道:"听说昨晚裴未抒是在你那儿住的?"

"你是听谁说的?"

"程熵啊。他说他早起给裴未抒打电话,电话是你接的。"

"程熵这个大嘴巴……"

这件事怪宋晞。她早上睡蒙了,听见手机在振动,下意识地就接了电话。

谁知道她拿的是裴未抒的手机……

闺密在电话里亲昵地问着:"我说,你们俩进行到哪一步了?"

宋晞支支吾吾着,看向自己的手指,说自己还在生理期,脸红得像番茄。

"你在生理期,你们俩也可以做很多事呀!"

宋晞知道。

她是昨晚刚知道的。她似乎又回忆起了手上的触感,当时耳边传来裴未抒隐忍的呼吸声。

…………

元旦之后,宋晞的年假被批准了。

在他们两家人离开帝都前,裴未抒应邀去了家里吃饭。

裴未抒来到家里的那天是一个晴朗的周末。

他给每个人都带了礼物,还买了新鲜的水果和一篮盛放的白色蝴蝶兰。

宋晞的妈妈把人迎进来:"你看你这个孩子,是我们请你吃饭,你怎么还买了这么多东西?下次不许破费了。"

宋思凡还在家里,看见裴未抒进门,脸色不是很自然。

但他被张茜押到门口迎接客人,还被按着给人家裴未抒道谢。

"要不是小裴那天帮忙,我们就要叫救护车了,你还不快谢谢人家?!"

宋思凡的"谢谢"像是从牙缝里硬挤出来的,怎么听都不太真诚。

宋晞甚至听见,她的这个弟弟在看见"超人"和宋思思围在裴未抒的身边时,幼稚地不住嘀咕,像在下咒:"'超人'咬他、咬他、咬他……"

"……"

宋晞无语地白了宋思凡一眼。

在宋思凡养病的时候,也就是在元旦前,宋晞早已带着宋思思、"超人"和裴未抒、"雪球"一起散了步。

"超人"挺喜欢"雪球",也就连带着喜欢朋友的主人,欢快地对裴未抒摇尾巴,扒着他的腿,求抱抱。

而宋思思小朋友今天收到了裴未抒买给她的糖果。

她抱着糖果箱,左一句"哥哥",右一句"哥哥",小嘴甜得像抹了蜜。

她叫裴未抒比叫自己的亲哥哥还流畅。

"俩叛徒。"

宋思凡这样说完,看了一眼喜滋滋的宋晞,改口了:"仨叛徒。"

裴未抒是那种教养很好、很知礼数的男生,聊天儿时大大方方的,被问到什么都真诚地回答,宋晞的妈妈和张茜都很喜欢他。

长辈们也有她们的为人处世之道,没有问让两个孩子尴尬的问题。

家里有客人,失宠的宋思凡被晾在一旁,百无聊赖地坐在客厅里打游戏。

宋晞则哼着有点儿跑调的歌,帮忙打理裴未抒刚送来的蝴蝶兰。

她浇了些水,然后拿手机拍了照片。

不知道别的情侣是在交往多久之后见家长的,她总觉得自己和裴未抒的恋情进展得格外顺利。

见宋晞对那些花上心、拿着手机左拍右拍,宋思凡张张嘴,又闭上嘴,最后还是忍不住吐槽:"你没见过花吗?"

午饭是宋晞的妈妈做的家乡菜,饭后裴未抒帮忙收拾了餐桌,又短暂地坐了一会儿,然后起身告辞。

宋晞也拿了羽绒服,跟着往外走。

她有些不好意思，指了指外面："妈妈、张姨，我去送送他……"

路上宋晞吓唬裴未抒说他的样子可是被家长们牢牢地记住了，他敢欺负她就死定了。

她还说了大话，好像有多霸道似的："而且我的家人很'双标'的，只准我欺负别人，不准别人欺负我。"

裴未抒好笑地问："那你想怎么欺负我？"

"我想想……"

宋晞决定好好地欺负裴未抒一下，捞了两把积雪，三两下地团成雪球，恶狠狠地把雪球朝裴未抒砸过去。

人家都没躲。

是她自己的力气不足，雪球划出一道抛物线，落在裴未抒的鞋前。

裴未抒也团了雪球，不费吹灰之力，用它砸中宋晞。

他到底是手下留情了，雪球很轻地砸在她的手臂上。

"裴未抒，你完了！"

以前的那些发了疯地逼迫自己学习的日子里，宋晞曾迫切地希望自己迅速地成长，要百炼成钢、无坚不摧。

和裴未抒谈恋爱之后，她才发现……

原来在好的关系里，她不用时时刻刻地端着姿态，不用证明自己超优秀、超厉害。

她可以做一个在雪地里追逐打闹的幼稚的孩子。

反正她跑得累了，前面的那个人就会停下脚步，转身回来，拥她入怀。

他可能还会觉得，她红着脸、气喘吁吁的样子也十分可爱。

1月21日，宋晞和家人一起去了火车站，乘坐通往小镇的火车，要回自己的家乡。

帝都的站是始发站，卧铺的车厢里弥漫着泡面味、刚刚乘务员清理地面时留下的尘埃味。

趁着火车未启动，宋晞坐在下铺上，和裴未抒打了视频电话。

视频里，"雪球"和"超人"玩得很和谐。

她原本是要把"超人"寄存在宠物医院里的，但裴未抒主动地提出春节的前后会在爸妈那边住，可以帮忙照顾"超人"，带着它和"雪球"去夜跑。

有熟人照顾"超人"，总比把它放在外面更让她安心。

裴未抒在视频里和宋晞说，下午裴嘉宁带着两只狗狗去了宠物医院，给它们洗了澡、修剪了毛发和指甲。

萨摩耶犬和比熊犬白得像天边的两朵云，一大一小，非常可爱。

"车上的温度怎么样？"

"供暖很足。"

宋晞脱掉羽绒服，把它叠好并放在单人的铺位上："我还挺热的，刚刚还看见有人穿短袖呢。"

"你很久没回去了吧？我听你的声音，你很高兴？"

"嗯，我高兴的。"

过了几秒，她趁着家人不注意，用手遮着唇，小声跟裴未抒说："可是我很想你，要是你也在就好了。"

话题就这么被转移了，宋晞思维发散地想，他们结了婚是不是就可以一起守岁过年了？

她是这么想的，也是这样问裴未抒的，问完就后悔了，急忙否认："我可不是在向你求婚！"

中铺传来一声巨响，宋晞吓了一跳，拧着眉头往上瞧："宋思凡，你干什么？你别把人家的卧铺折腾得塌掉。"

两个人聊了几句，车厢里的人越来越多，吵吵闹闹的。

宋思思小朋友第一次坐火车，很兴奋，趴在对面上铺的扶手上，叫宋晞："宋晞姐姐，看我！"

小朋友很好动，叫完又乐颠颠地从上铺往下爬，像不太灵活的小猴子："是裴哥哥的视频电话吗？我想看'超人'和'雪球'。"

她们明明没有任何血缘关系，但宋思思在某方面很像宋晞，这个孩子的运动神经也不怎么发达。

腿是比同龄孩子的腿长一点儿，但宋思思趴在上铺的床板上，往下伸了好几次脚,都没能顺利地爬下来,无处落脚,粉色的条纹袜子在空中晃悠着。

宋晞举着手机,又怕宋思思摔倒,指挥着小朋友踩她这边的中铺,想着也许小朋友这样能好爬一些。

别人都是头朝着火车窗口的那边,谁知道宋思凡非要把枕头挪到过道的这一侧。

宋思思踩着踩着,一脚踩到宋思凡的头发上。

"哎,哟——小短腿,你不能老实点儿?"

在这种环境里宋晞和裴未抒也没法儿多聊,宋晞给宋思思看过"超人"和"雪球",又简单地和裴未抒聊过几句后,结束了视频通话。

张茜和宋晞的妈妈从餐车那里回来,说看过了价格,打算晚上去餐车那里吃饭。两位妈妈说完,又翻出一次性的床单给每个铺位铺上。

宋家群和宋晞的爸爸也已经把行李箱摆放好,坐在过道的休息椅上,聊着老家的亲朋好友,说谁谁谁来接站,到家之后得给谁谁谁送些帝都的特产……

宋思思依偎在宋晞的身边,吃零食,翻看儿童读物;宋思凡则躺在宋晞头顶的中铺上,闷头打着游戏。

火车慢慢地开动,驶离站台。

宋晞带了些复习资料用来打发时间,也想为秋天的考试增加底气。

手机的信号时好时坏,她和杨婷、裴未抒的聊天儿也时断时续。

夜里的10点钟,卧铺的车厢里熄灯了,光线暗下来,车厢摇摇晃晃的,宋晞也跟着睡着了。

高考之后,她再也没回过镇上,卧铺车厢里熟悉的味道让她的梦境变得纷乱,让时间变得割裂。

梦里她一会儿在上高中,一会儿又回到现在。她上一秒还在为无法认识裴未抒而难过,下一秒已经被他拥入怀中。

那些记忆里的忐忑和失落最后化在吻里。

她在梦里重新回到了元旦假期的最后一晚,租住的房间里安安静静的,他们挤在不算宽敞的双人床上。

她握住他的手,心里有一种柔软的情绪。

她恍然间醒来,火车还在继续南行,承载着满车人的梦乡,行驶在黑夜中。

窗外月朗风清,他们不知到了哪座城外。

手机的信号居然恢复了满格,手机里躺着几条她睡前没能收到的信息。

闺密羡慕她休了年假,发来几句话——

"羡慕呀。"

"我也想提前过年。"

"我还要上五天的班,煎熬。"

闺密还发了"小熊捶地"的表情包。

宋晞也收到了裴未抒的照片。

他大概是坐在了卧室的地板上,手边有没锁屏的平板电脑,电脑上有一堆她看不懂的法律名词。

"超人"抱着新玩具睡在他的腿边,"雪球"还醒着,吐着舌头,似乎察觉到他举手机的动静,看过来。

裴未抒当时没有等到宋晞的回复。

过了十几分钟,他发了一句:"晚安。"

宋晞看着那么常见的两个字,忽然很想念他,也有一种莫名其妙的冲动在心底涌动。

她想和裴未抒亲热。

反应过来后,她用被子蒙住头。

宋晞,你完了。

你看看你都在想些什么呀?!

她不知道其他的女孩是不是也会在恋爱的伊始就设想未来。

宋晞在回到镇上之后,和妈妈去外面,经常有小时候熟识的叔叔阿姨问"晞晞有没有男朋友""有没有结婚的打算""什么时候结婚"这类的问题。

她的心里也跟着痒痒的。

她还真走神儿地胡思乱想了一番，甚至想到如果要挑婚纱，得请杨婷陪她。

因为审美好，杨婷准能帮她挑到最合适的婚纱。

年前，裴未抒他们在程熵家聚会。

人挺多，除了杨婷和蔡宇川他们，还有两位从国外归来的老朋友。几个人喝酒聊天儿，玩"德国心脏病"和扑克牌，不知不觉地玩到了大半夜。

酒过三巡，朋友们逐渐地进入吵闹的状态。

"德国心脏病"的铃频频地被拍响，令人想到曾一起玩这种桌游的人。

裴未抒没喝酒，靠在沙发上，点开和宋晞的对话框。

女朋友回到镇上之后，过得多姿多彩、如鱼得水，发来过挺多的照片和视频——

南方是明媚的好天气，一片翠色，绿树成荫，还有花在开。

宋晞在院子里用砖头画了飞机格，哄着宋思思小朋友玩游戏，还单腿跳，像一个孩子一样。

大人们聚会时喝空的易拉罐也被她们拿出来，她们把易拉罐放在院子里的水泥地上，跳起来狠狠地踩它一脚，比谁能把它踩得更扁。

裴未抒明白宋晞在带着宋思思复刻她童年时做过的事，她没有经验，但已经在尽力地陪伴妹妹，想要当一个好姐姐。

她拍了很多照片，分享日常给他看——

在清澈的河水里看到的小鱼、雨后初晴天上的一道彩虹、林子里长在大树根部胖乎乎的小蘑菇、市场上装在筐篓里的那些蔬菜和水果……

她还给他看了她圈点过的考试的知识点，这和几年前他在家门前的雪地上捡到的那份复习资料大同小异。

她发完知识点的照片，幽怨地说："裴未抒，题太难了，我又做错好几道。"

她都不需要任何人的安慰，半小时后又说："啊哈哈哈哈哈哈，我这次做的题全对！"

"涨薪在望，亚马尔半岛我来了。"

她也给他发过小段的视频——

腊排骨火锅"咕嘟咕嘟"地沸腾着，她举着一串可爱的小芭蕉晃动，早晨5点钟鸟雀落在窗边叫个不停、把她吵醒……

宋晞给那只不知名的鸟雀起了一个外号，叫它"小号烦人精"。

最后一个视频是她在今天的傍晚才发给他的。

视频里没有宋晞，也没有宋思思和美景，只有宋思凡的一张大脸。

宋思凡像在用鼻孔看摄像头，横眉冷对。可能是因为南方热吧，他还长了一颗痘。

背景音里有虫鸣鸟啼的声音，也有宋晞有些小心翼翼的、快乐的声音："宋思凡，你拍到了吗？喂，我问你呢……"

当时裴未抒收到了这段视频，看完它就已经猜到了事情的大概。

果然没过几分钟，他就接到了宋晞打来的视频通话。

"气死我了，裴未抒，我和你说……"

可爱的女孩气得脸都红了，愤愤地和他告状说刚才她和宋思思在吃水果，那些瓜好甜好甜，引来一只蝴蝶。

那是一只很漂亮的蝴蝶。它有黑白色的花纹，翅膀下还有两条细长的飘带。

宋晞的语气里满满的都是可惜的意味。

"它很美的，就落在我的眼前，我想让宋思凡帮我把它拍下来给你看，可他拍自己的鼻孔。啊，烦人，烦人精！"

"德国心脏病"的纸牌胡乱地堆放在桌上。

朋友们喝酒后开始回忆往昔，程嫡在和一位朋友争辩，不服以前上高中时某场比赛的结果，几个人吵吵闹闹。

裴未抒一边听他们吵，一边举着手机。

回忆起视频里宋晞微微地蹙眉的面孔，他忍不住发出一声轻笑。

争辩声停了。

程熵说:"看看,裴哥都气笑了!裴哥,你说你是不是也觉得当时的那个裁判吹哨时太偏袒对面的人?要不然肯定是咱们班赢,对吧?"

裴未抒摆摆手,表示自己不参与争论。

"我在想其他的事情。"

作为宋晞的好闺密,杨婷立马懂了,也不醉眼蒙眬了,把眼睛瞪得极圆,语气里也透着八卦的意味:"哦,什么其他的事情?"

裴未抒浅笑着,说"没什么"。

他只是突然想起,以前全家人曾去南方的某省旅行过。当时正是假日,游人很多,处处拥挤不堪。有名的景点、饭馆那里都有游客在排很长的队。

他当时并没觉得这多有意思,甚至有些人困马乏,现在却想再去那里看看。

现在谁在南方?

答案不言而喻。

朋友们乱叫着起哄,"哟"声一片。

蔡宇川打趣说:"我都给你们俩攒好份子钱了,说吧,你们俩什么时候结婚?"

"屁,你就会用这招哄人。想当年我谈恋爱时,蔡秘书也说准备了份子钱,现在我一分钱都没看见。"程熵拆台说。

蔡秘书毒舌地说:"你不是分手了吗?"

"哪壶不开提哪壶是吧?好,那你上大学的时候谈了一个女友,你们俩那么恩爱,为什么分手?"

朋友们互怼完,发现提及结婚时裴未抒还真像在认真地考虑似的。

朋友们看见他的这副模样,又"哟哟哟"地欢呼起来。

几个人看热闹不嫌事情大,借着醉意瞎闹:"择年不如撞年,今年吧,就今年!"

2016年的夏天,周杰伦的一首歌曾经挺火的,叫《告白气球》。

朋友拍着桌子,主动地请缨:"到时候在婚礼上,我就给你们弹唱《告白气球》,无私地奉献我钢琴十级的水平和天籁般的歌喉,就这么说定了呀。"

"就是呀,你们俩就今年结婚吧,我正好休年假,回头陪你们俩度蜜月呀?哈哈哈哈……"

他们说得好像裴未抒和宋晞今年真要结婚似的。

裴未抒在一声声的"今年""就今年"中,无奈地摇头,好笑地道:"我倒是想,但她得同意才行。"

宋晞他们回到镇上,逛集市时买过一盆水仙花,水仙花有蒜头似的根茎,生长在蓄水的蓝色陶瓷矮盆里。

到了除夕这天,水仙竟然应景地开花了,有白色的花瓣、鹅黄色的蕊罩,很美。

她把水仙花拍给裴未抒看,跟他分享日常已经成了她和他相处时的习惯。

裴未抒的回复同样是照片。

两只雪白的狗都戴着小鸡造型的红色帽子,非常可爱,看起来"超人"在裴家过得很开心,似乎还长胖了些。

随后,裴未抒打电话过来:"早。"

男朋友的声音实在好听,语气里带着笑意,他在电话里对她说:"新年快乐,女朋友。"

"新年快乐。"

裴未抒问她是否刚睡醒,宋晞有点儿得意地说她早就起床了,5点钟和妈妈出去买了新鲜的菜,回来后在厨房里做帮厨,煮了面给大家当早餐。

"你呢,刚起床吗?"

裴未抒说他带"超人"和"雪球"去散了步,刚回来。

宋晞家的房子临街,街上很热闹。

裴未抒也许听见了什么声音,笑着问:"镇上听起来很热闹,你开心吗?"

其实宋晞在熟悉的家乡过年是很开心。

这里没有属于大城市的那种红火和热闹。

她拿着奶茶和甜筒去看电影,在饭店的包间里吃年夜饭,看到满街的霓虹灯,在车水马龙间拦到出租车,听师傅说一句"新年好"……

但她还是喜欢那些从小陪伴她长大的地方习俗,熟悉那些习俗熟悉到只要闻到相似的味道、接触到相似的场景,就会习惯性地开心,浑身的细胞就会活跃起来。

宋晞兴致勃勃地跟裴未抒说起那些习俗,比如大年初一的那天他们是不能扫地的。

"我也不知道具体的原因,小时候听邻居家的奶奶说,好像那样做是会把财气扫走的。"

裴未抒说:"那行,我也不扫屋子了,留着财气,等你回来请你吃饭。"

宋家群很早就去了帝都,在家里的老人过世后,更是很少回小镇。他把过去的老房子都处理掉了,这趟回来也就带着家人暂时在宋晞家住。

早起之后,宋晞的爸爸带着他们去附近买东西了。宋晞和裴未抒打电话时,他们才提着大包小包的"战利品"回来。

宋思凡刚进门,就看见宋晞把手机贴在耳侧,她正对着水仙花傻笑。

他没顺过来气,扭头就往外走。

他在心里想着:"没出息""她没谈过恋爱吗""喊""她一看就是一个好骗的傻子"……

挂断电话的宋晞还不知道宋思凡的心思。而且今天是除夕,她很开心地对宋叔叔一家人说着吉祥的话,又听从爸妈的安排提了年货,和家长们一起去亲戚家拜访。

宋晞在高三的下半学期回到镇上读书,都是这些亲戚在照顾她,也是他们一直帮忙联系学校、联系补习老师。

进门后,她恭恭敬敬地给长辈们拜年。

他们挺久没见面了,亲戚家的长辈说:"晞晞这次回来,好像比之前变得活泼多了,之前读书累得越来越瘦,话也少。"

"那时候课业的压力大吧。"宋晞的爸爸说。

高三的课业压力确实很大,但她那时候的沉默寡言也不都是因为学习。

那时也是冬天,过了几年而已,她却觉得恍如隔世。

亲戚保持着朴实的作风,没怎么换家里的物件,宋晞还看见了她以前用过的笔筒和水杯。

笔筒里现在被种上了蒜苗,蒜苗被放在窗台上,长势还不错。

宋晞也把蒜苗拍下来,悄悄地给裴未抒发信息,故意诓他:"你看,这是另一种水仙。"

可能是裴未抒的长相原因,他看着像那种什么都不会亲手做的人,脸部的线条清晰紧致。

她一时半会儿也忘了,自己的男朋友根本不是五谷不分的矜贵少爷。

果然,裴未抒拆穿了她的谎言:"你确定这不是蒜?"

他们留在亲戚家吃午饭,家里有自酿的玉米酒,宋晞已经是大人了,又是在家里,也跟着尝了一小口。

酒的度数太高,她觉得辣,皱起了眉。

谈恋爱之后,宋晞发现自己变了。遇上芝麻大的小事,她也要和男朋友讲讲。

现在,她就又埋头看着手机,在桌下给裴未抒发信息,吐槽刚才喝过的玉米酒。

"这种酒喝不得喝不得,太辣了。"

"我真是体会到什么叫'穿肠过'了。"

裴未抒却逗她:"你看看屏保。"

宋晞的手机屏保上还写着"再喝是狗"。

她心虚地给自己找补:"我只是喝了那么一小口酒呢,这应该不算数吧?"

"我不是在喝酒,是在品鉴酒。"

这一天宋晞过得过于充实，到了下午，又带着宋思凡和宋思思去看了街上的舞龙。

行人摩肩接踵，她紧攥着宋思思的小手，还要看着宋思凡，怕他乱走，也要看好包包和手机。

她真是累得要命，回家后直接倒在了床上。

小朋友总是精力无限，还叫她："宋晞姐姐，我们跳飞机格吧。"

"好，姐姐来了。"

但除夕这天的重头戏都在晚上，还没开始。

他们一般不太看春节联欢晚会，只忙着做年夜饭。无论有多少人吃饭，他们都要做上一大桌的饭菜。

宋晞帮长辈打下手儿，也会抽空看手机里的消息。

高中的群里，有人出来祝福老师和同学。

林伟楠也出现了，他以前的头像是篮球运动员的照片，现在是婚纱照。

前一段时间宋晞和李瑾瑜都收到过邀请，林伟楠说会在春天举行婚礼，让她们务必来参加，大家好好地聚一聚。

她用沾着面粉的手指点开林伟楠的头像。

高中时期，那个在教室后跳起来做投篮动作、满嘴跑火车、一天不被罚站就浑身难受的多动的大男生，已然变成了另一副模样。

林伟楠胖了些，西装革履、笑容端庄地站在新娘的旁边，新娘挽着他的手臂。

宋晞正看着他的头像，李瑾瑜发来私信，也感慨地说现在离他们高中毕业不过五年半的时间，看着群里的同学，感觉大家的变化好大。

医学研究生平时忙得要命，只在过年时能清闲几天，李瑾瑜问宋晞什么时候回帝都。

李瑾瑜还惦记着那件事："我还等着听你讲呢，你认识了那个人之后，又有没有故事发生？"

"你不是说还会心动吗？"

"心动不如行动！"

宋晞告诉李瑾瑜，他们已经在一起了，在谈恋爱。

朋友回复了一个感叹号，然后好奇地缠着宋晞说想看看照片。

宋晞想起滑雪那天她和裴未抒的合影，从相册里翻出那张照片发给朋友。

没想到李瑾瑜的回复是这样的："宋晞，我还以为你谈恋爱时会注重内在、注重灵魂上的契合。"

宋晞被李瑾瑜的突然严肃搞得莫名其妙，很蒙地回复："我是挺注重这些事的呀。"

其他的同学也许有变化，但李瑾瑜还是当年的"小辣椒"："是什么？"

"你从来没说过你暗恋的人这么帅。"

"你初五回来是吧？咱们必须约一约了，我得听听你们俩的故事。"

除夕这天，社交软件也比平时热闹。

平时没空联系的老同学、老朋友多多少少地会出现，互相发些祝福语。

之前那个群的群名被改成了"两对情侣和俩电灯泡"，后来又被改回来了。

杨婷的男朋友说记不住新群名，又把群名改回了"剧本杀王者六人组"。

此时群里的人也在发"祝福"。

蔡宇川祝程熵在 2017 年顺利地脱单。

程熵就回复他："呵，彼此彼此。"

听说帝都在下雪，杨婷却觉得过年都不能放烟花爆竹有点儿没意思。

宋晞于是跑出去，录了几段在家门前放鞭炮的视频，分享给闺密看。

想到裴未抒也在帝都，她在"噼里啪啦"的爆竹声中给他打电话，提高声音："裴未抒，你听，这是不是很热闹？"

这有点儿过于热闹了。

宋晞听不清裴未抒的话,只能捂着耳朵,又跑回家里。

在家长"慢点儿跑,别摔倒"的叮嘱声中,她应着"知道啦",然后躲过聚集在客厅里的家人,回到自己的房间里,关上门。

她到了安静的地方才听见裴未抒那边也很热闹。

她能听见"超人"和"雪球"的叫声,也能听见路过的裴嘉宁在调侃"你又和女朋友打电话呢",还能听到春节联欢晚会的声音……

他们两个家庭的气氛都很好,宋晞忍不住幻想以后如果两个家庭一起守岁会是什么样的情景。

幻想过后,她又觉得好笑。

她怎么总在想这些问题?回头她得问问杨婷是不是恋爱中的女生都有这种习惯。

今天起得太早,宋晞已经困了,眼皮都在打架。

她瘫在沙发上,发信息和裴未抒说自己好困,搞不好会在12点前睡着。

男朋友当然是宠她的,回复说她困了就睡,她也不是非要守岁不可。

宋晞家很开明,确实没有必须守岁的规矩。

宋思思早已睡着了,宋思凡也从来不参与这项活动,每年都戴着耳机打游戏,今年也如此。

只有长辈们坐在餐桌边,一边聊天儿,一边喝酒水,感叹时间真快、又是一年过去了。

宋晞的爸爸转头看见宋晞蔫蔫地窝在沙发里,正抱着靠垫看手机。

"晞晞,熬不住就早些睡吧。"

"我能熬夜的。"

其实宋晞已经设了好几个闹钟,以防自己真的打瞌睡错过时间。

在这方面,她还是有点儿小女生的心思,想要做农历新年里第一个祝福裴未抒的人。

怕自己睡着,她一直在看手机。

她百无聊赖地点进那个问答类的社交软件。那次回答过"校园时光"的问题后,她关掉了这个软件的动态提醒。

这次她点进去,才认真地看那些评论和点赞。

有人感同身受,也有人唏嘘感叹。

反正闲着也是闲着,宋晞重新看了自己的那篇回答,却发现她的回答下有一条评论被网友们的点赞和回复顶到了第一位。

那是一个头像是白色萨摩耶犬的账号,名称也叫"Yamal",和宋晞的一样。

那个叫"Yamal"的人给宋晞的回答评论——"很遗憾我没在几年前遇见你。但我很庆幸,第一次心动是因为你。"

底下的网友们很不淡定。

有人去翻了这个账号的动态,发现这是新账号,这个人只回答过一个问题,回答的时间还和发布这条评论的时间相隔不久。

网友们不知道这是什么情况。

有人说:"你该不会就是回答里被暗恋的人吧?"

"这是什么情况,你们终成眷属了?"

"天哪天哪,我见证了爱情。"

…………

也有人不信,很警惕地分析:"不可能,现实中哪里有那么多的童话故事?"

"骗人的吧,他肯定是想博眼球。"

"就是呀,他就是顺着这个故事编的那个回答吧。"

"他是不是想要被关注?"

…………

当然也有人弱弱地表示了质疑:"可是他也叫 Yamal,和答主同名呢。"

然后质疑的声音又被质疑。

"我也能改名叫 Yamal 吧,这有什么难的?劝这位同学删了评论吧,答主暗恋别人,看见了会多伤心哪。拿别人真挚的暗恋开玩笑就过分了。"

为了证明自己的观点，这个人也把名字改成了"Yamal"。

但宋晞知道，那个人不是为了博关注。

那就是裴未抒的账号。

因为头像上的萨摩耶犬是"雪球"。

她都见过那条牵引绳，还牵过它。

宋晞不知道裴未抒是怎么找到她的回答的。回答被看见，她有那么一丝难为情。

但她也有些高兴，没想到能在微信以外的地方和他有联系。

她又反复地看了几遍他的评论——"很遗憾我没在几年前遇见你。但我很庆幸，第一次心动是因为你。"

窗外仍然有人在燃放爆竹，不知道是哪家百货公司的人放了烟花。

电视里歌舞喧嚣，家长们推杯换盏，一片欢声笑语。

宋晞突然很想念裴未抒。

她想要跨越 2000 多公里的距离，去拥抱他。

之前宋晞还觉得在小镇上过年好开心。

可现在，连除夕夜的 12 点都没到，她已经迫不及待地想穿越到初四的那天，想搭乘回帝都的火车。

她心绪不宁，从沙发上坐直了些。

她忍不住点进了"Yamal"的主页，看到他的"创作"一栏中有一个回答。

那是一个不像是裴未抒会关注的问题——"思念到极致是什么感觉"。

他说，也没什么感觉。

只是他在大雪天强行带着狗出去散步，走过她叔叔的家门前，明知她不在，也会无意识地驻足许久。

春节时家里总是热热闹闹的，她像处于一场林间的暴雨中，周围总是喧嚣的，时间过得也算快。

但对处于热恋期的宋晞来说，时间过得还是不够快，她总有一种度日如年的焦灼感。

焦灼归焦灼。

宋晞抵达帝都是在正月初五那天的中午,李瑾瑜的假期也只剩下这么一天,她的导师初六要做重要的手术,门生要去观摩学习,不得缺席。

所以宋晞回去后只能暂时放下想见裴未抒的心思,答应去和朋友小聚。

她左挑右选,选了一个单眼落泪的小黄脸的表情发给裴未抒,表达自己复杂的心情和思念之情。

历经40多个小时的车程,她到了帝都也得先洗澡、换一身衣服。

她要和家人一起回宋叔叔家。

两辆出租车把他们载回来,停在院门口,宋家群和宋晞的爸爸一起把行李箱、从老家带回来的各类特产从后备箱里拎出来。

知道宋晞约了朋友要出去玩,宋晞的爸爸先拿了她的行李箱:"给,你快去收拾东西吧,约了人要守时。"

宋晞拖着两个行李箱,才走出去两步,突然停下脚步。

前些天下过雪,积雪未化。

宋叔叔的家门边堆着一个小小的雪人,雪人憨态可掬,鼻子是用胡萝卜做成的。

去年在鹭岛时,她喝多了酒和裴未抒讲,某年春节期间,她暗恋的男生全家去国外旅行了,她好久都没见到他。

她很想念他,所以跑到他的家门口,堆了一个雪人。

雪人有着圆乎乎的小脑袋,周围的脚印里好像有一大一小两种狗狗的爪痕。

眼睛一亮,宋晞似有所感。

她把行李箱放在脚边,抬手拦住两手空空的宋思凡:"你帮我把行李拿进去,我要打一个电话。"

"什么电话非得……"

瞥见宋晞满脸春风,宋思凡不问了。可能是觉得用脚指头都能猜到她是要给谁打电话吧,他不情不愿地接过行李箱,拖着它进了院子,还说什么"女大不中留"。

宋晞哪里有空理宋思凡?

她垂头看手机,点开通讯录。

给裴未抒打了电话,宋晞在电话里问雪人是不是他堆的。

裴未抒果然笑着说:"嗯,是我堆的。"

至于他为什么会堆有胡萝卜鼻子的雪人,他们心照不宣。

她说过想念他,所以在他的家门前堆过雪人。

所以他在这里堆雪人,也只有一个原因。

因为他想念她。

"裴未抒,怎么办?我很想见你呀,但约了李瑾瑜。这次不见她的话,我可能就要等到5月林伟楠的婚礼时再见她了。"

宋晞又不能带裴未抒一起去见李瑾瑜,她们好久没见面,女生间有很多私密的话题是异性无法参与的。

裴未抒沉吟片刻,问:"你准备几点去见朋友?"

宋晞已经进了家门,脱掉靴子,瞧了一眼墙上的挂钟,盘算着:"我得先去洗一个澡,再吹干头发,换一身衣服……我做这些事差不多要用半个小时。2点钟吧,2点钟我就要出发了。"

"你们约在哪儿见面?"裴未抒继续问。

宋晞说了一个名字,那是一家位于市中心的清吧。

裴未抒于是说:"那咱们半小时后见面,我开车送你过去。"

"真的?"

她的男朋友轻轻地笑起来,说:"我什么时候骗过你?你快去收拾吧,正好我也把'超人'送回家,再给长辈们拜一个晚年。"

宋晞飞奔回阁楼上,拉开行李箱翻出衣服,迅速地洗澡,换上干净的衣物……

她吹头发吹到一半,心已经先飞了。她心不在焉的,也不看镜子,扯着长长的吹风机的电线,凑到阁楼的窗口处,举着吹风机,踮脚往外望。

看见熟悉的白色轿车已经停在楼下，宋晞干脆也不吹头发了，关掉吹风机，第一次没有规矩地把电线捋顺，只随手把电线团成一团，把吹风机塞进了洗手间的抽屉里，抱起羽绒服就往楼下跑。

裴未抒已经在楼下了。

他把"超人"送回家，也拿了些新年礼盒过来，正在跟宋晞的妈妈和张茜寒暄。他听见脚步声，越过两位家长的身影看向宋晞。

宋晞喜欢他看向她时的笑容。

他那么从容的人也会在长辈面前明显走神儿，听见有人叫他"小裴"，才回过神，言语间竟然有些蒙混过关的意味。

张茜和宋晞的爸妈都很热情，给裴未抒塞了好多家乡的特产，像是要把半个家都送给他。

宋晞捂着嘴偷笑，但也出面帮忙，拉着裴未抒往外跑："妈妈，张姨，我出去啦！"

"你晚上回不回来吃饭？"

"不回啦——"

他们坐进车里，裴未抒发动了车子，伸手揉了揉她的头发："你没吹干头发呢，小心着凉。"

他说着开了空调的暖风。

有些思念是藏不住的，宋晞脱口而出："我着急见你……"

车才行驶了不足1分钟，裴未抒又踩下刹车，把车稳稳地停到路边。

他解开自己的安全带，倾身过来，握住了宋晞的手，同她接吻。

他们十多天没见面而已，感觉却像过去了几个世纪。

车里的空间是密闭的，暖风中弥漫着雪松味和檀香味，他们沉浸在柔软的触感中，轻轻地吻着对方。

吻过宋晞之后，裴未抒抚一抚她发烫的脸皮，才重新发动了车子："你和朋友约了吃晚饭？"

"嗯。"

宋晞干咽了一下口水，才开口。

她说要喝点儿无酒精的鸡尾酒，然后去西餐厅吃牛排，可能要到八九点钟才回来。

"但也说不准，我们也有可能聊到10点钟。"

"聊完之后你给我打电话，我去接你。"

宋晞刚被亲得有点儿蒙，心脏跳得好快，影响了她思考，她说出来的话也就有那么点儿不解风情："折腾你干什么？我打车就……"

不过她只说了半句话，又反应过来了，噤了声，看着裴未抒。

裴未抒也看她："我接你吧，还想和女朋友多待会儿。"

"我初七才上班，你呢？"

"一样，初七。"

宋晞又有些开心，说："那我们明天有一整天的时间可以在一起。"

裴未抒单手把着方向盘，倒是没看她，只把一只手伸到她这边："来，拉钩，免得之后有哪位朋友跑出来，你又去陪朋友了。"

两个人的小指钩在一起，宋晞笑得鼻子都皱了："我不会那样啦！"

路上难得不堵车，他们一路畅行无阻。

裴未抒把车停在清吧对面的停车位上，他下车后绕到副驾驶的这一侧，帮宋晞拉开车门。

"那……晚点儿见，裴未抒。"

"嗯。"

宋晞跑了几步，又退回来，来到裴未抒的面前。

她戴着羽绒服的帽子，拎着两侧的帽檐把自己挡得严严实实，踮起脚，啄了一下他的唇。然后她害羞地跑开了。

帝都市的年味还在。

街道两旁的路灯上、树木上都缠绕着灯带，路边还有中国结造型的灯箱。

偶尔有人举着冰糖葫芦说说笑笑地走过，讨论着某场贺岁喜剧里的好笑的桥段。

宋晞走过了人行横道，站在马路的对面，回头看。

裴未抒仍然在原地。

他没穿羽绒服，一件长款的羊绒大衣被剪裁得恰到好处，轮廓利落，他显得更加挺拔，身形修长。

裴未抒对她挥挥手，比了一个打电话的手势，示意她晚点儿再联系。

宋晞点头，也挥挥手，然后转身走进清吧里。

她只等了几分钟，朋友就到了。

李瑾瑜现在已经没有了高中时留的齐刘海儿，烫过头发，留着有点儿蛋卷波纹的及肩散发，比以前成熟了一点儿。

两个人见了面，拥抱后，宋晞把带来的牛肉干送给她，李瑾瑜笑着："谢谢，你也替我谢谢'厨神'阿姨，我想念她的牛肉干好久了，啊，真好呀，可以靠牛肉干续命了。"

不知道是不是因为清吧里奇异的灯光令人产生了错觉，宋晞总觉得李瑾瑜的笑容没那么开心。

只是李瑾瑜说完这句话，那层浮着的淡笑就消失了。

她在钢琴曲的旋律里叹了一口气，脸上的那种落寞竟然和2011年的夏天两个人第一次进酒吧时她的落寞相似。

"抱歉宋晞，我本来想去给你买一件新年礼物的。"

李瑾瑜把牛肉干放进包里："结果我在商场里看见李晟泽了，他……他带着老婆和孩子在逛街。"

宋晞戒酒三个月，在朋友的这句话中破功。

她抱住李瑾瑜的手臂，像当年在精品店里那样，用朋友安慰她时说的话安慰着对方。

"李瑾瑜小可怜，在正月里看见这些事，到底是作了什么孽？我请你喝酒吧！今天我们一醉方休！"

这家清吧很有名，调酒师调的酒也都好看，造型有格调，讨女生们的喜欢。两个姑娘头挨头，一口气在酒水单上选了四杯鸡尾酒，还要了两瓶科罗娜和鲜柠檬水。

很久没见，她们有太多的话题可聊。

在李瑾瑜好奇的询问中，宋晞讲了她和裴未抒谈恋爱的经过。

李瑾瑜托着腮，有些惆怅地说："我还挺羡慕你的，宋晞。不过，我也要开始新生活了，打算交一个男朋友试试。"

"上次你在医院里遇见的那个人呢？"宋晞问。

李瑾瑜都忘了，迷茫地看了她一眼："哪个人？"

"就是……背影杀手，那个人怎么样？"

"哎，别提了。我从正面看，他长得真不行，像土拨鼠，龅牙就算了，眼睛还很小。人也不太行，我听负责管理他那边的病房的同学说，那只土拨鼠特别没礼貌，同病房的老人需要休息，他可好，天天在病房里大声打电话。"

鸡尾酒见底了，她们又去了隔壁的西餐厅。

牛排被煎得鲜嫩多汁，李瑾瑜切下一大块牛排狠狠地嚼着："我已经答应小姨去见她让我相亲的人了。"

吃牛排时，她们又点了两杯红酒喝。

把不同的酒掺在一起喝本来就容易醉，宋晞还好，李瑾瑜又有些不清醒了，最后还是裴未抒和宋晞一起把李瑾瑜先送回了家。

夜深人静，热闹的聚会散了场。

车上只剩下他们两个人，裴未抒问宋晞："你是回叔叔家住吗？"

宋晞处于微醺的状态，一双眼瞳像在酒水里浸过的黑色橄榄。

她不是掌握许多撩人技巧的女孩，但看向自己喜欢的人时，也不自觉地眼波脉脉。

有一种吸引人的风情自在眉间。

她摇摇头，慢吞吞地说："裴未抒，我想吃夜宵，就是想吃……你上次订的那种药膳。"

这句话中包含了太多的潜台词，那家药膳的外卖只能被配送到裴未抒家附近的区域。

宋晞是在说，她不想回家，想去裴未抒家。

裴未抒当然听懂了。

他认真地看了她一会儿，在路口转弯："好。"

路上，他们聊过几个无关紧要的话题。

他们聊"超人"的体重、帝都市和南方小镇的气温差异、5月林伟楠的婚礼、高中时代换过的地理老师……

裴未抒也莫名其妙地问了宋晞玩过什么游戏、喜欢什么类型的游戏。

宋晞对打游戏不在行，只是偶然下载过一个叫《深海水族馆》的App，在里面养养各种鱼类，种一些海草、珊瑚。

"背景声音挺好听的，就是那种海底的气泡声，我感觉有点儿解压。"

"那是治愈型的游戏？"他又问。

还有点儿紧张的她并没有意识到，这个话题不同于以往的话题，是有些目的性的。

她只是下意识地答着："可能是吧，我也不懂，反正就是瞎玩的。"

但无论他们谈及什么事，眼下宋晞总是能感受到自己明显的心跳，她能听到"怦怦""怦怦"的声音……

她知道这不是酒精在作祟，这只是因为自己的谎言。

刚才和李瑾瑜在西餐厅里吃饭时，她吃掉了一整块全熟的菲力牛排，还吃了不少沙拉和甜品……

其实她很饱，却拿夜宵当了借口。

她天生不会说谎，为自己方才的言语感到惴惴不安。

宋晞拿出手机，点开微信。

她略过一串新年祝福的信息，找到妈妈的对话框，和家长报备说今晚不回那边住了。

把信息发出去后，她也是手欠，非要去搜那家卖药膳的店铺，可能是在无意识地借此掩饰自己的心慌吧。

她终于搜到了那家店，却发现页面上标着"休息中"的字样。

很多店在除夕和初一都照常营业，老板恨不得全年无休地赚钱。

这家店的老板却不走寻常路,今天已经是正月初五了,店铺竟然还关门。

这……

老板到底还想不想做生意了?

帝都市商铺的房租不贵吗?

宋晞愁眉不展地垮着脸,忍不住转头去看裴未抒。

可能是因为车内忽然安静下来,裴未抒也就抽空看了她一眼,用眼神同她交流。

她怎么了?

"裴未抒,那家做药膳的餐馆好像没开门哪……"

宋晞的语气里有实实在在的遗憾。虽然她遗憾的并不是这件事。

帝都是一座不夜城,夜晚的街道哪怕不像白日那样车水马龙,也并不清寂。

红色的灯箱点缀着路灯的柱子,延续着新年的气氛。

他们路过路口时,一排违规拍照摄像头的补光灯同时闪烁,宋晞霎时间闭上了眼睛。

她在黑暗中听见了裴未抒的回答。

他说:"我知道。"

"你知道?"

宋晞睁眼去看裴未抒,眼前有两团被强光晃过形成的光斑。她眨了眨眼,光斑又消失了:"你是说,你知道那家店没营业吗?"

"嗯,我前些天路过那里时看见了,门上贴着初七恢复营业的字样。"

裴未抒早就知道那家店没营业。

但她刚才找借口说想吃那家店的药膳时,他并没有拒绝,只是顺势地说了"好"……

车内有一种暗流涌动的暧昧气氛。

空调的暖风还在"呼呼"地吹着,宋晞被吹得晕乎乎的,但又好像突然放下心来。

他知道她的那些话都是借口，却没有拆穿她。

而他的应邀其实也只是借口。

这让她忽然意识到，裴未抒有着和她一样的心思。

他也想和她单独待在一起，也许也想和她拥抱、接吻、做更多他们没尝试过的亲密的事。

他们的心思是同步的。

他们是暗夜中心怀"鬼"胎的同谋。

夜空中隐约地亮着几颗疏星，宋晞的心里有一种动容的感觉。

她忽然想起大学时被室友拉着去参加书法活动的经历。

她不会写毛笔字，缺乏相关的常识，笔尖在墨汁里浸泡得太久，羊毫吸满墨水，她也不知道要在墨盘的边缘把笔刮一刮。

她提起笔，还未想好要写什么字，墨汁已经从笔尖滴落，滴在宣纸上，被纸面吸收。

她此刻就像那张用青檀树皮制成的生宣，平静而安宁。

宋晞已经很熟悉回裴未抒家的路线了，知道再直行通过两个红绿灯后右转就能抵达他居住的小区。

她也知道小区前的那条街上有一家便利店。

但车并没有在便利店那里停下，径直驶入地下车库。

停好车后，裴未抒依然先绕过来帮她打开车门，然后接过她的包拎在手里，又牵起她的手。

他们默契地没有提夜宵的事情，进门后换掉外套，裴未抒把宋晞的羽绒服和他的大衣都挂在玄关处。

他问："你头晕或者有其他不舒服的地方吗，要不要喝蜂蜜水？"

"不用。我们喝的其实是低度数的鸡尾酒，我也问过服务员，红酒才8°呢。"

宋晞换好拖鞋，假模假式地在屋子里转悠一圈，然后钻进了浴室里，说自己想洗澡。

她明明中午刚洗过澡。

她到底是女孩子，心细又敏感，总觉得头发上沾了西餐厅里的牛排的油腻味道，想要在恋人的面前再整洁一些。

她洗好澡出来后，翻了翻自己的包，找到了自己想要的东西。

那是去年她过生日时杨婷送给她的香水，香水有点儿被烘烤过的柑橘类水果的味道，很好闻。

之前宋晞没什么喷香水的习惯，只是偶尔去过火锅店、烧烤店后会喷一点儿，试图遮盖烟熏火燎的食物的气味。

今天是一个例外。

她按照闺密教过的方法，把香水喷在手腕的内侧、耳后和大腿的内侧。

做完这些事，宋晞翻出吹风机，打算把头发吹干。

主卧的门被轻轻地叩了两下，这像是叩在了她的心上。

"进来吧。"

裴未抒推开门，走过来。

他也洗了澡，周身清爽。他伸手拿过宋晞手里的吹风机："我帮你。"

窗帘拉着，门也关着，卧室里只有灯带和床边的一盏落地灯亮着，光线勾勒出家具的轮廓。

他们像是在另一个世界里，与所有人隔离开来。

宋晞坐在椅子上，裴未抒的手指同暖风一起穿梭在她的湿发间。

她其实很渴望被触碰，也很渴望裴未抒这个人，但不知道该如何开口。

难道她要开口说，裴未抒你给我躺下，我要和你一起做那种事情……

她想到这里，脸红了。

裴未抒的指尖是温热的。

他轻轻地抚过她的耳侧，用虎口把那些头发都笼住、提起，白净细腻的脖颈露出来。

宋晞在镜子里看见他关掉了吹风机，他凑近她，轻柔的气息落在她的耳后，像一缕早春的柔风。

裴未抒似乎浅嗅了她的脖颈一瞬间，然后说，他们曾经在加州采摘过一种甜橙，味道很不错。

"你现在闻起来有一种加州甜橙的味道。"

头发已经被吹干，裴未抒切断了吹风机的电源，把它静放在桌面上。

宋晞转过头，还没开口，已经被他抱起来。

宋晞被放在床上，他撑着床靠过来，把她笼罩在一片阴影里，越来越近……

她下意识地闭眼，只感觉到他的吻落在了她的眉心处，然后他吻过她的眼皮、鼻尖。

动作很轻很轻。

偏偏在这种时候，手机响了起来，振动声在安静的空间里狠狠地刷着存在感，让人无法忽视。

裴未抒从裤子的口袋里摸出手机，接听电话，把手机贴在耳边。

宋晞能听出电话里的人是程熵，那是熟悉的吵闹声，程熵好像和蔡宇川在一起，那边应该也有她不认识的朋友吧，她听声音分辨不出他们的身份。

程熵问裴未抒："裴哥，我们临时聚了会，老胡也在。他难得在帝都，你也来呗？"

"不了，你们玩吧。"

虽然裴未抒在接电话，但他的姿势没变，他始终撑在她的上方，盯着宋晞的眉眼。

他那样的眸色太迷人了，眼里映着灯光，目光深情得要命。

宋晞本来还觉得晚上喝了那些低度数的酒也没什么反应，这会儿被裴未抒看着，酒精好像忽然在血液中活跃起来。

她微醺般撑起身子，凑过去亲了裴未抒一下。

好吧。

她不是一张安分的生宣纸，是要主动地招惹一滴墨的生宣纸。

电话里，程熵在劝裴未抒，其他的朋友也在帮腔，怂恿他过去聚会。

他们说都是老同学，大家好不容易聚得齐一些，就一起聚聚多好。

"你看蔡宇川都不是咱的同学呢，他参加聚会还挺积极的，一被叫就来了。"

裴未抒看似在听他们说话，其实仍然同宋晞对视着。

因为在接电话，他被女朋友撩了，也不方便做出什么回应。

他的眼里都是隐忍的神情，眉心也敛着。

宋晞和他闹着玩，又凑过去，想偷亲他。

裴未抒向后轻仰了一下身体，躲开了她。

唇是移开了，宋晞最熟悉的部位却露了出来，于是她换了一个地方偷袭，飞快地亲在他的喉结上。

电话里程熵他们还在说着什么，裴未抒已经没心思听了。

他的女朋友把自己搞得香喷喷的，像一颗甜甜的小橙子，就躺在他的床上，刚被吹干的头发柔顺、蓬松。

女孩的眼睛亮亮的，她噘着粉红色的唇，凑过来啄一下他，觉得不够，还亲喉结。

在这种情况下谁也把持不住吧？

"我不去，宋晞回来了。"

裴未抒只丢下这么一句话，也没听电话里的程熵在说"裴哥的女朋友回来了，他估计不……"，直接挂断电话，俯身堵住了那张胡作非为的樱桃小嘴。

十多天没见对方了，他们都有点儿疯。

宋晞还是穿了裴未抒的短袖，衣摆被掀起堆在腰腹间，每条神经都敏感异常，她能感觉到他的手、他的指尖。

她的脑海里又浮现出那架被裴未抒弹过的古筝。

宋晞的睫毛在颤，眼睛是潮湿的，像湖心起了晨雾。

身体里积淤着从未有过的情感，她在发抖。

裴未抒只停顿过一次，拉着她的手向下探，让她自己感受此时的处境。

他问她:"再这样下去,我恐怕克制不住自己,你确定要继续?"

宋晞答不出"确定"这样的话。

但她有自己的回答方式,她抬起一只手,笨拙地解开了裴未抒睡衣上的一颗扣子。

她还想脱掉自己身上的那件宽松的大码短袖,动作被制止了。

裴未抒轻笑:"我来。"

她也有过关于这方面的猜想,觉得自己肯定会受经验的掣肘,会慌里慌张的,不知道该如何回应或者配合他。

但裴未抒的每个动作都是轻柔的。

他没有给她带来任何不适感,她能感受到,他并没有优先考虑自己的感受,而是更注重她的感受。

她所有的紧张被裴未抒化解了。

厚重的窗帘阻隔了夜色,窗外或许有一轮月,或许没有。

双眼迷离时,宋晞隐约地听见床头的抽屉在响,某种物品的塑料包装被撕开。

…………

他们折腾了太久,这一夜宋晞睡得很沉。

她醒来后,听到的第一句话就是:"你有没有哪里不舒服?"

宋晞想起自己昨晚哭哭啼啼的样子,有些脸皮泛红。她凑过去,钻进他的怀里,小声说:"没有……"

裴未抒吻她的眉心:"早安。"

"早安。"

宋晞现在意识清明,已经不像昨晚那样意乱情迷了,忍不住问:"裴未抒……你是什么时候买的那种东西?"

她都不用说东西的名称,裴未抒就知道她在问什么。

他伸长手臂从抽屉里翻出小票,给宋晞看上面的日期,像在自证清白:"和你在一起之后。"

宋晞看看日期,又看看裴未抒,眼神都变了。

她故意和他闹着玩,从他的怀里钻出来,裹紧被子,把自己遮得严严实实，提高声音说："好哇，你……"

裴未抒轻轻地扬眉。

其实他还真不是出于欲望的原因才去买的那种东西。

他是觉得宋晞这个女孩太单纯。她其实很聪明，但在他的身边时是从不设防的，对他有一种无条件的信任。

裴未抒自己呢，一遇到和宋晞有关的事情，定力也不是很好。

而他们的恋爱很顺利，有些事情早晚会发生。

这发乎于情，是很正常的。

裴未抒只是希望，事情真正发生时，自己不会伤害到宋晞。

"你想到哪儿去了？"

裴未抒把人从被子里剥出来，拉回怀抱里，无奈而宠溺地揉了揉宋晞的头发。

他说："宋晞，你看起来不是很会保护自己，但我会保护你。"

第八章
Glass castle

宋晞被问到有没有哪里不舒服时,虽然答了"没有",但其实还是感觉身体有些不一样,腰际酸酸的,腿也有些没力气。

她很脆弱地卧在柔软的床垫上,连早饭也不想吃,撒着娇不肯起床。

她迷迷糊糊地又睡过去,再睁眼时,阳光从落地窗投进来,洒满大半个房间。

裴未抒就坐在窗边的矮沙发上,沐浴着阳光,在翻看一沓文件。

她只是轻轻地一动,他就看过来:"你醒了?"

"我睡了很久吗?"宋晞把被子掀开些,露出脸,声音懒洋洋的。

"没有很久。"

明亮的光线落满床铺,宋晞的头发散在枕头上,修长的脖颈露出来。

室内的供暖好,羊毛被又很保暖,她睡出了些汗意,一缕潮湿的头发贴在颈侧的肌肤上。

裴未抒走过来,坐到床边,帮她拨开那缕头发,动作如昨晚一样轻柔。

看见她满脸慵懒的神情，他含笑问："你还不起床？"

"啊，我有点儿不想起床……"

宋晞从被子里伸出纤细的手腕，朝裴未抒说："那你抱我，我就起床。"

然后她就真的被抱起来。

昨夜她其实被裴未抒抱着去浴室里清洗过身体了，现在只需要洗漱。但宋晞仗着自己腿软磨磨蹭蹭的，硬是拖到临近11点，才终于从主卧里走出来。

他们错过了早饭，自然也就早吃一会儿午饭。

宋晞坐到餐桌旁，裴未抒端出了汤锅，把它放置在电磁炉上，汤锅里"咕嘟咕嘟"地煮着东西。

那是药膳，宋晞昨晚点名要喝的参鸡汤非常香。

可是那家店不是还没有营业吗？

宋晞这样问时，裴未抒才告诉她，昨晚她洗澡时，他给家人打过电话。

他求助爸妈，请他们帮忙炖了鸡汤。

春节期间有亲朋好友去裴家做客，送过两只挺不错的竹丝鸡，裴未抒的爸妈接到儿子的求助电话，二话不说，把鸡炖了，还放了花旗参、枸杞、莲子……

今早裴未抒的爸爸去公司前，特地绕路送了鸡汤过来。

鸡肉鲜嫩，药膳清香。

裴未抒这样大动干戈地弄到这份鸡汤，宋晞挺不好意思，说："这是不是给叔叔阿姨添麻烦了？其实我没有挑食，也不是非吃药膳不可……"

裴未抒盛了一碗鸡汤给她，叫她不要多想："给未来的儿媳煲汤，他们开心还来不及。"

"未来的儿媳……"

宋晞睡得太久，意识昏沉。但她对这个称呼很感兴趣，机械地重复了一遍。

只是这种不带感情的言语有些像在质疑。

盛汤的人"呲"了一声,眯着眼凑过来,语气里居然有些危险的意味:"你的男朋友都把身心交付给你了,你想跑?"

宋晞被裴未抒皱眉的表情逗笑,连忙摆摆手:"不是,我没有……"

电视里在播放午间新闻。

这天是农历的正月初六,是春节长假的最后一天,各地都处于春运的返程高峰期。主播穿着职业西装,端庄地站着,提醒大家注意安全。

室内明晃晃的,窗外是和风阵阵、万里无云的好天气。

宋晞趴在餐桌的岩板台面上,仰头看着她的男朋友,一颗心柔软得要命,像小镇清澈的河水里生长的某种螺类的躯体。

也许裴未抒也有过她的那些对未来的幻想。

鸡汤被放到她的面前,宋晞捏着瓷匙舀了一勺鸡汤,只象征性地吹了一下,便迫不及待地把汤送入口中。

鸡汤有些烫,但真的好美味。

连那些圆润的莲子也已经被煲到软糯。她不吝啬自己的夸奖,说:"叔叔阿姨的手艺真好,鸡汤好像比那家卖药膳的饭店做得更好喝。"

裴未抒说:"这主要是你的叔叔做的。"

"那叔叔好会做饭哪。"

说着,宋晞又吞了两勺鸡汤,很惬意地闭了闭眼睛:"真好喝。"

"等见到他,你亲口和他说这些话,他会很高兴的。"

裴未抒也盛了鸡汤,坐到宋晞的身边:"我爸年轻时想当一个厨师,爱听别人夸他的厨艺好。"

假期的最后一天其实可以过得很丰富。

贺岁的电影还没撤档,庙会也还开着,老街巷里游人不绝,商场里的春节半价活动也都没结束……

想凑热闹的话,他们随便选一个地方去就好。

可宋晞和裴未抒两个人总有那么一点儿心有灵犀。

他们没有约任何朋友，喝过鸡汤后，默契地宅在家里，消磨时光。

宋晞对自己昨晚的表现挺满意。

她没有像想象中的那样手足无措，情到浓时，还主动地配合过他。

而且裴未抒带给她的感受很好，她对那件事的印象也十分不错。

午休时他们相拥而卧，宋晞就有些不老实，跃跃欲试，凑过去亲他。

结果裴未抒单手握住她的两只手腕，轻轻松松地把她束缚住："你老实点儿，今天不行。"

"为什么？"

裴未抒只是安静地看着宋晞，没说话。

于是宋晞蔫儿了，自问自答，老老实实地承认："因为我腰酸，腿也没有力气。我又困又累，可能经不起折腾……"

声音越来越小，最后她干脆不说了，灰溜溜地钻进裴未抒的怀里，安分地睡午觉。

她也只安分了一小会儿。宋晞重新睁眼，眼眸亮得像星星，那些好奇就明显地盛在眼睛里。

现在网上什么方面的分享没有？

宋晞也看过有人分享亲身经历，他们说做那件事时其实非常难熬，几乎有了心理阴影。

"裴未抒，你算是无师自通吗？"

裴未抒都听得笑了，笑了好一会儿才说，他们上大学时其实上过这方面的课程，老师讲过恋爱心理学，也讲过应该怎样照顾伴侣的情绪、感受。

一些其他的行为可能是出自本能的。

"我的本能告诉我，我应该照顾你、保护你。"

这虽然只是16个字，却是宋晞听过的最好的睡前故事。

春节之后，宋晞和裴未抒见面愈加频繁。他们也越来越亲密，不是睡在宋晞租住的房子里，就是睡在裴未抒的家里。

2月14日情人节的那天，裴未抒订了一家很有情调的餐厅，要带她吃法餐。

法国菜里总有些汤汁，汤汁被淋在浅口的盘子里，饭菜让人看着很有食欲。

席间，宋晞举着汤匙，不小心把汤汁滴在衣服上。

她已经不是去年秋天时吃小龙虾都要小心翼翼地收敛着姿态的女孩了。

面对裴未抒，宋晞已经能很自然地一笑，也并不慌乱，拿起餐巾纸去擦拭衣服。

她还和男朋友讲，自己从小就有点儿笨手笨脚，吃东西时总会把汤汁溅到身上，吃汤面、火锅、烧烤时都会这样。

裴未抒满目深情，放下刀叉，笑吟吟地听着她描述，最后只评论了一句："宋晞，你真可爱。"

宋晞擦不掉衣服上的污渍，但心情超好。

像古代的帝王龙心大悦就要颁发赏赐，她拿了叉子，从自己这边的菜里叉起一块虾球，把它放到男朋友的餐盘里："它很好吃，你也尝尝吧。"

饭后他们本来也订了电影票，想手拉手地去看电影、吃爆米花，宋晞买的还是和闺密同场次的电影票。

刚走出餐厅，宋晞临时接到了杨婷的电话，杨婷说程熵和蔡宇川这两个闲人非要跟着去，已经和他们见面了，问她和裴未抒在哪儿。

两个人赶到商场，坐直梯来到顶层的影院里。

宋晞出了电梯就瞧见程熵和蔡宇川跟在杨婷的身旁，他们在鼓捣那个自助取票的机器。

机器"嗞嗞嗞"地吐出票据，程熵和蔡宇川取了票，举着票对宋晞和裴未抒挥了挥手："来呀来呀，你们取完票去买爆米花、可乐……"

两个单身人士比真正过情人节的两对情侣还要兴奋。

情侣场的电影变成了六人行的团建。

情人节这天，《爱乐之城》在国内上映，他们选的就是这部影片。

他们观影过后，时间已经到了后半夜。

宋晞走出影院，脑海里还回荡着 City of Stars（《星光之城》）的旋律。

商场离宋晞的住处更近，而且她的衣服上被溅了汤汁，她明天上班也需要换新的衣服，所以今晚回她那边住。

当然，他们要一起回她家。

裴未抒开车驶向她住的小区，路上宋晞还和同样刚看过电影的李瑾瑜打了电话，交流看电影的心得，听朋友讲奇葩的相亲对象。

李瑾瑜说："现在怎么连一个正常人都没有？他情人节时带我逛超市，推巨大的购物车，结果就买了一个棒棒糖，出门非要把糖给我吃，还问我浪漫不浪漫，我就不明白了，这浪漫体现在哪里呀？"

宋晞在车里笑得前仰后合，问李瑾瑜："那你还需要再观察这样的对象吗？还是你就不再和他联系了？"

"小辣椒"都爆粗口了："我观察他个什么？"

"可你们不是去看电影了吗？我都看见你发朋友圈了呢。"

"别提了。"

李瑾瑜愤怒地和宋晞吐槽，说那人买电影票磨磨蹭蹭的，那不过是几十块钱的事，结果他对比了五六家电影院，还说在郊区看电影最便宜。

"我去郊区要花一个多小时，一看他就是不想花钱，电影是我自己去看的。"

她们这样聊了几乎一路，车驶到小区的外面，宋晞才发现这里聚集了挺多的人。

一辆警车停在小区里，红蓝色的灯光闪烁着，映在保安亭的墙壁上。

宋晞降下车窗，纳闷儿地往外探头："这是怎么了？"

她问过人才知道，一个独居的女孩被陌生人尾随了，陌生人跟进了电梯里。

他们好像发生过一些肢体上的接触和争执，幸好邻居听见了声音，出来帮忙,才没发生更可怕的事情。

出事的女孩就住在宋晞隔壁的单元,宋晞也有些忧心忡忡。

社区里以前也发生过类似的事件。

物业的人虽然很重视,还安装了门禁卡,只有刷卡的居民才能进小区。

但时间久了,居民们忘记带卡的事情也是常有的,几个人等在门边,有人刷卡,大家就一起进小区了。

这种小公寓楼里大都是租户在居住,鱼龙混杂,确实存在安全隐患。

宋晞刚毕业时选择在这边租住是因为租金便宜,这里离单位也近。

也许她该搬搬家,换一个地方住?

这只是宋晞心里的想法,她并没有和裴未抒商量。

但晚上入睡前,裴未抒揽着宋晞的腰,忽然问她:"你要不要搬过去和我一起住?"

他们刚结束了一场情事,宋晞疲倦地闭着眼,半梦半醒似的,说话也像是呓语:"杨婷以前和我说,情侣总待在一起,会失去新鲜感的……"

她还打了比方:裴未抒现在觉得她是一颗香甜的加州小橙子,到时候腻了,就会觉得她是一颗在阳台上放了几个月的皱巴巴的烂橙子。

嘟嘟囔囔地说完,宋晞沉沉地睡去。她完全不顾男朋友的死活……

裴未抒本来以为她这样说就是不想搬过去和自己一起住。

他已经凉着一颗心在盘算附近有没有什么安全系数高的住宅区了。

他翻了半宿的租房、买房的软件,几乎失眠。

结果第二天的早晨宋晞起了床,神清气爽的,盘腿坐在床上问裴未抒:"裴未抒,我们什么时候搬家?"

裴未抒笑了:"这周末。"

他们真正搬家时发现,宋晞的个人物品并没有很多,最重的几个打包箱里装的其实是她的那些书籍。

他们找了搬家公司帮忙,大件的物品都是货车帮忙运送的。

宋晞的随身物品只有鱼缸,她抱着鱼缸走到裴未抒的家门口,裴未抒接过鱼缸,说:"伸手。"

他为她录制了指纹。

然后他用她的手指打开防盗门:"欢迎入住。"

这天晚上,宋晞打开了装满书籍的纸箱。

她从里面抽出一本阿加莎·克里斯蒂的《底牌》,把它递给裴未抒:"你……打开看看?"

这本《底牌》里夹着信封。

这是宋晞在2010年的冬天写给裴未抒的最后一张卡片,只是当年阴错阳差,她没能把它送出去。

"裴未抒,我喜欢你。"

落款是"宋晞"。

成长到今天,宋晞反思自己当年的行为,已经觉得那样做有些幼稚和欠缺考虑。

把书递出去之后,她没再抬头,蹲在纸箱旁,装模作样地整理着书籍。

裴未抒拆开信封。仅仅过了十几秒,他弯下腰,像和她初相识一般,把手伸到宋晞的面前。

他说:"你好宋晞,我是裴未抒。我也喜欢你。"

他们同居之后的生活并不像想象中的那样,没有那么多的矛盾。

裴未抒是那种生活习惯很好的男生,宋晞和他住在一起,从来没有和他发生过口角。

而且他没有不良的嗜好,不抽烟不喝酒,也不太爱打游戏。用闺密的话说,他"从根源上减少了很多可争吵的点"。

裴未抒当然也有自己的生活方式。

只不过,他会在坚持做自己的时候,也兼顾宋晞的感受。

他习惯早起去晨跑,但起床后会放轻动作,从未吵醒过贪睡的宋晞。

他也会在跑步回来时，绕路到另一个街区，给宋晞买她喜欢吃的早点。

他经常忙于工作、忙于加班或者回家赶工。但哪怕在最忙的时候，他也会停下手中的工作，抬头隔空看向宋晞，同她聊上几句，再继续工作。

他也会拿上电脑和文件，无论她在卧室、客厅还是书房里，他都跟随她，尽量和她同处于一个空间里。

宋晞不知道这是不是自己的错觉。

自从过完年，裴未抒好像比去年他们刚认识的时候更忙碌一些。而且他忙的似乎也不完全是法务的工作。

她偶然间听过一次裴未抒和别人的通话，他好像在说动画什么的事，还说了些计算机方面的专业名词，那听起来像是编程的内容。

听不懂那些话，宋晞也就没深究过。

她只心疼男朋友熬夜，尽量陪着他。

裴未抒经常在深夜里抬手揉揉宋晞的头发，面庞被平板电脑和笔记本电脑屏幕的光线照亮。

他用熬得有些哑的嗓音轻声哄她："你跟着熬什么？快睡。"

宋晞困得眼睛都红了，还要逞强，说："情侣就是要有难同当啊。"

"有福同享就够了。"

裴未抒把她抱回床上，又帮她盖好被子，吻她的额头："我会心疼，你快睡吧。"

在他们的相处中，宋晞从没有被冷落、被强迫做某事、被敷衍的感觉，她反而一直被尊重、被偏爱、被信任。

和裴未抒谈恋爱的每一天里，宋晞都开开心心的。

她都和裴未抒这样说过："裴未抒，我怎么觉得我现在像'超人'和'雪球'似的，有点儿没心没肺呀？"

她说完再低头看看满桌子的考试资料，又扑进裴未抒的怀里："可是狗狗不用考试！"

裴未抒把人抱在腿上，吻她："怎么了，你对考试没信心？"

"那当然还是有的。"

宋晞又一个鲤鱼打挺，坐直了，给自己灌鸡汤："他们都说'机会是留给有准备的人的'，我准备得充分，就肯定能通过考试。"

她还说得挺激动的，边说边挥舞着手臂。

她仿佛看到了曙光，觉得胜利在望。

可她也没想想自己此时是坐在哪里的。

她这样蹭着他、晃动着身体，不是惹火上身吗？

裴未抒干脆把人抱起来，推开那些复习资料，把她放在书桌上。

他的指尖滑过宋晞的侧脸，最后他解开她的一颗纽扣："有信心的话，你晚点儿再复习？"

…………

转眼间春天过去了。

这一年的5月5日是立夏，气温逐渐升高，正午阳光最好时，宋晞看到街上有人穿短袖出行。

劳动节之后的周末，他们在难得有空的夜晚一起窝在沙发上，看养生类的饮食节目。

国外的主厨留着络腮胡，给观众们介绍喝果蔬汁的好处——

"Fibers can clean your body and detox your body（纤维能清洁你的身体，为你的身体排毒）……"

"果蔬汁还能排毒呢……"

换季加上生理期的原因，宋晞的下颌上长了一颗小痘痘，她还是用了几年前张茜教的老方法，在上面涂了一坨芦荟胶。

看到果蔬汁能排毒，她有些心动了，点开手机的备忘录，认认真真地记录下配方。

第二天，宋晞起得格外早，翻出某年在公司的年会上抽奖得到的榨汁机，又点开昨晚记的备忘录，给自己和裴未抒榨了一大壶果蔬汁。

最开始一切还好好的，她把西红柿、柠檬、雪梨切块丢进去，把它们混榨成汁。

味道是清香的,还有点儿甜。

她把切成段的西芹和胡萝卜也放进去后,颜色和味道突变,情况有些一言难尽……

裴未抒晨跑回来,用指纹解锁防盗门后,开门就看见宋晞笑容可掬地站在玄关处,她举着那壶黄绿色和棕色混杂的排毒的果蔬汁。

怎么说呢?那诚恳的笑容、向前递果蔬汁的姿势,让裴未抒想起小时候看过的98年版《水浒传》。

记忆里,潘金莲女士就是以极其相似的表情和姿态,说出了那句经典的台词——"大郎,该吃药了。"

宋晞比裴未抒更嫌弃自己的果蔬汁。

她还拧着眉头,瞎比喻:"我总觉得,这种颜色像你在草丛里踩死青虫子时它爆浆冒出来的那种……"

爆浆……

她的联想能力是厉害的。

裴未抒笑得不行:"你上学时,作文得分高吗?"

"挺高哇。"宋晞一脸骄傲地说。

"嗯,这是你应得的。"

裴未抒晨跑出了一身汗,冲过澡从浴室里出来,和宋晞一起坐在餐桌旁,分享着一壶味道古怪的果蔬汁。

他们举杯相碰,有一种"壮士一去兮不复还"的悲痛。

这回他们真算得上是"有难同当"了。

裴未抒并不拒绝女朋友精心准备的果蔬汁,比她喝了更多果蔬汁,还给龇牙咧嘴的宋晞冲了一杯蜂蜜水,让她缓解口中的怪味。

宋晞咽下半杯温暖的蜂蜜水,被折磨的味觉终于得到了救赎:"你也喝一点儿蜂蜜水吧?"

被问到的人却不接杯子。

裴未抒把宋晞拉到眼前,偏头靠近她,深吻她甜甜的唇。

吻完,他逗她:"你不是在备忘录里记了两种配方?你不试苦瓜和香蕉的那个配方了?那个也……"

都不等裴未抒说完话，宋晞抱着他的脖颈，用唇堵回他后面的话。

她绝不可能再试。

让苦瓜和香蕉见鬼去吧！

这毕竟是周末，吃过早饭后，宋晞和裴未抒各自回到长辈的身边，和家人聚餐。

但他们又会在夜幕降临时，各自牵着狗狗，相约出来散步。

路两侧的树木已经新绿一片，郁郁葱葱的，宋晞和裴未抒牵手走在树下，聊着天儿。

想起自己搬家前的担忧，宋晞问裴未抒："我好像还没有变成烂橙子，还很新鲜？"

他答道："嗯，你新鲜得不行。"

他们的感情实在是好得没话说。

他们相处得久了也不生厌，反而有了更多的默契。

连杨婷都感叹："晞晞，现在我能理解你为什么一直不谈恋爱了。你的眼光也太好了，你才上高一就已经高瞻远瞩，给未来的自己选了一个优质的伴侣。"

她们谈到这个话题时，已经是 5 月的下旬，宋晞正被杨婷拉着在店里做美甲。

店门敞开着，鸟雀在电线上"叽叽喳喳"地叫，温暖的清风吹进来，携带着几团蓬松的柳絮。

连美甲师都笑眯眯地看过来，宋晞就有点儿不好意思，用照过灯的手去拉闺密的胳膊："你的男朋友也不错呀。"

杨婷的男朋友叫周昂信，名字拗口，平时杨婷叫他"二狗"。

虽然她撒娇时，也会叫对方"宝贝""哈尼""达令"……

"二狗是不错呀。"

杨婷把手从光疗机里拿出来伸向美甲师，又把刚涂过指甲油的另一只手放进去："但我上高一的时候真瞎。"

杨婷说她那时候喜欢同班的一个傻大个儿，就觉得他跑得快，他在运动会上撞线时很拉风的。

"那人现在忙着给人办信用卡,去年还在群里提到我,让我弄一张信用卡,想让我帮他完成业绩。"

美甲已经做到一半,杨婷才像想起来什么似的,问宋晞昨天去哪里了,因为群里的人聊天儿时,裴未抒说她没在家。

"我和嘉宁姐姐去喝咖啡了。"

宋晞和裴未抒的姐姐已经单独约着见了几次面,算是认识了,闺密自然也听她提过裴嘉宁的名字,不觉得裴嘉宁陌生。

聊到裴嘉宁,杨婷拿出手机,翻出一个账号给宋晞看。

"你未来的姐姐好厉害,是平台上的大V呢,专门给截肢的病人科普义肢的选购和使用这方面的知识。而且她穿裙子都不避讳露出义肢,好酷。"

"嘉宁姐姐的本职工作是学校里的校医呢,她很厉害的。"

宋晞和裴嘉宁喝咖啡时,裴嘉宁也是大大方方地穿了裙子的。

隔壁桌有一个五六岁的小男孩。他盯着裴嘉宁的金属腿看,童言无忌,说她的腿"像变形金刚",又说自己"也想拥有"。

裴嘉宁递给他一块糖,笑了笑,语气很认真地对小男孩说:"愿你此生不会有机会穿戴它。"

裴未抒的家人也都是很好的人呢。

宋晞当时这样想。

她们做完美甲,同闺密分别时,杨婷问宋晞:"对了晞晞,二狗说他想约程熵他们玩剧本杀,让我先问问你们俩有没有空。"

"那晚点儿吧,下午2点以后可以吗?"

"明天你又加班吗?是你加班,还是裴未抒加班?"

宋晞摇摇头,说"都不是"。

其实她收到了裴未抒爸妈的邀请,要去裴家吃饭。

在此之前,宋晞也见过裴未抒的爸妈了。

两个人带着狗狗散步时,在他的家门前遇见过两位长辈几次。

裴未抒的爸爸妈妈很和善,会很热情地和宋晞打招呼,聊上几句,也邀请宋晞有空去家里吃饭。

不过明天是宋晞第一次正式登门拜访他们。

"你们两个人哪……"

杨婷用胳膊肘碰了碰宋晞的手臂，语气很高兴："我总觉得你们发展得格外顺利呢。我还没见过二狗的爸妈呢。"

"你为什么不见他们？"

"见家长的话，我总觉得那是在表示我们将会跨入婚姻关系。这太正式了，我们还没准备好。"

本来宋晞是不紧张的。

她已经和裴未抒商量过了，明天过去前先去一趟商场，让男朋友帮忙挑选些水果、点心。毕竟她是去吃饭的，空手是不好看的。

她也让妈妈给她准备了家乡的笋干。

但杨婷说见家长是很大的事情，这还可能影响到以后的婚姻生活。

"第一印象是很重要的。"

受闺密的敲打，宋晞也开始焦虑，晚上和朋友们吃火锅时也心不在焉、食不知味。

她夹了一条鸭肠，没有在汤锅里涮它，而是差点儿把它直接吃掉，裴未抒终于看不下去了，伸手把她的筷子拦下来。

他侧过头，同宋晞耳语："你有心事？"

宋晞紧绷着一张脸，又不想在聚餐时聊这些事，怕扫朋友们的兴。

于是她也凑过去，压低声音说："有一点儿，晚上咱们回家后再说。"

"嗯。"

裴未抒在桌下握了握她的手，这像是一种无声的支持、安慰。

聚餐结束后，他们回到住处，宋晞先去洗了一个澡。

两个人同居之后，她和裴未抒的所有物品被放在一起，自己的睡衣也有几套，但她还是喜欢穿裴未抒的短袖 T 恤。

宋晞套了一件白色的大 T 恤，盘腿窝进沙发里，抱着靠垫。

裴未抒也洗了澡，从浴室里出来。

他们洗去一身吃火锅时沾染的油烟气，清爽又干净，紧挨着坐到一起。

裴未抒问:"说说吧,你有什么心事?谁惹我们家的宋晞不开心了?"

"不是的,没人惹我。"

宋晞把从闺密那儿听来的道理讲给裴未抒听,说第一次见家长很重要的,这会影响婚姻。

"裴未抒,怎么办哪?我好紧张。"

男朋友还是可靠的。

他说他的爸妈都很喜欢她,裴嘉宁每次见完她,回了家都要像重播电视节目一样,把她们见面的过程讲一遍,他们对她也有些基本的了解。

"在我们家,我和我姐择偶自由,我的爸妈也不难相处,你不用担心。"

"是他们紧张。"

裴未抒拿出手机给宋晞看,半小时前他的妈妈刚发过来信息。

"你爸买了一本搞笑类的杂志,现学现卖。"

"明天我们会是幽默型的父母,希望宋晞能来玩得开心。"

在裴未抒的宽慰下,宋晞也觉得自己可能是担忧过甚了,挠挠头,放下心来。

但裴未抒安慰完人,开始逗她了。

之前宋晞给裴未抒讲过,很多年前她还在暗恋他时,也和他的爸妈有过简短的对话,虽然他们只说过两次话。

"你们不是很早以前就见过面?这怎么也不算是你们的第一次见面,你们是旧相识了,你放松点儿。"

"什么旧相识?"宋晞扑过去,和他闹。

情侣两个人打打闹闹的,肢体接触多了,空气很容易升温,两个人吻着吻着就纠缠在一起……

第二天的早晨裴未抒睁眼,看见宋晞正蹲在床边,她在往他的手臂上贴创可贴。

她已经贴了三个创可贴，试图遮挡他的皮肤上的抓痕，免得吃午餐时抓痕被别人看见。

脸红红的，宋晞拒不承认自己昨晚的沉浸、失神。

她伸出手指，为自己辩解："是我做了美甲，这个甲片太长了……"

去裴未抒家吃饭的那天，宋晞感受到了裴家的温暖，那种发自内心的善意是尖酸刻薄的人所难以伪装的。

裴未抒的爸爸知道宋晞喜欢菌菇，特地做了蘑菇汤；

裴未抒的妈妈在家的各个角落里摆满了鲜花，也为宋晞准备了一大捧花，让她把花带回住处。

两位家长和颜悦色，不曾提起他们傲人的学历或者和工作相关的事，也不曾提起他们作为奋斗了更多年的长辈的那些优越之处。

他们只尽量地找了和宋晞有关的话题，聊她的老家宜人的气候，也聊几十年前去鹭岛时的景象……

"现在学习条件好了，社会飞速发展，年轻的孩子们反而压力更大、竞争更激烈了。"

裴未抒的爸爸说："身体才是本钱，我们这些搞医疗的人还是最关心健康。"

宋晞不知道裴未抒的家人是不是在她来之前约定过什么事。

裴爸爸的这句话一说出口，裴妈妈和裴嘉宁都看向他。

裴爸爸摘下眼镜擦了擦，笑道："知道了知道了，我不唠叨这些事。快乐的人才能健康，来，我给你们讲一个昨天刚看到的笑话。"

这是挺老的谐音笑话了，还是冷笑话——

"狗会汪汪汪，猫会喵喵喵，鸡会什么？"

"鸡会是给有准备的人的。"

裴嘉宁搓搓手臂，忍不住吐槽："爸，这也太冷了吧？"

如果对方不是长辈，她会非常想要用"antiquated（过时的）"去评价这则笑话。

只有宋晞是一个不太时髦的女孩,她在网上看到的东西不算多。她听完笑话,捂着嘴笑得开心,眼睛弯弯的。

她开心不只是因为笑话好笑,更多的是因为裴未抒的家人们对她温柔以待。

饭后,裴嘉宁从楼上捧来一个巨大的相册,给宋晞看她和裴未抒小时候的照片。

两个人一起去滑雪场时,裴未抒曾说他小时候学滑雪时也笨拙,摔得像卷心菜。

宋晞还真的在厚重的相册里看见了他描述过的照片。

据说,照片是裴嘉宁拍的。

年少的裴未抒摔得挺狼狈的,滑道上的雪都被他脚下的雪板铲起,飞溅开来,画面模糊又好笑。

相册被翻过一页,又有一张与之相关的照片。

裴未抒在滑雪场里摔得筋骨痛,回家睡了一觉,不愿起床,躺在有浅色格子花纹的床上。

窗帘只被拉开了一半,明晃晃的阳光落在裴未抒的脸上。

他抬手,把手背搭在眉眼处,抿着唇,一脸不情愿的表情。

宋晞盯着裴未抒的照片看。

十多岁时,他已经很帅气了。

见宋晞对这两张照片有兴趣,裴嘉宁又向后翻了两页相册。

这位姐姐指着其中的一张照片,幸灾乐祸地说:"你看这张照片。这是'雪球'刚来我们家时,裴未抒和它在院子里闹,踩空了,跌进泳池里,像不像落汤鸡?他是不是很逊?哈哈哈哈……"

裴未抒端着一盘水果走过来,把果盘放在茶几上,单手按住相册:"姐。"

立夏已过,现在正是端午节的前夕,天气是暖的,他们坐在庭院里的泳池旁。

今天的天气和那张裴未抒不愿起床的照片里的好天气很相似,明媚的阳光落在裴未抒的身上。

他的五官被明晃晃的光线点亮，眼睛迎着光，微微地眯起，他像是照片中的小裴未抒的放大版。

裴未抒和裴嘉宁说："你专门挑我出丑的照片给人家看？女朋友跑了怎么办？"

"宋晞才不是那种人。对吧，宋晞？"

宋晞茫然地点头后，裴嘉宁又翻出了几张照片，丝毫没有要收敛的意思，语气很是兴奋："你再看这张照片，他过生日，我们用蛋糕糊他的脸，哈哈哈哈哈……"

照片大概是他家人近两年拍摄的，裴未抒看上去和现在差不多。

蛋糕可能是海洋或者宇宙主题的，淡蓝色的奶油糊在裴未抒的脸上。

他闭了一只眼，唇红齿白，睫毛都被染成淡蓝色。他笑着在说什么，一副很无奈的样子。

裴未抒用水果签插了一块杧果递给宋晞，显然只是在跟女朋友说话，声音不高："你这么快就被我姐带坏了？"

"你说什么呢？"

裴嘉宁听见了，站起来："什么叫被我带坏了？"

"姐姐……"

宋晞当和事佬，把那块杧果递到裴嘉宁的唇边，贿赂道："姐姐吃杧果。"

她的贿赂被接受了，裴嘉宁重新坐下，并表示："看在我可爱的宋晞妹妹的面子上，我放你一马。哦，对了，那个呢？"

"这就来。"

裴未抒叫了一声："'雪球'。"

"雪球"一直在庭院里，闻闻小草，看看蝴蝶，十分闲适。忽然听到裴未抒的呼唤，它竖起耳朵，望过来。

见裴未抒拍了两次手，"雪球"似乎有些不解，歪头想了想。

直到裴未抒又重复了两次拍手的动作，"雪球"才像想起什么似的，"汪"了一声，拔腿就往屋子里冲。

宋晞不明所以，还以为这是裴未抒平时和"雪球"玩的某种小游戏。

可再抬眼时，她惊讶地看见"雪球"从门内跑出来，它的嘴里咬着一束白色的氢气球。

它跑在前面。

那些气球从推拉的玻璃门里涌出来，像好天气里的一大团白色的云朵。

那些"云朵"是裴未抒的家人为宋晞准备的。

裴未抒凑近她说："这是我的爸妈给你的浪漫，他们说你是可爱的女孩，你看着就像云朵，白白净净的。"

后来那些气球被宋晞带回了宋叔叔的家。

裴未抒送她回去，宋晞的妈妈在院子里和裴未抒打招呼："小裴来啦，进来坐坐呀？"

两个人见过对方家里的长辈之后，原本就和谐的感情又升温了些。

他们就像两块拼图，契合地卡进彼此缺失的那部分凹槽里。

连宋晞的同事也认识了裴未抒。

裴未抒接宋晞下班时，宋晞的两个领导和她一起从电梯里出来。看见裴未抒，两个领导就会笑着说："小宋快去吧，你的男朋友来接你了。"

偶尔宋晞下班早，去公司里找正在加班的裴未抒，他的同事也会先到咖啡厅里点好咖啡，叫她"弟妹"或者"嫂子"，说裴未抒在忙，他托他们先给她点好咖啡。

在两个人相处的时间里，宋晞也见过裴未抒的一些其他朋友。因为他们互相添加过好友，她能看见很多朋友圈的点赞、评论。

在盛夏时节的某天晚上，宋晞和裴未抒一起宅在家里吹空调。

裴未抒在忙他的工作，戴着耳机偶尔和电话里的人沟通，她就趴在他身旁的沙发上，翻看朋友圈。

裴未抒的一个高中同学发了动态，晒了某家主卖南方菜的特色饭店。

桌上有七八个餐盘，菜肴满目，那位朋友配文说："这家店的笋干炒肉是真不错！"

因为他们有共同的好友，宋晞也能看见程熵在下面评论了这条动态，程熵还提到了她的名字："宋晞家的笋干才叫一绝。"

那位同学立马表示，等到再过年，他也要苦苦地哀求"嫂子"，让"嫂子"给他也带点儿家乡的笋干。

宋晞对待朋友的话都很认真，想了想，回复说："我过年时不一定回小镇。不过如果老家的亲戚邮寄特产过来，到时候我让裴未抒把笋干拿给你。"

话题就是从这里开始的——

后来不知道怎么，程熵又在"剧本杀王者六人组"的群里说话了。

他说这些天实在太热了，热得要人的命，他好想去一个凉快点儿的地方避避暑。

宋晞也随口说要是在老家就好了，小镇那里应该还很凉快。

蔡宇川一查，宋晞的老家那边的气温才28℃，简直太宜人了。

几个人越聊越有兴致，都没休年假，干脆一起休年假，去宋晞的老家旅行，玩几天再回来。

杨婷当然是赞成的："我还没去过晞晞家呢，想去。"

"不过晞晞能休息吗？"

"我也想去。"

"裴哥和宋晞最近好像挺忙的，能请下来年假出去吗？"

宋晞想了想，这段时间倒是没有那么忙，真要请年假，领导应该是会批假的。

但裴未抒就不知道能不能休年假了，他这几个月一直都很忙。

她在空调清爽的冷气中，扭头看向裴未抒。

她一时没想到怎么开口，微微地嘟着唇，呈思考状。

裴未抒从忙碌的工作中抬眼。

看见女朋友嘟着嘴，他误会了她的意思，扣下电脑屏幕，俯身过去吻她。

接吻会唤醒一些下意识的动作。

宋晞是在手机接连的振动声里猛然回过神的。

她接起电话,杨婷的声音传来:"晞晞,你怎么聊着聊着突然不见了?我们四个人都能请年假,你和裴未抒怎么样,能行吗?"

宋晞从裴未抒的身旁坐直,有点儿慌张地说自己正在和他商量,一会儿把结果告诉他们。

用余光瞄到裴未抒在笑,她伸手戳了他一下,用目光恐吓自己的男朋友。

他还笑?!

她挂断电话,裴未抒问:"你和我商量什么?"

他之前在忙,都没看到群消息,宋晞把这次出行计划的始末讲给裴未抒听,然后问他是否能休年假。

"大概可以。"

裴未抒略微地思索:"后面的两个月里你要专心地备考,估计会很忙,现在出去散散心也好。"

第一次带这么多人回小镇,小宋导游还有点儿紧张。

几天的时间里,她已经在备忘录里林林总总地记下一堆可玩的地方、可吃的美食和行程安排……

毕竟年假的天数有限,他们是不能坐40多个小时的火车的,宋晞选择了价格相对合算的早班航班。

不过他们要起得很早,5点钟就要到机场。

真正到了出行的那天,朋友们都没贪睡,一群人不到5点钟就已经抵达帝都的机场。

杨婷有些没睡够,挽着宋晞的手臂,靠在她的身上哈欠连天,但声音是高兴的。

"果然人放了假就会心情好,要是因为出差起得这么早,我可能会骂一路。"

他们没有要托运的行李,蔡宇川和裴未抒拿着六个人的证件,在自助值机柜台上取机票。

蔡宇川回头看了一眼两个姑娘，趁她们离得远，用肩膀撞了裴未抒一下："裴哥，那件事准备得怎么样了？"

裴未抒会意，浅笑："差不多了。"

他们像倒卖什么违禁物品的坏人在接头似的，蔡宇川又回头看了一眼，确认位置后，才压低声音，继续询问："那……什么时候行动？"

"等她考完试吧。她回来之后要备考，我不想让她分心了。"

情侣在一起久了，好像就可以这样不称呼对方的名字，在言语中提到"她"或者"他"，身边的人就能明白他们说的是谁。

这像一种情侣间的限定称呼。

蔡宇川有点儿后悔，觉得一大早自己犯不上找这口"狗粮"吃。

但他们毕竟是好兄弟，蔡宇川还想说一句"需要帮忙的话我随叫随到"之类的话，结果程熵从身后猛地一拍他，他吓得差点儿把心脏吐出来。

蔡宇川把满嘴的脏话都压回腹中："你有病啊？你像背后灵似的。"

程熵刚买完饮料回来，纳闷儿又无辜，问："你在这边和裴哥嘟囔什么呢？你一副心虚的样子。"

不远处，宋晞拿着程熵买回来的一袋饮品，举起小瓶的咖啡，对着裴未抒这边晃了晃。

两个人已经不需要用语言沟通。

裴未抒明白，他的女朋友是在问"你喝这种咖啡可以吗"。

于是他笑着点头。

宋晞也笑了笑，拿着两小瓶咖啡走过来。

裴未抒接过去一瓶咖啡，拧开瓶盖，把咖啡放回她的手里，才又拧开一瓶咖啡自己喝。

机场里的冷气很足，广播在播报着即将起飞的航班的信息。

有人拉着行李箱走过身旁，冰咖啡散发出淡淡的香气。冷色调的灯光落在地面上，反光也是冷色调的，给人一种不近人情的感觉。

但宋晞觉得和裴未抒在一起真是开心。

她很难形容这种开心,这就像小时候的她趴在橱窗上看糕点师做生日蛋糕,蛋糕师把蛋糕坯切成了她想要的大小。

然后蛋糕师把剩余的边边角角也留着填进一次性的餐盒里,加些奶油,把它做成另外的甜品。

她和裴未抒在一起的开心就是这样的。

她把边边角角的小日常拾掇拾掇,也能做成小甜品。

飞机落地后,他们需要再坐两小时的直达大巴车才能到小镇上。几经周折,一行人终于在当天的下午抵达目的地。

宋晞家乡的小镇和很多南方的城市一样,依山傍水,空气清新,这里有一种朴实自然的秀丽。

宋晞带着朋友们从大巴车的车站走出来时,外面刚下过一阵小雨,地上还残留着潮湿之意。

风是清爽的,带来泥土和青草的芳香。几朵野花自石板的缝隙里生长,迎风摇摆。

蔡宇川原本摸出了墨镜,发现外面的阳光并不毒辣,又把墨镜收起并挂在POLO衫的胸口处,深深地吸气:"宋晞,你家这边的空气真好,我感觉这里像一个天然的氧吧。"

近几年确实有人这样说,也有过去在大城市里打拼过的人赚了钱又回来修缮房屋,建两三层的别墅,说准备在这边养老。

但在宋晞小的时候,家乡的人是没有这种概念的,大家只觉得小镇不够发达,就业的机会也十分有限,他们对孩子的期许也都是"好好地学习,将来出人头地,去大城市里生活",没有人会说"好好地学习,以后留在这边打工"。

大巴车的车站位于路口处,对面的街上有几个戴草帽的当地人,他们推车停在树荫下,在贩卖新鲜的水果,红的、黄的、绿的水果堆在一起,颜色都好养眼。

杨婷看什么都新奇,东张西望许久,才问:"晞晞,这边离你家远不远?"

"不远了。"

闺密亲昵地挽住宋晞的手臂："那我们去买点儿水果吧，水果看起来都很好吃。"

买过水果后，他们六个人在大巴车的车站外打了两辆车。

宋晞和裴未抒乘坐一辆车，司机师傅开车带路，他们只用了十几分钟，就到了宋晞一家人以前住的房子。

过年期间他们刚回来过，收拾出的卧室蛮多的，一共有五间，朋友们可以随意地挑选卧室住。

宋晞的妈妈是个很爱干净的人，把床品都洗干净叠放在柜子里了，上面套着防尘的袋子，他们把床品打开铺一铺床就能休息。

裴未抒站在窗边，在看窗台上的一个蓝色的陶瓷矮盆。

花盆里空空如也，但宋晞明白他在看什么。

她和他讲，大年初四他们在离开这里之前，已经把里面栽种着的水仙花球种都送给邻居了。

裴未抒钩钩宋晞的手指，说他有一种走进了她的视频里的感觉，目光里含着笑意。

这边的气候确实比帝都市的气候宜人很多。

几位朋友暂时放下工作后，那根紧绷着的弦也短暂地松弛下来，每个人都懒散得像是退休的人员，踩着拖鞋就敢上街，走路都比平时慢一些，还在街上买了蒲扇，拿着蒲扇扇风。

他们俨然一副开口就能歌唱"最美不过夕阳红"的样子。

小镇上的很多人是看着宋晞长大的，他们在家门口来来回回地走了几趟，难免会遇见宋晞熟悉的叔叔阿姨、伯伯婶婶。

被问到"怎么回来了"时，宋晞会笑着说自己休了年假，带朋友们回来消暑，只住几天。

一个阿姨拉着宋晞问："晞晞呀，姨姨听你的妈妈说你谈男朋友了，这里面哪个人是你的男朋友？"

宋晞的脸颊上浮着一层淡淡的粉红色，像落日的余晖染红了天边。

她大大方方地拉着裴未抒的手臂，介绍："姨姨，这是我的男朋友裴未抒。"

"不错的不错的，小伙子一表人才，长得周正，可得对我们的晞晞好些呀。"

裴未抒笑着，语气也认真："放心吧阿姨，我会的。"

家乡的人都很热情，宋晞在他们的眼里还是小娃娃。

知道她带了其他的几个小娃娃回来玩，长辈们还给他们送了不少当地的瓜果蔬菜，也送了新鲜的笋和菌子。

"吃吧吃吧，东西不够吃，你们就过来敲门，家里还有很多笋子，你的叔叔刚从山上挖过笋子，笋子新鲜得很。"

几位朋友连连地道谢，程熵说："以后我再失恋，就跟宋晞借这所房子，自己来住一段时间，肯定能治愈创伤。"

"程少爷深谋远虑，都没有对象，先想着失恋的事了？"蔡宇川说。

"你说得就好像你有对象似的。"

说完，程熵似乎也觉得自己的话不怎么吉利，偏过头，"呸"了几声。

小宋导游带着朋友们出来玩，压力很大。她翻出备忘录看了几眼，问大家想不想在院子里烧烤。

杨婷的男朋友可挺高兴了，自称"烧烤达人""烤串界的扛把子"，搓搓手问："还能在你家烧烤吗？有工具吗？"

"可以跟邻居借工具的，我们以前也会这样做。"

宋晞带着杨婷去隔壁的邻居家借了烧烤架和炭火，男生们把工具搬回来，在院子里生火烧烤。

女孩子不用干活儿，宋晞和闺密闲下来，坐在门前，看着傍晚的霞光，有一搭没一搭地聊天儿。

院子里，男生们在生火烧烤，烟火的味道随着他们的吵闹声弥漫开来，让人的心里荡着一种柔和的平静。

高中时期，也有那么一段时间，宋晞偏执地想要隐瞒自己的出身。

她每天看着那些光鲜亮丽的国际学校的学生，看他们肆意又张扬、活泼又眼界宽广，偶尔也会羞于承认自己是在小镇上长大的女孩。

"婷婷，你知道吗……"

她把这件事说给闺密听。

真正把这件事说出口时，宋晞感到很轻松。她永远地和那种曾经隐藏在心底的自卑和负能量说"再见"了。

嘴里塞着一颗大樱桃，杨婷指了指她们身后的男生们。

她安慰闺密："我以前也羡慕出国留学的人哪，现在就不会有这种想法了。你瞅瞅程熵和蔡宇川，他们都这么大了，还是这副德行，啧啧啧……"

被提到的那两个家伙在各自的工作领域里确实十分优秀，靠自己就能过上不错的生活。

不过此刻那两个人蹲在一起，拿着竹签逗一只肥硕的绿色蚂蚱。

看起来，他们的年龄加起来都不超过10岁。

"蔡狗，你说这种玩意儿能吃吗？"

"我不知道，要不咱们把它烤烤试试？"

那只蚂蚱要是会说话，估计都要翻着白眼说"晦气"。

它怎么就跳到他们两个人的眼前了……

"晞晞，你还羡慕吗？"杨婷"不怀好意"地问。

宋晞扭头看了一眼，"扑哧"笑出声，也开玩笑地道："我不羡慕了，再也不羡慕了……"

肉串熟得快，很快就能吃了，他们在烤剩下的两串菌子时需要慎重些，要多烤烤，菌子不熟会有毒。

终于烤熟菌子时，程熵才肯放过那只可怜的肥蚂蚱，拍了拍手上的灰，凑过去问："裴哥，菌子能吃了吧？"

"能吃。"

此时宋晞刚好走进院子里，站到了裴未抒的身旁，于是程熵眼睁睁地看着烤熟的两串菌子被裴未抒拿起来递给了宋晞。

程熵一脸疑惑。

裴未抒就真的一串菌子都不给他们留吗？

他偏心到如此地步？

裴未抒偏头看了程熵一眼，挺坦然地承认："面对宋晞，我是有失偏颇。"

"哇。"

程熵气呼呼地从裤兜里翻出一元钱的钢镚儿，把它放在桌上："这是你们俩结婚的份子钱，你记得找我五毛钱！"

"抠门儿——"

蔡宇川咬着肉串，掏出两块钱塞给宋晞："宋晞，我随礼最大方，出两倍的钱，咱们的友谊天长地久。"

宋晞佯装生气，板着脸，进行了小学生般幼稚的威胁："你们两个人别吃了，把肉吐出来。"

于是她得到了"马屁精二人组"的吹捧和奉承，一个人给她拿饮料，另一个人给她扇蒲扇，嘴里还要叨叨："哎哟，我怎么能把这么好吃的肉吐出来呀？那不是暴殄天物？"

"有嫂子好哇，我们能吃到肉，还能吃到烤菌子。"

"到时候你们俩结婚，我就算不看裴哥的面子，也得看我嫂子的面子，包一个板砖儿那么厚的红包。"

杨婷笑着把宋晞从两个"马屁精"的身边拉开："你可别听他们的！"

天色渐暗，有夜虫飞向灯火。

小镇有小镇的优点。

这边没有光污染，他们能看见较为清晰的星空。

这群人难得放松，从繁忙的一线城市里暂时逃离，就坐在院子里，吃吃烧烤，看看星星。

他们喷上驱蚊水，每个人的身上都有着相同的味道。

像之前在鹭岛上尽心尽力地给裴未抒当导游一样，宋晞也和大家商量："明天我们去山里吧，山包后有一条河，河水很清凉。"

"我们可以在那边野餐，待到傍晚，能看见萤火虫。"

"不过现在镇上的汽车也多，环境污染比我小的时候严重些。不知道是不是因为这些事,萤火虫也不太多了,但我们应该也能看见几只的……"

在宋晞介绍这些事时,裴未抒对着她晃动了一下手机,示意她自己先去接一个电话。

宋晞听见裴未抒又在说一些和计算机相关的术语,比如"Unity""C""插帧"。

这样的电话常有,之前他和宋晞提过,说在和一位过去读计算机专业的同学交流,在做游戏程序。

对做游戏程序的这种事情,宋晞压根儿没往自己的身上想。

所以她也不多问,只顾着和朋友们计划日程,再看几眼群星。

她并没有留意到,闺密暗暗地捏了捏男朋友的一块软肉,男朋友悄悄地比了一个噤声的手势。

然后除了宋晞和裴未抒,所有人互相交换了一个眼神,神神秘秘的。

裴未抒接电话的时间比较长,他挂断电话后,坐回宋晞的身边,她就笑盈盈地指给他看:"裴未抒,你看,那几颗排列起来像勺子的星星是北斗七星。"

她的眸色是亮的,眼里承载着灯光、星光与温情。

裴未抒看了一眼挂在夜空中的北斗七星,又转过头,继续看他的女孩。

她都察觉到了他的视线,眨眨眼,下意识地抬手去抹嘴角,不怎么浪漫地问他:"怎么了?是我的嘴边沾上孜然了吗?"

"不是,你的嘴很干净。"

裴未抒抬手,轻抚了一下她的唇角:"我是在看我的'written in the stars'。"

宋晞知道,"written in the stars"被译作"写在星星上",也可以被译作"命中注定"。

朋友们聚在一起,互相开开玩笑、聊聊心事,院子里满是欢声笑语。

夜里准备去休息时，蔡宇川和程熵居然起了坏心思，用手电筒照着下巴，把脸搞得好瘆人。

这两个人"狼狈为奸"，四处装鬼吓唬人，被其他人围攻，最终双双举手求饶。

现在已经是夜里的12点多，宋晞催着大家去睡觉："晚安，各位。"

第二天的清晨，天刚蒙蒙亮，小宋导游率先起了床。

她已经洗漱完毕，换好了衣服。

她开始敲每间屋子的门，每次只敲三下，声音很轻柔："起床啦——"

她叫了一圈，最后回到自己住的那间卧室里。在朋友们面前的精神骤然消失了，宋晞又倒回床上，抱着被子犯懒。

裴未抒刚刚洗漱完，走出来，看她懒洋洋地蜷缩成团的样子，觉得可爱，忍不住俯身过去亲吻她。

他们的唇齿间有相同的薄荷味道，唇瓣相触，两个人吻得深情又缓慢。

小情侣没想到有无心之失，接吻时，房门是开着的。

脖子上搭着毛巾，程熵拎着牙刷，大咧咧地踱进来："宋晞，你们俩的这间屋里有没有牙膏……哎哟，打扰了哈哈哈哈，你们继续哈哈哈哈……"

他边说边往外退。

裴未抒把宋晞从床上拉起来，看她皱着鼻子，问："你不好意思了？"

他们没在人前做过太亲密的举动，最多拉拉手、挽着胳膊，这还是他们第一次接吻被看见。

宋晞把头埋在他的胸前，伸手比画了小段的距离："是有那么一点点……"

但朋友们插科打诨，根本不给宋晞害羞的时间。

没过两分钟，蔡宇川和杨婷的男朋友把程熵"押"了回来，走到门口，还假模假式地抬手敲敲门："我们把程熵带回来负荆请罪了……"

请罪之人举着"荆条"大喊："我错了，下次绝对不瞎看，请原谅我吧。"

所以程熵负的是什么"荆"？

"荆"还是之前他的那支牙刷，他走的时候还从宋晞这儿挤了点儿薄荷味牙膏……

杨婷从房间里出来，一眼看见程熵的牙刷上的蒂凡尼蓝色膏体："这不是我送给晞晞的那支牙膏吗？你挤这么多牙膏，是要吃吗？"

"对，我最爱吃牙膏，你不知道吗？"

"你——放——屁——"

杨婷的男朋友闻声而来，嘴上说着"宝贝消气"，其实趁乱帮着女朋友给了程熵一脚。

程少爷撒泼打滚儿，讹了他几块钱的医药费。

众人吵吵闹闹间，睡意也都散了。

他们起得很早。

宋晞说这边只有正午的气温最高，他们早些出发可以防暑。

男生们背着双肩包，宋晞和杨婷也提了些不算重的物品，他们一起出发去爬山。

山里的景色很美。

茂密的树冠中停栖着不知名的鸟类，它们"叽叽喳喳"地叫；草木葳蕤，昆虫隐匿其中，"吱吱"地叫。

大自然有它慈爱的、治愈人的方式，总在不经意间给人惊喜——

"我去，那是猫头鹰吗？"

"好像是呀……"

"我刚才好像看见一个什么东西蹿过去了。"

"我也看见了，那是松鼠吧？"

"蝴蝶，这只蝴蝶好漂亮啊。"

植物各有各的美，野花芬芳，野草翠绿。

他们走着，也会摘几颗宋晞确定能吃的野果，尝尝味道。

他们翻过林木茂密的小山包，最终来到河边。

河水清澈见底，偶尔有一群小鱼游过。

杨婷的男朋友和蔡宇川在浅滩处拿了几块大石头，把石头摆成一圈，把带来的西瓜、啤酒和饮料放进去，用清凉的河水给瓜果、饮料降温。

周围没人，这里像被他们包场了一般。

杨婷站在河边，用石头打了一个水漂儿，叫着："这也太快乐了，这是桃花源哪！"

宋晞牵着裴未抒的手，悄声告诉男朋友附近有一个小山洞，那是她小时候经常和伙伴们去玩的地方："我带你去看看吧。"

他们沿着小河，在草丛中并肩前行。

其实这只是一个不太深的小山洞而已。

石块上生了些苔藓，附近来玩的孩子们还堆了奇形怪状的小石堆、藏过"宝贝"，垂下来的不知名的藤蔓遮住了大半个的洞口……

一切显得有点儿神秘。

宋晞也是心血来潮，想要带裴未抒去看看她童年时最喜欢的地方。

那个洞有些狭窄，成年人进不去，那里却是孩子们的天堂、游乐场、秘密基地……

"我们小时候都觉得这里面会有宝藏。而且那时候我们听过童话，可能受了些影响吧，就觉得有秘密可以说给山洞听，你也知道那则童话吧？"

裴未抒仔细地想了想："国王的理发师？"

"对对对，就是那则童话！"

两个人核对着童话的内容——

国王有一个理发师，理发师把国王长了驴耳朵的秘密说给树洞听了。

然后国王去游街，没穿衣服，所有人都夸国王的衣服好看，只有一个小孩……

两个人越聊越觉得不对,不约而同地停下来。

怎么好像有哪里怪怪的?

宋晞想了好半天,才笑着扑进裴未抒的怀里:"不对不对,裴未抒,是我们弄混啦。"

他们把《长着驴耳朵的国王》和《皇帝的新衣》弄混了。

裴未抒也笑起来:"好像是这么回事。"

她知道为什么和裴未抒相处起来开心又舒服了。

她抛出去的话题永远会得到回应。

无论他们聊什么,他好像都不会觉得她无知、无聊,会顺着她的话聊下去。

"裴未抒。"

"嗯?"

"你不会觉得我带你来看山洞的这种行为有点儿幼稚吗?"

"不会,分享是表达喜欢或者爱的方式吧。你愿意和我分享,这难道不是我的荣幸吗?"

裴未抒蹲到山洞旁,拨开一株枝叶茂盛的青翠的植物。

他往山洞里看了看,然后说:"我也有一个秘密想对山洞说。"

宋晞问:"那我可以和山洞一起听吗?"

"可以。"

她对裴未抒的大秘密翘首以盼。

她等了几秒,却听见裴未抒说:"我觉得我挺幸运的。"

宋晞愣了愣,觉得男朋友是在逗自己玩呢,不满地撇了撇嘴:"这算什么秘密呀……"

"我不能把它说给别人听,怕遭到嫉妒,这不算秘密吗?"

"勉强算吧。"

她还以为他说的"幸运"和出身、家庭之类的事有关。

裴未抒却坐在一块岩石上,叉开腿,把手肘搭在膝盖上,挺认真地看着宋晞:"我之前真以为你暗恋的另有其人。"

说完这句话,他皱了皱眉。

其实他都做好宋晞一辈子忘不掉那个人的准备了,突然知道宋晞暗恋的人是自己,先是发蒙,然后感到心疼。

时日久了,他才觉得天上好像掉了馅儿饼,馅儿饼居然砸中了自己。

裴未抒说:"我何其有幸。"

回去时,宋晞贪玩把鞋子脱掉了,踩进清凉的河水里,惊跑了一群聚集的小蝌蚪。

她看见了一只河螺,想把它拿起来给裴未抒看看,有些心急了,踩在生着滑溜溜的藻类的石块上,一屁股坐进河水里。

她今天穿的是一条白色的裙子,裙子遇水有些透明。

宋晞发窘地问:"要不,我站在这边晒干了裙子再回去?"

裴未抒已经利落地脱掉短袖,把短袖系在她的腰间。

"还是你有办法!"

走了几步,宋晞才摊开手掌,献宝似的把那只河螺给裴未抒看:"你看,它可爱吗?"

"可爱。"

两个人的身影刚出现,已经有人大声起哄:"哟哟哟,你们这是干什么去了?怎么裴哥把衣服都脱了?"

脸猛地红了,宋晞辩解道:"是我摔进河里了⋯⋯"

裴未抒从双肩包里翻出一件速干的短袖套上,护着自己的女朋友:"好了,你们别闹她。"

"不闹了,来来来。"

"裴哥、宋晞,过来吃西瓜,非常甜!"

西瓜清甜,又带着河水的凉爽,饮料瓶和啤酒罐撞在一起,满山都是欢笑声。

在宋晞家乡的小镇上,他们真是度过了愉快的假期。

他们回到帝都后,又开始各自忙碌。

离考试只剩两个月,工作之余,宋晞几乎花掉了所有娱乐的时间去复习，准备考试。

裴未抒每天陪着她，有时候看她困了，会凑过去吻一吻她的额头，看看手机屏幕，给她报时间，问她要不要休息。

如果宋晞说想继续努力，他也不强迫她，而是放下工作，倒一杯温水给她。

他会拿过她的复习资料，问："你今天复习到哪里了？过来给我指一下，我挑重点问，你来答。"

这样宋晞就能暂时不打瞌睡，坚持背一会儿复习资料。

而且有裴未抒的帮忙比她自己死记硬背更好，一问一答的形式会令她的印象更深。

她背不出来还能和他撒娇，伸出脚，不怎么纯洁地去蹭他的腿："男朋友最好了，给点儿提示行不行？"

夜色暧昧，灯火撩人。

裴未抒握住她的脚腕，连人带椅子地把她拉到面前，把复习资料往桌上一扣："你要复习，还是要做别的事？"

没良心的女朋友想都不想，干脆利落地吐出两个字："复习。"

"行。"

裴未抒隐忍地重新拿起那沓资料，继续问刚才的问题。

宋晞刚才都没答上来，还没得到提示，噘着嘴凑过去，"吧唧"亲一口男朋友。

男朋友终于松口，但一共有四个答题的要点，他也只肯提示她一个要点，一副铁面无私的样子。

"啊，你再提示一下吧，我真的想不起来……"

就这样，有人陪伴着她，越临近考试，宋晞反而越信心满满。

她给杨婷发微信说："以前我自己复习和备考，都能通过考试。"

"这次还多了一份助力，我一定能行。"

"一加一大于二。"

她还发了一个"小熊转圈"的表情包。

杨婷当然是相信闺密的，给宋晞加油打气了一通，并且要求宋晞，她考完试后第一个见的人必须是自己。

这让宋晞有些为难。

毕竟裴未抒陪着她复习了这么久,功劳和苦劳都是有的,之前他们也说好了,等她考完,他去考场接她,带她吃大餐庆祝考试结束……

宋晞想了一个折中的办法:"不然,你和裴未抒一起来?"

"让他请我们一起吃大餐?"

但杨婷拒绝了:"你自己掰掰手指头,咱们两个人有多久没见面了?"

"你考完试第一个见的人该不该是我?"

这也是应该的……

前一段时间,为了复习,宋晞几乎推掉了所有的娱乐活动,从小镇回来后,就没正儿八经地同杨婷聚过了。

于是考试的前夕,最让宋晞难以抉择的是:她要闺密,还是要男朋友?

她和裴未抒商量,抱着他的腰撒娇:"如果考完试的那天晚上我想去见杨婷,和她吃饭、看电影,裴未抒,你会不会觉得失落呀?"

"会。"

裴未抒把人抱起来,笑着亲了一下她愁得皱起来的眉心:"你去见杨婷吧,她今天打电话恐吓我,我要是不答应,你的闺密就要带你离家出走。"

"我不会离家出走的。"

宋晞想了想,又有点儿心虚,很可爱地说:"那要是杨婷非要拐我走,我可以给你发定位,你去找我呀?"

"行,我去找你。"

但真正考完试的那天,宋晞走出考场,开机后却看见了杨婷的信息,杨婷说要临时加班,让她先去影院。

地点是杨婷定的,那是一家私人影院。

在那里看电影不便宜,但杨婷说她的男朋友没时间,只有宋晞能

· 406 ·

陪她去。

宋晞一点儿都没有怀疑，路上还给裴未抒打了电话，告诉他自己发挥得不错，陪完杨婷就回去陪他。

到了私人影院后，宋晞被工作人员带进了双人影厅里。

"请您先休息，稍后您的朋友到这边来，我们再给您放映电影。"

影厅很宽敞，装修得也不错。

宋晞刚结束准备了很久的考试，心情轻松愉快。她靠在沙发上，拍了影厅内的陈设，分别把照片发给裴未抒和杨婷。

她想告诉闺密不用着急，外面的路况不好，有些堵车，慢慢地过来就可以。

但字还在输入框里，她没打完字，灯光突然暗下来，像是要开始放映电影了。

这样的突发状况令宋晞有些摸不着头脑。

打字的动作停下来，她下意识地以为是私人影院的工作人员搞错了，客人还没到齐，他们就已经准备放电影了。

宋晞想起身去询问工作人员。

但她刚撑着沙发坐起来，手机振动起来，是杨婷的电话。

"晞晞，考试辛苦啦，电影是我特地为你选的，你先看，不用等我，我很快就会到的。"

宋晞察觉出闺密的语气不寻常，但一时又有些反应不过来，简直一头雾水。

银幕亮起来。

淡蓝色的水晶组成英文。

Welcome to the glass castle（欢迎来到玻璃城堡）！

有这样的一部电影吗？

"玻璃城堡"？

其实这也不完全是电影。

银幕上的那些水晶般的字体很快便提示宋晞，在她的身旁，有一个类似遥控器的装置。

"请拿起它。"

进影厅时宋晞就注意到了,但它看起来更像是那种游戏手柄,上面只有一个红色的按钮。

宋晞当时没觉得这个手柄会和闺密请她看的这场电影有关系。她没有乱碰东西的习惯,也就没有去拿它。

她细想了一下,考试结束后,种种情况都透着奇怪。

宋晞好歹也是阿加莎·克里斯蒂的书迷,看过好多年的推理小说,此刻手里握着那个游戏手柄,心里已经有了些猜测。

过去的几个月里,裴未抒熬夜忙碌,和别人打电话时说一些和计算机相关的术语……

她甚至隐隐地有印象,有一天在车上,他随口问她喜欢什么类型的游戏。

这些记忆慢慢地重回脑海。

平常闺密如果因为加班耽误了聚会,早就开始骂领导了。结果闺密今天并没有骂人,这很反常。

况且……

谁会贴心地把会让她分神的事情都安排在她的考试之后?

谁会愿意费心费力,只为了哄她开心?

心里生出某种猜想。

念头像潮水般涌动,一浪又一浪,轻轻地拍打在心房上。

与此同时,银幕上冒出一个可爱的卡通人物。

这是那种马赛克的小人儿。

小人儿的穿着很像裴未抒的风格,它穿着白色的T恤和休闲裤。

小人儿晃了晃。

银幕上多了一个对话的气泡,它眨着眼睛,说:"Hello(你好),宋晞,你大概已经猜到了,我是裴未抒。"

宋晞知道这一切是裴未抒准备的,心跳有些快。她也不由得会心地浅笑,感到幸福又甜蜜。

马赛克版的裴未抒又晃了晃,银幕上的字也变了。

它提示宋晞,这是互动型游戏的短片,她如果要进行下一个环节,可以按游戏手柄上的那个按钮。

她懂的。

她小的时候,邻居家的哥哥有一台插卡式的游戏机,她见过屏幕里的小人儿靠文字说话,大概知道这些概念。

宋晞按下按钮,银幕上的场景变换了,马赛克的景物比起邻居家哥哥的游戏画面不知道精致了多少倍。

宋晞慢慢地辨认着那些颜色很治愈的建筑,觉得它们很眼熟。

人工的池塘里游着锦鲤,宋晞走过无数遍那条路,那竟然是宋叔叔家所在的小区。

她不知道BGM是什么曲子,曲子是轻柔的、舒缓的,很治愈。

这个游戏像她以前玩过的《深海水族馆》,令人的身心都能放松下来。

银幕上有两个马赛克的小人儿,一个是骑自行车的裴未抒。至于另一个穿小裙子的女孩子,宋晞猜那是她自己。

马赛克版的他们在游戏里,游戏还原的是2008年他们初见时的场景。

裴未抒骑着自行车,陪宋晞找到了回家的路。

他甚至复刻了那一年宋叔叔家的庭院里的那些蓝紫色的菊花。

不同的是,马赛克版的裴未抒在宋晞道谢后,并没有离开。

他向马赛克版的宋晞伸出手,银幕上出现了对话框:"你好,我叫裴未抒,可以认识你吗?"

宋晞愣了很久。直到小人儿的话重复出现,她才按了一下按钮,表示"可以"。

每次她按动游戏手柄,剧情都会跳到下一幕,也进入了新的时间点。

以前两个人闲聊时,宋晞给裴未抒讲过的某些片段通通被他牢记、还原。

在他制作的游戏中,她的暗恋是得到了回应的。

她看着那两个马赛克的小人儿,在这个游戏中,事情有了过去的她不敢想象的另一种可能性——

她陪张茜去妇产医院检查的那天,她们去看第十中学的校医,路上偶遇裴未抒和友人。

马赛克版的裴未抒会在宋晞把涂了芦荟胶的脸藏进衣领里时,拿着篮球走过来。

"你不用藏,以后我会陪着你喝排毒的果蔬汁的。"

坐在观影厅里的宋晞原本鼻子酸酸的,想到果蔬汁的味道,又破涕为笑。

宋晞上高一的那年,裴未抒和程熵他们出现在第十中学的篮球场上,和篮球队的同学比赛。

马赛克版的裴未抒打完篮球后,有了新的选择,主动地和马赛克版的宋晞说:"嘿,宋晞,好久不见。"

放学回家时,在路口处,马赛克版的裴未抒停下自行车。

"宋晞,我在寒假里去了'Yamal Peninsula',带了些影像和照片回来,你有兴趣看看吗?"

傍晚马赛克版的裴未抒也会等在合欢花丛旁,牵着雪白的萨摩耶犬:"你好,宋晞,我可以和你一起散步吗?"

时间到了国际学校的"课外活动展览日",银幕上出现了众多马赛克的小人儿。

而代表裴未抒的那个小人儿穿过层层的人海,举着两杯饮品,走到马赛克版的宋晞的面前,把饮品递给她:"宋晞,我熟悉这边,可以邀请你和我一起逛逛吗?"

他们在路口处遇见了开红色跑车的马赛克版的裴嘉宁,裴未抒主动地和宋晞介绍:"宋晞,这是我的姐姐裴嘉宁。"

裴未抒在制作游戏时,没办法精准地推断出这些事发生的时间顺序,也没办法考证真实的人物穿着,但在尽可能地还原场景,来弥补宋晞的遗憾。

410

连卡片上的那句"东区的第二个路口有一个有胡萝卜鼻子的雪人,它超级可爱",这里都出现了马赛克的版本。

马赛克版的裴未抒没有错过那些卡片,去看了那个雪人,还举起手机,比着剪刀手和雪人合了影。

"雪人很好看,宋晞,谢谢你的分享。"

…………

曾经宋晞觉得,裴未抒是住在"玻璃城"里的人,她对他的感觉就像《词不达意》中的那句歌词——"我们就像隔着一层玻璃,看得见却触不及。"

可裴未抒没有用"city of glass(玻璃之城)"来翻译这句话。

他用了"glass castle",送给她一座"玻璃城堡"。

在"玻璃城堡"里,他们是在一起的。

他们永远可以触及彼此。

观影厅里的光线昏暗,银幕上的最后一幕是马赛克版的裴未抒单膝跪地,他拿出戒指,问马赛克版的宋晞:"你愿意嫁给我吗?"

这句话不是文字的版本,是裴未抒的原声。

天花板上的灯倏地亮起,宋晞不适应光线,下意识地闭眼,再睁眼时,裴未抒已经出现在影厅里。

她都不知道他是从哪里进来的,他的眼睛里盛满笑意。

裴未抒走到她的面前,单膝跪地,用拇指拨开戒指盒:"宋晞,你愿意嫁给我吗?"

一枚精致的钻戒展露在灯光下。

它明亮、璀璨,又承载着裴未抒的深情。

宋晞哪里见过这种阵仗?之前的游戏短片已经惹得她好几次几乎哭出来。

鼻子泛酸,她这会儿更感动了,再也抑制不住眼泪。

"不哭。"

裴未抒帮她擦掉眼泪,安慰她,逗她笑:"你一哭我更紧张了,待会儿晕过去,你记得帮我叫120?"

外面的杨婷忍不住探进来半颗头,比当事人更急切,催促道:"哎呀,这时候你还给她擦什么眼泪呀?你吻她呀,强吻,亲起来!快点儿给她戴上戒指……"

杨婷大概是被男朋友捂住嘴拖走了。

门重新被关上,四周安静下来,只剩下他们。

宋晞含着眼泪和裴未抒对视,两个人都笑了。

银幕上的马赛克版裴未抒还跪着,现实中的裴未抒也一样。

裴未抒一如既往地绅士,又问了一遍:"你愿意嫁给我吗?"

他很耐心,在等宋晞回过神,等她真正能回答这个问题。

宋晞有些哽咽,心里的那句"我愿意"响了千次万次,她却没能说出口,只是用力地点头,一滴眼泪落在裙摆上。

其实没什么好犹豫的,宋晞早已暗暗地设想过很多关于婚礼和以后的生活的事,这些设想里都有裴未抒。

只是单人的演练毕竟没用,他单膝跪地的这一刻,还是令人无比感动。

裴未抒继续问:"我可以吻你吗?"

在宋晞又准备点头时,他靠过来,吻掉了她的泪水,然后吻她的唇。

动作温柔,他轻缓地衔住她的唇。

她被吻得晕乎乎的,和他接过吻后,才发现那枚钻戒已经戴在了自己左手的中指上。

朋友们欢呼着拥进来,李瑾瑜竟然也在,和杨婷分别抱着一大袋花瓣,拼命地把花瓣往裴未抒和宋晞的身上撒。

那天真是好热闹,其他人都在恭喜他们。

后来宋晞才听杨婷说,那个观影场地的老板很黑心,要加收费用才让他们撒花瓣,裴未抒花了好几百块钱。

闺密很是得意,说:"我和李瑾瑜一商量,反正裴未抒都花钱了,我们俩必须得撒够本。"

他们吃晚饭时,宋晞才终于见到了裴未抒的那位计算机专业的同学。

那位同学给大家分享说裴未抒和他一起做了好几个月的游戏短片，而且裴未抒算得上吹毛求疵了，要求很高。

连每天晨跑时，他们也要研究代码、动画，把最基础的色调改了几十版，才定下最终的方案，力求完美。

后来宋晞问裴未抒："BGM 很好听呢，是什么曲子？"

他却回答"不知道"，然后说："它可以叫'Glass castle'，你也可以来命名它。"

原来那是他自己写的曲子，他找了很多朋友、同学取经。用裴未抒自己的话说，它"不太专业，但还算能用"。

但宋晞觉得男朋友过于谦虚了。

曲子明明非常非常好听。

那一段时间宋晞格外开心，早已按捺不住激动的心情，在被求婚的第二天就戴着钻戒回了宋叔叔的家，把事情和长辈们讲了。

而裴未抒家的长辈也很积极，提了礼物来拜访宋晞一家，两家人相处得很融洽，已经在商量订婚、婚礼的日期、场地等问题。

宋晞不常戴钻戒，觉得那颗钻石太大，戴着它有些不方便。而且她还要上班，太张扬也不好。

但她其实很喜欢裴未抒送的戒指，有时下班回家后才会把它拿出来戴一会儿，欢喜地左看右看。

这点儿小心思已经被裴未抒看在眼里，她还整天乐颠颠的，一无所知。

2017 年 9 月，宋晞和裴未抒相识刚好满一周年。

备婚中的小情侣突发奇想，要去学校里看看。

裴未抒没开车，不知道从哪里搞来一辆带后座的自行车，把外套脱下来系在后车座上，免得宋晞坐上去会不舒服。

去学校的必经之路是一条又长又直的柏油马路。路两旁的梧桐树葳蕤成荫，巴掌大的碧绿的叶片把阳光切割成斑驳的光块。

过去他们常常在这条路上偶遇，擦肩而过，并不相识。

这次的情况终于不同了，宋晞坐在裴未抒的自行车的后座上，扶着他的腰。

裴未抒穿了一件帽衫，腹部那里有一个很大的口袋。

秋风微凉，他单手控制着车把，拉过宋晞的手放进大口袋里。

她以为他只是怕她冷，直到感觉到一个金属的圈环缓缓地滑到她的中指的根部。

宋晞把手抽出来，手上多了一枚素圈的戒指。

"你戴这枚戒指方便些。"

戒指暗藏玄机，里侧刻着"Always（总是）"。

裴未抒像是在说，我总是、一直、永远地陪在你的身边。

正文完

愿所有暗恋的女孩，都能拥有美满的结果。

愿她们能暗恋成真，或者成为更优秀的自己。

第五部分

玻璃城堡

番外一

裴未抒求婚时用的游戏短片被他安装在平板电脑里。

宋晞经常会把它翻出来重温，然后感叹男朋友好厉害，甚至会突发奇想，想要学一学编程……

宋晞也就是随口和裴未抒提了一句这件事，裴未抒当然是支持女朋友的，也不急慢，她说想学编程，他就拿了专业课的笔记，打算认真地教她。

但宋晞对计算机专业并不了解。

她表达过自己的诉求后，裴未抒认真地给出建议，她的那些想法属于动画的范畴，不属于游戏的范畴，她没有必要学程序设计。

"那我不能学了吗？"

"能。"

裴未抒把笔记放到一旁，拿起平板电脑："你用 procreate（绘画应用软件）就行，能做出你想要的那种简单的动画。而且你也擅长画画。"

宋晞托着腮，像一个听话的乖学生，还很谦虚："我也不太擅长画画，只会画菌菇和简笔画。"

"你总比我厉害。"

她仔细地想想，好像确实没怎么见过裴未抒画画。

宋晞好奇地问："那你会画什么？"

"五角星、爱心。"

这个答案出乎意料。

他是从国际学校出来的学生呢，她一直觉得他是全才，他竟然不会画画吗？

也许她的表情过于惊讶，裴未抒有意地逗她："我还会画清明上河图、千里江山图。"

开过玩笑后，裴未抒靠过来，坐在宋晞的后面，用手臂环着她。

他像带小学生学写字那样，用手握着宋晞的右手和触控笔，带着她学插帧，调试帧秒、颜色、洋葱皮层数……

裴未抒给她示范时，画的是爱心，爱心还不怎么可爱。

他被女朋友吐槽："你不画清明上河图吗？"

他笑道："你专心点儿。"

他一帧帧地画完画，再设置好数据，播放动画时就能看见那颗不怎么漂亮的小爱心从屏幕的左侧发射到右侧。

男朋友虽然不是画家，但能教她做动画，宋晞可给面子了，使劲地鼓掌："裴未抒，你好厉害。"

在某种情景下，她也带着哭腔说过这句话，所以裴未抒发出一声轻笑。

宋晞又不傻，霎时间反应过来，扭头把刚才他的话还给他："你专心点儿！"

这只是最初级的动画，不算难，宋晞学得还挺快的。

后来裴未抒去工作了，她就自己拿着触控笔研究，埋头在平板电脑上涂涂画画，插帧，再继续涂涂画画。

偶尔她也会抬头问一两个问题，比如"怎么设置背景""怎么把以前的帧弄成透明的呀"……

她忙到大半夜，插帧到手软，终于做出了一个小蘑菇绽开的过程。

动画马马虎虎的，不怎么精致。

但她好歹也照葫芦画瓢地做出来了。

这是她的人生中自己创作的第一段动画。

宋晞兴致勃勃地拿着平板电脑，跑过去向裴未抒显摆："裴老师，你看小宋同学的作业完成得怎么样？"

裴未抒放下手头儿的工作，认真地看完动画，揉揉她的头发："不错，你比我们画得好。"

宋晞知道他口中的"我们"是指他和那位计算机专业的同学。

她笑着说他夸赞得未免太过分了些。

裴未抒却说他真的是这样认为的。

"当初我们做那段游戏短片，尝试画了好多种人物都觉得不够顺眼。我们要是有你这样的绘画技术，也不至于把景物和人物设计成马赛克版的。"

男朋友真是很有滤镜，又偏偏夸到了她的心坎里。宋晞可高兴坏了，往裴未抒的怀里钻，搂着他的脖颈左亲右亲："裴未抒，你真好。"

男朋友竟然笑了，说她现在的这副样子非常像"雪球"小的时候，它就喜欢往人的身上蹭，多动，不老实，还喜欢蹭人的脸。

然后他的耳朵被"小宋同学"恶狠狠地咬住了："什么意思？你说我像狗……"

可能是裴未抒的鼓励令人信心倍增吧。

那两天宋晞迷上了procreate的简易动画制作，有时间就抱着平板电脑鼓捣。

周末闺密约她逛街，杨婷都找上门来了，她才终于做完烟花的小动画，把动画导出来发给裴未抒看。

宋晞站在玄关处，扶着杨婷换鞋子，还不忘扭头问裴未抒："裴老师，你看看，小宋同学是不是有进步？"

"裴老师"很给面子，竖起大拇指，说她的进步很大。

她们出了家门，杨婷挽着宋晞的手臂，打趣地说她不知道宋晞有没有进步，但小宋同学肯定是裴老师的爱徒。

"瞧瞧裴老师那双深情的眼睛，他望着我们的小宋同学时，眼里像燃着柔光的火焰，哎哟，火焰都快把我这个局外人燎着了……"

光这样说还不够，杨婷继续添油加醋地说："幸亏你们不是真师生，不然得搞出师生恋来。"

脸一红，宋晞伸手往闺密的痒痒肉上摸："你别说啦——"

"不说了不说了……"杨婷很怕痒，举手投降。

但宋晞刚放下手，放了闺密一马，闺密已经又不怕死地唱起《冬天里的一把火》，还改了歌词——

"他就像那，一把火！熊熊火焰燃烧了你……"

电梯刚好抵达一层，金属门缓缓地打开，外面站着好几个人。

杨婷瞬间噤声，把脸埋在宋晞的肩头上，夹起尾巴做人，灰溜溜地跟着宋晞出了电梯。

两个人站在路边等出租车。

宋晞故意和闺密闹："你怎么不唱了？你怎么不燃烧啦？"

她闹完不忘给留守在家里的裴未抒发信息，发了一个"小熊探头"的表情包，告诉他一个"噩耗"："今早我尝试了一款新的果蔬汁，又失败了，没舍得把它丢掉，它在冰箱里，你快去尝尝。"

"它能排毒养颜的。"

裴未抒很快回复："甲之砒霜，乙之蜜糖。"

没过1分钟，裴未抒又补充："你下次别做果蔬汁了。"

他发了一个"小熊摆手"的表情包。

其实宋晞也不是只会做这些"黑暗料理"的，他们也买过一个空气炸锅。用平板电脑放着教学的视频，她也能做出味道不错的蛋挞，把它们端到茶几上，和裴未抒一边看电视一边吃蛋挞。

那天的傍晚天气不错，霞光很美，裴未抒说，她做的蛋挞是他吃过的最好吃的蛋挞。

宋晞说："你少骗人。"

他明明去过那么多的地方，前些天嘉宁姐姐刚说过，他们以前一起出去旅行，在外面尝过很正宗的葡式蛋挞。

裴未抒抬手，用拇指抹掉宋晞唇角的酥皮的碎屑。

"但你做的蛋挞味道最特别,我最喜欢。"

出租车停在路边,司机师傅降下车窗,问她们去哪里。

宋晞把手机收起来,也从短暂的回忆中回过神,扭头果然看见杨婷一脸调侃的笑容,像是在说:"你们这才分开了几分钟,你想他啦?"

上车后,杨婷忽然问:"对了晞晞,你们是怎么定的婚期?"

宋晞浅笑:"我还不知道,不过家长们说,明年的初夏有几个好日子。"

宋晞和裴未抒的感情稳定,家人们也时常聚会,一切十分顺利。

只是有一天,她忽然发现,自己天天傻乐,谈恋爱之后,竟然没有送过裴未抒一件像样的礼物。

她拿给他的多是家乡的特产,他也没有吃独食,和家人、朋友们分享了那些特产。

裴未抒家里的东西多数进了蔡宇川、程熵他们的肚子里。

食物被吃了就不留痕迹,留不下什么纪念。

9月中旬,单位发放工资,宋晞接到银行卡余额的变动通知,拿起手机查看短信。

她的工位在窗边,采光很好,那天又是晴朗的好天气,她在明媚的阳光下抬起左手,食指上的素圈戒指闪着光。

于是宋晞突发奇想,约杨婷下班后去逛街。

她按照素圈戒指的品牌,也给裴未抒买了一样的戒指。

多亏了之前他们谈论婚事时记录过彼此的各种数据,她选戒指的码数也很方便。

她认真地和专柜的工作人员沟通过,刻的字都和她的那枚戒指上刻的字相同,也是"Always"。

宋晞也愿意总是、一直、永远地陪在裴未抒的身边。

只是刻字需要几天的时间,她把戒指拿到手里已经是一周后的事,十一假期也快到了。

她总记得裴未抒给自己戴上戒指时的惊喜，也想要给他惊喜……

可她只是一个普通的推理迷。

她还是第一次谈恋爱，并不很懂浪漫的路数。由于思维定式，她只会在推理时心思缜密。她帮忙藏藏凶器、设计一下密室可能都更容易些……

她想来想去，不免有些犯难，不知道该如何操作。

听了闺密的建议，宋晞想在裴未抒睡着时，偷偷地把戒指套在他的手上。

可月底的工作多，她忙得也挺疲惫的，夜里没熬住，竟然比裴未抒先睡着了……

连续两天的情况都是如此，宋晞有些沮丧，拿着礼物迟迟地送不出去。

她干脆换了一个思路，冥思苦想，终于想到一个好方法。

两个人同居之后，宋晞把自己租的房子里的物品大都搬到了裴未抒的这边。

之前裴未抒送给她的小蘑菇冰箱贴也都在裴未抒家的冰箱上。

有硅胶质感的伞状菌冠柔软地"生长"着。

宋晞把戒指挂在小蘑菇上，等裴未抒自己发现它。

十一假期前的最后一天，下班后，两个人在外面吃了一顿简餐。

回家后，她坐在沙发上撒娇，一会儿让裴未抒把水果收回冰箱里，一会儿又让他给自己拿酸奶。

来来回回地从冰箱里拿了两三次东西，裴未抒竟然毫无察觉。

宋晞悄无声息地噘嘴。

平时那么细心的人，今天怎么偏偏变得迟钝了？

晚饭吃得多，她其实喝不下手里的这瓶酸奶，频频地用余光瞄裴未抒，艰难地把酸奶往下咽。

喝了半瓶酸奶后，宋晞含着一大口酸奶，快要撑死了，也实在说不出"你再去帮我拿一个苹果"这种自己给自己挖坑的话。

计划一和计划二都失败了。

她只能开展计划三了……

她在心里下了决心，打算自己去拿戒指，然后和他直说。

她刚站起来，手腕就被身旁的裴未抒拉住了，他轻轻地用力，她失去平衡，跌回他的怀里。

宋晞坐在裴未抒的腿上，看见他目光含笑地举起左手，他的中指上戴着她买给他的那枚素圈的戒指。

原来他早就看见它了。

他大概是故意想逗逗她，才什么都没说。

圈码刚好合适，金属圈包裹着他干净、修长的指节，这竟然有一种性感的好看。

裴未抒浅吻宋晞："谢谢。"

宋晞可是"记仇"的。

大半个月前，她收到素圈的戒指，晚上在床上窝进他的怀里，很高兴地亲了亲他的喉结，表达谢意。

结果，第二天的上午她没能起床。

于是她故意说："你就只是在口头上谢谢我吗？"

客厅的窗帘被拉上了，灯光洒下来，落入他们彼此对视的眼眸中。

气氛好，自然也滋生暧昧的气息。

裴未抒揽着宋晞的腰，她也把手腕搭在他的脖颈处，他们默契而真挚地深吻着对方。

之前满脑子都是"送戒指"的计划，宋晞回来后还没来得及换上家居服，穿着衬衫款的连衣裙，扣子从上到下共有十几颗。

裴未抒慢慢地把手探到她的背后，解开了几枚搭扣。

他的唇贴在她耳后的皮肤上，清浅的气息落在耳郭，像一缕春风，吹乱人的心弦。

宋晞不甘示弱，也大着胆子，拽开了他的运动裤上的绳结……

中途，她被抱回卧室里。

裴未抒不愧是从小喜欢打篮球的人，手掌比她的手大很多。他用戴着情侣戒指的那只手扣住她的两只手腕，把她的手按在枕头上。

神经兴奋,梦里都有细碎的片段。

宋晞隐约地梦到裴未抒抱着自己去浴室,梦到从花洒里溅落的水珠被灯光照亮,梦到水滴溅落在浴室的玻璃门上。

她也梦到他转过身,他的肩后有她留下的两道抓痕,他很轻地"哼"了一声……

她睡醒时,已经是9点钟。

幸好这是假期,她可以赖在床上不起,身旁的床位已经空了,所有的被子被她霸占,她盖着一部分被子,裹着一部分被子。

宋晞爬到床边,摸到遥控器,打开窗帘。

灿烂的阳光透进来,很晃眼,铺满了房间。

床头放着一杯白开水,玻璃杯下压着便笺纸。

便笺纸是裴未抒留的,字迹很好看。

他说他去晨跑了,让她起床后去储物室里看看,要送给她一个假期的小礼物。

有时候宋晞觉得她的男朋友像圣诞老人。

他总有些小惊喜、小礼物,击碎生活原有的平淡。

就像那次他们拿了羽毛球拍,在小区对面的空地上打羽毛球。

他们才打了十几分钟,天空中突然乌云密布,下起大雨来。

他们只穿了运动的短袖和短裤,连一件遮雨的外套都没有,举着羽毛球拍的袋子挡着头,冒着大雨跑回家。

路不远,他们却被淋成了落汤鸡。

可宋晞洗过澡、吹过头发后,惊喜地发现,裴未抒已经用卡式炉煮了一壶养生的暖茶。

炉子和茶都被放在落地窗边,小火煮茶,画面温馨又格外有意境。

他在暖茶里放了桂圆、红枣、枸杞,一丝清甜的香气飘散出来。

玻璃窗像珠帘,上面雨水涟涟,裴未抒穿着家居服坐在窗边,对她招手:"来喝点儿热茶驱寒,免得生病。"

当时是端午节的前夕,她喝茶时,裴未抒"变"出一个粽子造型的小香囊,在里面填充了中草药,把它当作端午节的礼物提前送给宋晞。

　　思及这件事，宋晞对便笺纸上的"储物室"和"小礼物"有了很多期待。

　　她捏着便笺纸下床，喜滋滋地想要蹦两步，可昨天折腾得太厉害，差点儿腿软地跪下，现在走路都觉得好累……

　　她不敢想象裴未抒怎么还有体力出去晨跑。

　　难道被吃干抹净的人只有她自己吗？

　　储物室里堆着好几个大型的购物纸袋。

　　宋晞蹲在地上逐一地打开它们，发现裴未抒买了同款的牛仔外套、同款的短靴。

　　之前，他们从未刻意地搭配过情侣装。

　　宋晞拎出一大一小两件牛仔外套，又看看尺寸相差挺大的鞋子，觉得它们新奇又可爱。

　　她暂时忘了腿软，跑回卧室里，拿了手机给裴未抒打电话。

　　她还闲不住地听着忙音回到储物室里，拎出那些购物纸袋，拿了牛仔外套，对着镜子往自己的身上比画。

　　"你醒了？"裴未抒的声音从电话里传来。

　　她问他是什么时候去逛的街，裴未抒说昨天午休时，蔡宇川叫着他一起去商场里看外套。

　　他刚好看见店里有不错的男女同款的外套，觉得外套挺适合他们穿的，就买了。

　　"衣码可以调换，你喜欢外套的样式吗？"

　　"我喜欢，它很好看。"

　　还有其他没拆开的购物纸袋，宋晞放下牛仔外套继续翻看，裙子和包是女士单品的，没有同款的了："可是你还给我买了裙子和包吗？你没给自己买？"

　　她的表达有歧义。

　　她想表达的意思是：牛仔外套和短靴都是情侣款的，怎么裙子和背包没有男款的，只有她自己的？

手机就被放在茶几上，开着扬声器。

裴未抒明明听懂了她的意思，还要开玩笑："那条裙子还有其他颜色的，要是你喜欢它，我也买一条裙子和你一起穿？"

宋晞笑起来，胡闹着："买呀买呀，一起穿！"

两个人开了几句玩笑，裴未抒才正色。

他说他没有买同款的裙子和包，这是他对宋晞的偏爱。

"你什么时候回来？我想穿裙子给你看看，而且也想和你一起试试牛仔外套和短靴……"

"现在。"

话音未落，指纹解锁的声音在扬声器里和门口同时响起。

裴未抒提着早餐和水果，从外面进来："我回来了。"

客厅里敞着一扇窗，秋风是清凉的。

电视上播放着和十一假期相关的新闻，电水壶里烧着热水。

宋晞和裴未抒一起试了那些衣服，还穿上衣服拍了照片。他们没有计划着出门，只好先把衣服换下来，准备吃早饭。

裴未抒早晨买回来的东西还在餐桌上，他没来得及收纳它们。

宋晞凑过去看看："你去店里买水果了吗，怎么没叫我一起去？"

裴未抒说他早起时看她睡得太香，舍不得叫她起床。

"你还说了梦话。"

宋晞昨夜的梦里都是旖旎的风光。

她有些脸红，又心虚地怕自己说过什么不太文雅的言论，问裴未抒："我说了什么？"

裴未抒拆开盛着豆腐脑的塑料打包盒："你说你爱我。"

对某些梦，宋晞还是有印象的，没觉得自己说过这样深情的一句话。

她接过豆腐脑，仰起头，看着站在身旁的裴未抒，有些疑惑："我真的这样说了？"

他撑着桌面和她的椅背，倾身吻她，改口说："没有，我爱你。"

宋晞的眼睛亮晶晶的，脸颊微红："那我也爱你，最爱你。"

放在桌上的两部手机同时振动。

到了假期,"剧本杀王者六人组"里的朋友们果然是按捺不住内心的躁动的。

程熵在群里问所有人:"有没有人想去玩剧本杀放松放松啊?"

前一段时间他们很忙。

宋晞在备考,裴未抒在准备求婚,朋友们也各有工作要做。他们确实太久没有聚在一起好好地玩上一局剧本杀了。

"今天下午怎么样?"

"下午1点钟,咱们玩完剧本杀去吃小龙虾?"

"没问题。"

"可可可,吃吃吃。"

秋日的天气正好,风里带着微微的凉意。

宋晞和裴未抒出门时,穿了新买的同款外套和短靴,一出现就引起了朋友们的起哄和欢呼。

杨婷坐在店里,举起手机猛拍照片:"在备婚的人就是不一样,越来越像一家人了,很般配嘛。"

"我们也很般配呀。"杨婷的男朋友说。

蔡宇川拉了拉程熵,抬起胳膊强行比心:"我们俩般配吗?"

程熵嫌弃地甩开他:"你走开,咱们俩比得像大猩猩!"

一年过去了,朋友开的这家剧本杀店已经被经营得有模有样。

去年这里还堆满了装修的材料,灰尘飞扬,现在店里干净整洁。

他们进门坐下,工作人员主动地端来柠檬水和小零食,礼貌客气地请他们稍等。

"朋友们,你们是不知道哇。"

蔡宇川给大家讲:"昨天中午我拉裴哥逛街,本来想让他帮我参谋参谋衣服,结果从试衣间里出来,发现他看的衣服都是情侣款的。我心酸哪……"

程熵接话:"今天谁穿情侣装,谁请客吃饭。"

裴未抒笑着:"行,我请客。"

"那咱们可不能去街上吃小龙虾了,有一家馆子挺不错,人均消费199块钱,裴哥请不请客?"

"我请客,咱们玩完剧本杀就去吃小龙虾。"

剧本杀店的老板老隋从里屋走出来,一直很感谢这群朋友在他创业初期给他提意见、陪"DM"练手、翻译剧本。听说裴未抒求婚成功了,老隋特地给他们俩订了一束花,表示祝贺。

老隋说:"我听杨婷说,婚期可能在明年的初夏。你们到时候一定要通知我呀,我得去见证你们俩的幸福时刻。"

他说完,还夸他们郎才女貌,是天作之合。

只不过这对情侣玩起剧本杀来,真是谁也不让着谁,简直相爱相杀。

两个人像没感情的推理机器,不讲一点儿私人的情感。

"DM"虽然经验丰富,但还是趁着玩家们讨论线索时溜出了屋子。

"DM"问老板,这两位高智商的情侣玩家如此针锋相对,待会儿玩完了剧本杀会不会打起来。

毕竟店里也发生过这种事情。

之前有一对情侣来玩剧本杀,在剧本里,其中的一个人和其他的异性玩家是同伙,说话自然向着同伙。

结果伴侣吃醋了,他们在店里就吵起来了,还掀了桌子。

他们虽然赔偿了店内的损失,但还是影响到了其他玩家的体验。

那对闹事的情侣骂人之犀利、动手之狠戾令当时目睹了场面的"DM"小哥印象深刻,他都有点儿心理阴影了。

他从此见到情侣就紧张,生怕他们情绪不稳定,再闹出什么事情来。

老隋叼着烟,偏头看了一眼屋里的场景。

那是单侧的可视玻璃,只有外面的人能看见室内——

有着凶手身份的裴未抒,表面上不讲任何情理,想尽一切办法洗脱嫌疑,面色从容,杀伐果断。

但宋晞蹙眉看向手边有着密密麻麻的字迹的草稿纸、从中圈出线索再抬起头质问他时,老隋分明看见裴未抒垂下了睫毛,他掩饰着不属于角色的情感。

那是一种欣赏，以及汹涌的喜爱。

"不会的，他们打不起来。"

老隋把烟头摁进烟灰缸里："放心吧，这两个人和上回闹事的情侣不一样，人好，又十分有涵养，还有一点……"

"DM"追问："还有什么？"

"他们爱得太深，都舍不得吵架，哪里能打得起来？"

这个剧本难，他们玩了六个多小时。

宋晞他们最终还是凭借线索，确定裴未抒是"凶手"。

"DM"复盘案件时，都感叹了一句："凶手玩得够厉害了，要是一群普通的玩家来玩这个剧本，肯定是凶手赢的。"

裴未抒有些无奈地耸肩："没办法，女朋友更厉害。"

剧本杀结束之后，朋友们按照约定去吃小龙虾。

告别剧本杀店的老板，宋晞抱着花束坐在车的副驾驶座上，也浪漫了一次，没忙着系安全带，先凑过去亲了亲男朋友的侧脸。

"男朋友，刚才我只是针对角色，你也知道吧？"

裴未抒扣着她的后脑勺儿，加深了这个吻。

吻过她之后，他才笑着说："我知道。宋晞，你推理的样子很迷人。"

节假日里车多，人也多，帝都又算旅游城市，更是人满为患。

口碑好的店的生意都很火爆，他们到达吃小龙虾的店时，前面已经有几十个人在排队了，他们只能等着。

喧嚣吵闹的这一晚发生了两件事。

第一件事是关于宋晞的闺密的。

杨婷的男朋友把剥好的几只小龙虾递给杨婷，忽然问杨婷愿不愿意在十一假期里陪他回家、见见他的家人。

所有人都没反应过来，包括杨婷。还是做秘书工作的人反应快，蔡宇川笑着问："你们不会也明年结婚吧？随裴哥他们俩的一份礼就够我喝一壶的了，你们两对情侣同年结婚，我不是要破产了吗？"

"你刚才说什么……"

杨婷茫然地扭过头,平日里的气焰全消,裴未抒求婚时她撺掇人家亲宋晞的那种架势也没了。

她像傻了似的,半天才不怎么利索地开口:"我要……要去见你的家长吗?"

杨婷平时在家里作威作福,男朋友没见过她这么紧张的样子,也跟着紧张起来:"你如果没准备好,也可以再等等,在时间上我都听你的。"

这对情侣的感情也算稳定,杨婷唯一的顾虑是:"你怎么不早说?我都没给自己买一件新衣服呢!"

宋晞当然跟着高兴,跑过去找了服务员:"麻烦您给我们上几瓶啤酒吧,谢谢。"

第二件事还是关于宋晞的朋友的。

回家的路上,蔡宇川以车牌号限行为由蹭车,坐进了裴未抒的车里。

他们路上倒也没聊什么,直到裴未抒把车开到蔡宇川家附近,蔡宇川才突然凑近前排的座位,似乎有些犹豫地说:"那个……宋晞……"

宋晞扭头时,看见裴未抒在浅笑,纳闷儿地问蔡宇川有什么事。

这还是她第一次见蔡宇川脸红。

"跟你求婚的那天,裴哥叫来了你的高中同学,你的那位同学……她有没有男朋友?要是她没有男朋友,你方便给我她的联系方式吗?"

宋晞很蒙。

"李瑾瑜是没有男朋友的,但我得问问她愿不愿意把联系方式给你。蔡宇川,你等等行吗?"

"行啊,我等等没问题,麻烦了呀,宋晞。"

直到蔡宇川下了车,宋晞才忍不住问裴未抒:"他是对李瑾瑜……"

"嗯,他说第一眼看见李瑾瑜时就喜欢她了,没好意思向你开口。"

宋晞想起前些天和李瑾瑜出去吃饭时拍了照片发朋友圈,蔡宇川还点了赞的。

今晚的气温舒适，无风也无雨。

她替朋友们高兴，在电梯里哼的都是《好日子》的旋律。

裴未抒笑着揉揉宋晞的头发，事情八字还没一撇，他已经听到宋晞在为朋友考虑了。

"李瑾瑜是我的好朋友，虽然你和蔡宇川认识得更久，但如果以后他们在一起，你得算是瑾瑜的娘家人，要给她撑腰。"

"好，我给你的朋友撑腰。"

"还有杨婷也是。"

"你向着谁，我就向着谁，这样可以吗？"

宋晞抱着花束，绽开灿烂的笑容："可以。"

考试成绩出来的前一晚，宋晞有些失眠，坐在床上拉着裴未抒聊天儿，熬得都打了几个哈欠，就是迟迟不肯关灯睡觉。

裴未抒明白女朋友为什么反常，也愿意陪着她，把手机、电脑通通放在一旁，陪她聊天儿，还主动地聊起她感兴趣的话题。

他问宋晞："我没参加过高考，高考出成绩时，你也这么紧张吗？"

"嗯，我紧张的。"

其实宋晞不算心态特别好的那种人，在参加大型的考试时多多少少会紧张。

出高考成绩时，她还在小镇上，在亲戚家借住，爸爸也特地从帝都回去陪她等成绩。

长辈们喝了些酒，入睡很快，宋晞夜里失眠，就看着窗外的月亮胡思乱想。

她早已淡忘了当时具体想了些什么事，但记得那种紧张感，当时比现在紧张多了。

"你一夜都没睡？"

"那倒也没有。"

宋晞想了想，说自己当时最习惯的逃避方式就是背东西、复习考点。

那天晚上,她应该也拿了复习资料重新背诵,转移注意力,后来就睡着了。

讲着讲着,宋晞得到启发,干脆躺下来,开始回忆高中时背过的英语课文,嘟嘟囔囔地小声背诵……

裴未抒思忖片刻,问她今晚要不要找一个其他的办法分散注意力。

"什么其他的办法?"

他起身,撑着床,低头吻了宋晞一下:"这种转移注意力的方式,你需要吗?"

床边的落地灯只照亮了他的半张面孔,睫毛垂着,目光深沉。

宋晞被裴未抒的这副模样蛊惑,沉默两秒,然后主动地回应他。

两个人纠缠着,气氛升温,裴未抒的手向下探时,她才恍惚间想起了什么事。

宋晞偏头躲开男朋友的唇,有些难为情地说:"可是裴未抒,我在生理期,今天是第一天。"

箭在弦上,而不得发。

裴未抒还能说什么?他揉揉她的头发,又亲了亲宋晞的侧脸,才隐忍地起了床,朝浴室走去。

"稍等,我去冲澡,马上回来。"

脑子里关于考试成绩的紧张感早已被情情爱爱的事挤到了九霄云外,宋晞也蹬掉被子起了床,跟着裴未抒走到浴室的门口:"那……我帮你吧……"

时间不算早,宋晞看起来也没那么紧张了,他哪里还舍得她跟着瞎熬夜?

裴未抒无奈地道:"不用,你困了就先睡吧。"

"可是……"

刚才他们激吻过,她的唇被摩挲得绯红,颜色诱人,嘴巴一开一合,她说出来的也尽是些引诱人的话:"可是我想帮你。"

她刚说完,就被裴未抒拉着手腕带进了浴室里。

他们一夜好眠。

第二天早晨，他们起得挺早，裴未抒没去晨跑，吃过早饭就陪着宋晞待在书房里，看着她一遍遍地刷新页面，一遍遍地用准考证号登录网站。

短信只通知了出考试成绩的日期，也没说具体的时间是几点，宋晞紧绷着神经刷了挺久的网页，不见成绩，慢慢地麻木了。

到了10点多，她又机械地进了网站，突然发现页面有变化。

页面不再空白，成绩表显示出来。

她仔细地去看，愣了几秒，然后一跃而起："裴未抒，裴未抒，我过了！"

裴未抒把人抱起来："恭喜。"

"我得给妈妈打一个电话！"

宋晞拿出手机，给妈妈打电话。

电话里，宋晞的妈妈一听到她的声音，就了然地笑了。

"早上你爸爸和张姨还问你的考试成绩出来没有，我们没敢打扰你。不过听你的声音，妈妈就放心了，考试肯定是过了吧？"

家人们都很替宋晞高兴，叫宋晞晚上回家吃饭。

当然，宋晞的妈妈也邀请了裴未抒。

宋晞举着手机，用目光询问裴未抒，见男朋友含笑点头，才说："那我们下午就回去，我和裴未抒都回去。"

"好好好，妈妈给你们做好吃的东西，等你们回来。"

电话里有其他人的说话声，随后宋晞妈妈的声音重新响起："你张姨说你们不许乱买东西回来，不然不给你们开门。小思思要接电话，你和小思思说。"

宋思思小朋友接了电话，和宋晞说"恭喜"。

尽管小朋友也不太懂她到底考的是什么试。

宋晞打了将近半个小时的电话，挂断电话才发现手机里有好几条未读信息。

信息有杨婷和李瑾瑜发来的，也有裴嘉宁发来的，其他人都在关心她的考试成绩。

宋晞一一地回复大家的信息，然后带着满脸的喜气翻出便笺纸。

其他人都是因为宋晞本人重视这场考试，才会跟着关心。

他们没有那么功利，只是因为爱护她，才希望她的心愿成真、付出的努力能得到回报。

功利的是宋晞自己。

她像一个财迷，跟裴未抒说，通过了这次考试，她的薪金会大幅度地上调。再攒两年的钱，她应该就能有足够富余的存款去乘坐 Yamal 号破冰船了。

宋晞提笔，在便笺纸上写下："Yamal 号之旅，冲呀！"

两个人同居之后，翻修了书房里的一面墙，在墙面上安装了软木的留言板。

他们可以用工字钉把便笺纸、拍立得的照片、计划表等固定在软木的留言板上。

宋晞把之前钉的写着考试时间和出成绩的时间的便笺纸取下来，放了新的便笺纸上去。

手机又在响，这次响的是裴未抒的手机。见裴嘉宁来电，他直接把手机给了宋晞。

宋晞接起电话，还没来得及叫一声"嘉宁姐姐"，对面的人已经风风火火地吐出一大串质问。

"裴未抒，宋晞通过了考试，你怎么不第一时间告诉我和爸妈？我们在家里也没准备什么，真是不体贴。要不你问问宋晞，今晚爸妈请客，她有没有时间一起出去吃饭？"

"嘉宁姐姐……"

宋晞自报家门，然后才支吾着和姐姐解释，今晚先答应了妈妈，要去叔叔家吃饭。

听到接电话的是宋晞，裴嘉宁瞬间温柔下来，说"没关系"。等宋晞有了时间，他们一定要请她吃饭，好好地祝贺祝贺她。

结束了通话，宋晞拿着手机转身，看见裴未抒也在写字。

她凑过去，发现他只在便笺纸上写了一串日期——

2018 年 5 月 20 日。

这是前些天长辈们商量出来的结婚时间。

他们两个人对于婚礼并不偏执，家长们又处处为他们着想，还选了年轻人都喜欢的"520"的日子，征求他们的意见，问他们在这一天结婚可不可行。

宋晞和裴未抒都觉得不错，也就这样把婚期定了下来。

现在，这个日期被裴未抒写下并贴在她刚才的那张写着"Yamal号"的便笺纸的旁边。

一粉一蓝的两张便笺纸被并排贴在软木板上。

再往上，是他们十指交握的照片，他们的手上戴着同款的戒指。

其实不把便笺纸贴上去，他们也不会忘记那么重要的日期，何况他的记忆力那样好。

裴未抒之所以会写下日期，是因为在他的心里娶她的事是最重要的。

宋晞想起在小镇上读初中时，老师播放视频，让他们观看洋葱鳞片叶的内表皮细胞临时装片的步骤。

她想，如果她也可以用镊子撕下一块薄膜、把她和裴未抒的生活放到显微镜下看，每个部分的结构都应该是安稳的、舒心的、愉快的。

番外二

宋晞和裴未抒的婚期定在 2018 年的初夏,即 5 月 20 日。

那时候帝都市还不太热,也不会有太多的降雨,他们办草坪婚礼或者举行其他形式的婚礼都是很好的选择。

备婚的时间很充裕。

在他们备婚期间,两家人一起吃过很多次饭,住得又十分近,已经成了熟人。

谁偶尔买了些新鲜的瓜果梨桃,也会顺路给对方送一些过去。

两家人都涵养极好,又肯为对方着想,礼貌又亲切,很难产生什么矛盾或者争执。

在家长们的言传身教下,宋晞和裴未抒也都是这种性子。

于是犯愁的人成了杨婷的男朋友周昂信。

这天,周昂信站在铺满气球的空间里,急得直转圈。

他刚挂断电话,握着手机,用 A4 纸卷成的圆筒挠了挠额角,惶惶然地抬起头,搜寻一圈,找到了屋里最能让人冷静的靠山:"裴哥,看现在的这种情况,你说怎么办哪……"

裴未抒显然也没料到周昂信设计的最后一个环节如此不靠谱儿,有些无奈:"你问我不如问宋晞,她更了解杨婷。"

"不是,你没提前和杨婷打一声招呼吗?"

蔡宇川捏着俩气球,用双面胶把气球固定在窗框上,从窗台上跳下来,踩上拖鞋,仰头瞅瞅气球,觉得自己贴得刚刚好,还挺满意。

他用做秘书工作时的那种未雨绸缪型的思维,批判周昂信:"你怎么也得有一个备用的计划吧?"

眼下的情况有些复杂,程熵也跟着走神儿,用电动充气泵把气球充爆了,所有人吓得一哆嗦。

"他要是跟杨婷提前打过招呼,杨婷就不觉得惊喜了好吗?难道他要和杨婷说'哎,你晚上早点儿回来,我要向你求婚'?"

几乎和程熵同时开口的周昂信说:"我没有备用的计划……"

事情是这样的——

周昂信准备向杨婷求婚了,受上次裴未抒向宋睎求婚的启发,也准备搞一个小小的惊喜,想着让杨婷开心一下。

毕竟平时杨婷就抱怨过"二狗一点儿也不浪漫"。

其实周昂信已经尽可能地做得周到了:

他精心地布置了家里的一切,杨婷说不喜欢俗气的大红大粉的颜色,他订的鲜花都是她喜欢的清新的淡绿色;

在求婚的花束方面,他咨询了宋睎和裴未抒,选了厄瓜多尔玫瑰;

他选气球时也旁敲侧击地问过杨婷的意见,选的是样式比较新颖的双层气球,颜色淡雅;

他挑戒指时也挑了之前杨婷无意中吐露过的比较心仪的款式。

选求婚的日期时,周昂信甚至避开了杨婷的生理期。

他想着求婚成功后,两个人晚上搞点儿情调,开一瓶红酒或香槟,再做点儿促使感情升温的小运动……

这个周末,杨婷早就说过要回爸妈的家里吃午饭。

周昂信就定了今天求婚,把朋友们叫来帮忙布置现场。

他想着等晚上杨婷回来了,就让她看见一个感人的求婚场景。到时候他准备自弹自唱一曲。

据说他为了练吉他,手指都被磨破了。

他还骗杨婷说手指是他和他哥打游戏时磨的,生生地挨了杨婷好几掌,五脏六腑差点儿都被震碎了。

但他千算万算,没算到在外地读书的杨婷表妹会回来。

两个人之前明明说好了一起吃晚饭,刚才周昂信给杨婷打电话,问她几点到家。

杨婷却说表妹回来了,她们临时决定去看电影,晚上还要一起住在她的爸妈那边。

"她都把电影票买好了……"

目光放空,周昂信闹心地扒拉开几个气球,坐在沙发上,又挠了两下头。

他这人听劝,刚刚听了裴未抒的建议,把目光投向了宋晞,像抓住最后的救命稻草:"宋晞,救命啊。"

宋晞一时想不到好办法,但也说肯定会让周昂信的求婚仪式顺利地进行。

其实只要宋晞有事,杨婷肯定就会推掉其他的约会。

麻烦的是他们要怎么和杨婷说宋晞在杨婷和周昂信的住处。双方没有提前约好的话,宋晞是不会突然跑到这里来的。

程熵拿着俩气球摩擦,然后把起了静电的气球贴到镜子上:"这好办,你就说宋晞和裴哥吵架了,宋晞跑到这儿找杨婷,然后杨婷不在家,对吧蔡狗?我的这个方法可行吧?"

"嗯嗯……"

蔡宇川刚收到一条李瑾瑜的信息,乐得要命,满脑子都是给人家回信息的事。他根本没认真地想,随口就答:"可行可行。"

周昂信崩溃了,说:"朋友们,这是我的终身大事呀,上点儿心吧,求求你们了!"

还好裴未抒的智商还在线。

这件事不符合宋晞的性格,她并不是那种和男朋友吵了架就会跑来找闺密诉苦的女孩。宋晞遇上事会先自己解决问题,再和闺密讲。

杨婷肯定也了解宋晞。

周昂信贸然地打过去电话，可能会露馅儿……

但程熵的提议多少给了周昂信一些启发。

周昂信想了想，脑细胞都要干涸了："那要不，我就说你们突发奇想来我家玩，结果宋晞和裴哥两个人吵起来了，让杨婷回来看看？"

要是他们能让杨婷在电话里听见几句争吵，那就更真实了。

哪怕电影开场了，她都肯定会回来。

这倒是可行。

问题是，如果杨婷追问原因，周昂信就会答不上来。

所以就在刚刚，周昂信眼睛发光地举着 A4 纸卷成的纸筒采访宋晞和裴未抒，问他们平时会因为什么事情吵架。

两个人忽然面面相觑，想了好久，都没能给出一个答复。

"你们平时一句都不吵吗？"周昂信蒙了。

宋晞摇头，看向裴未抒，然后看向周昂信，又摇摇头。

她仔细地想了想，他们在一起这么久了，好像是没吵过架，也没起过什么争执，遇事都会商量。

互相埋怨、指责、冷战的情况更是从来没有，连端倪都没有。

最后还是宋晞给杨婷打了电话，借着蔡宇川买了两箱准备庆祝的啤酒，假装喝了酒，还硬是挤出哭腔，委屈得不行，说谁都不要，就想她的亲闺密。

杨婷被宋晞搞蒙了，在电话里就喊起来了："二狗，裴未抒没来吗？你们怎么让晞晞喝这么多的酒？！"

48 瓶 1664 桃红果啤沉默地背下这口大黑锅。

啤酒如果会说话，估计都要骂上一句这间屋子里的所有共谋者。

正好杨婷的舅妈、舅舅他们也要去看电影，杨婷便把电影票给了他们，让他们带表妹去看电影，自己赶回来。

杨婷确实是亲闺密，说："20 分钟后我准到，你们照顾好晞晞呀！"

不会撒谎的宋晞挂断电话，脸都涨红了。她小声和裴未抒说："我的心跳都加速了，心跳得特别快，和那天一样快……"

裴未抒抬手揉揉她的头发，先说"辛苦了"，然后才说："你成心勾引我呢？"

他们两个人在家时，半夜胡闹过，在某场运动结束后，裴未抒侧耳倾听过宋晞的心跳。

所以宋晞说"和那天一样快"，这是只有他们两个人能听懂的暧昧。

求婚的计划能顺利地进行了，周昂信都笑开花了，双手合十地感谢宋晞，说以后要为宋晞两肋插刀。

宋晞故意板着脸，拿出娘家人的气势："那倒是不用，你对婷婷好就行。"

周昂信说："那必须的，您就瞧好吧！"

朋友们紧锣密鼓，抓紧时间继续布置细节。

宋晞想把一串气球贴到柜子上，踮了脚，还是够不到高处。她想搬椅子来踩，一扭头，看见了身高优越的男朋友。

"裴未抒，你帮我一下。"

裴未抒把宋晞抱起来，她愣了一下，一边贴气球，一边笑道："我想让你帮我贴气球，你明明能摸到柜子，怎么把我抱起来啦？"

其实裴未抒是有点儿没反应过来，自己也笑了："你就当我是想占点儿便宜吧。"

满室都是气球和鲜花，空气里的乳胶味和淡淡的花香味交织在一起。

他们平时很少闻到这种味道，这种味道在公司的年会、婚礼、孩子的满月宴等热闹的场合里才会有，大脑很自然地联想到欢乐的场景，神经也随之放松下来。

"不能白占便宜，你再帮我贴一个气球。"

宋晞伸手指了指旁边："就在这里，再往上面一点儿，对对对，就贴在这儿。"

要把气球贴在柜子上就需要足够的身高，宋晞也就频频地叫裴未抒来帮忙。

帮了四五次忙之后，裴未抒拿起手中的一串气球，转头对宋晞微微地眯了一下眼睛："帮工打算收点儿工钱，你愿意付吗？"

宋晞很爽快，问："怎么付？"

不远处,程墒和蔡宇川正在拿气球打闹,像幼儿园里的孩子,还说了一句什么"奥特曼变身",幼稚得让人不忍直视……

周昂信有些紧张,在玄关处抱着吉他来来回回地走着,嘀咕着准备好的告白的话,还时不时地抬手,不适应地挠挠藏在西装领口里的脖颈。

裴未抒把宋晞带到隔断墙旁。

他手中的那串气球刚好挡住了朋友们的视线,他倾身向前,去亲吻宋晞。

工钱不便宜。

这个吻持续得有些久。

宋晞被吻得大脑几乎宕机,再回到"工作岗位"上,捏着一串气球对着柜子看了好半天,像丢了魂似的一动不动。

蔡宇川抱着俩花瓶路过,看她愣愣的,随口问了一句:"宋晞,你把这边布置得好漂亮,弄完了吗?"

"还没吧……我也不知道……"

宋晞简直不知道自己下一步该做什么了,都怀疑裴未抒的吻是不是有什么消除记忆的功能,她突然就想不起来原有的设计了。

于是,她扭头去瞪人。

她却发现裴未抒从花瓶的旁边捡起了什么东西,那是一朵不知怎么花苞断了的玫瑰,开得很漂亮。

他把玫瑰送给宋晞。

"看周昂信向杨婷求婚,我突然很想提前举行婚礼,等不及要娶你了。"

宋晞笑着:"婚期都是定好的,你我的爸妈会生气的。"

"改口改得有点儿早,你别让我的爸妈听见,等他们给你包好大红包再改口。"

那天杨婷风风火火地跑回家里,一进门,就被朋友们拧爆的手持花筒吓得尖叫。

细碎的亮片喷射出来,纷纷飘落。

杨婷在昏暗的光线里,看见男朋友走向她,他弹着吉他清唱着一首歌,然后又单膝跪地。

后来周昂信说他写稿子写了半个月,把他们在一起后的点点滴滴描述得可详细了。

但真正跪下后,周昂信也就只哽咽着说出一句:"嫁……嫁给我吧。"

那天晚上朋友们闹到很晚,宋晞为闺密高兴,擦掉眼泪,眼泪又流下来,眼睑都是浮肿的。

他们回到家后,裴未抒取了冰块,把冰块装在保鲜袋里,又用毛巾包裹住保鲜袋,让她敷眼睛。

毛巾覆过来,宋晞下意识地闭眼。

她在一片冰凉的黑暗中,感受到裴未抒温暖的唇在细吻她。

"宋晞,下雪了。"

裴未抒挪开冰毛巾,宋晞适应了光线,同他一起向外看。

窗外有雪花落下,雪花像他们给杨婷制造惊喜时从手持花筒里喷出的亮片。

夜色阑珊,又是一年的冬天来临了。

这个冬天里,宋晞终于拿到了驾照。

所谓"师傅领进门,修行看个人",她是那种开车悟性不是很高的人,把驾照拿到手也迟迟地不敢独自开车上路,下班后就由裴未抒陪着练车。

杨婷说她当年练车时刚和周昂信在一起没多久,让周昂信当陪练,两个人起了不少争执,差点儿吵散了。

"二狗"这个外号就是杨婷那时候给他起的,杨婷说无数次想要打掉他的狗头。

但裴教练实在很温柔,陪着练多久的车都毫无怨言。无论宋晞把车开成什么鬼样子,只要没有安全问题,他绝不多说一句话。

宋晞练车的地方是一条几乎没什么人的偏僻街道。有时候开车累了,宋晞就把车停在路边,看裴未抒从兜里变出热饮或者零食。

2017年的冬天,帝都的雪势很大,隔三岔五就会下一场,但下的大多是细雪,雪花落地即化。

这天夜里，雪花又轻飘飘地落下，宋晞给加班的裴未抒打电话，问他几点能回来。

宋晞剥了一块巧克力放进嘴里，口齿不清地问男朋友："来不及练车的话，我要换上家居服啦？"

"来得及，我已经在电梯里了。"

说来奇怪，他们相恋了这么久，同居也有几个月了，竟然还如在热恋一般。

挂断电话，宋晞等不及了，先跑到玄关处打开防盗门，探出去大半个身子，站在门口等人。

去年刚谈恋爱的时候，宋晞还笑话人家程熵，说他堵在裴未抒的家门口等着看他们俩的戏的样子像狐獴群体里的哨兵。

堪堪过了一年的光景，在同样的地点，今年她自己也加入了狐獴的队伍。

这样想着，宋晞垂头笑自己。

但她听见了电梯抵达楼层的"叮咚"声，抬眼便看见裴未抒从电梯里走出来。

走廊里的灯光是明亮的，他开车回来，没穿羽绒服，把羽绒服搭在臂弯里，只穿了浅色系的高领毛衣，看向宋晞时，眼里带着笑意。

留意到裴未抒手里的两盒快递，宋晞知道他大概是在楼下遇见了快递小哥。

她还是开玩笑地开口："怎么，你现在还接了兼职，要送快递吗？"

"嗯，没办法……"

裴未抒竟然叹了一声，把诓人的话说得像是真事："我明年要娶妻了，能多赚点儿就多赚点儿吧，总要养家的。"

"谁用你养？我涨工资了。"

"那你养我，明天我就辞掉送快递的兼职，不干了。"

宋晞喜欢和裴未抒说些没营养的话，还愁眉苦脸地接了一句："那你和快递站的人推荐推荐我吧，我做兼职养你，不然供不起大公司法务部副部长的开销的。"

两个人说说笑笑地进了家门,找到快递刀,打算拆完快递就出去练车。

两盒快递中,一盒是宋晞买的,另一盒是裴未抒买的。

前一段时间网购平台搞活动,两个人都买了东西,但拆开快递来看,他们买的东西居然都是给对方的。

连品类都一样,他们买的都是围巾。

"你和我买的东西怎么差不多呀?"

裴未抒把围巾帮宋晞戴好,剪掉标签,笑着说:"要么就是我们心有灵犀,要么就是我们共用家里的 Wi-Fi,大数据推荐的东西差不多。你觉得是哪种可能?"

宋晞裹着围巾,把自己给裴未抒挑的那条围巾抖开:"当然是我们心有灵犀啦!"

他们戴着对方给自己买的围巾,暖暖和和地出门,开车去平时练车的地方。

但今天宋晞没练多久的车,雪越下越大,她不得不把车停到路边的停车位上。

停好车后,她都为自己一次成功的侧方位停车感到骄傲:"裴未抒,你有没有觉得我最近真的有进步?"

"嗯,你是有进步。"

风雪里,有推着烤红薯的车走过的老人。

裴未抒冒雪下车,买下了剩下的几个烤红薯。

全景的天窗渐渐地被雪覆盖,整条街道安静又洁白。

宋晞和裴未抒坐在车里,吃着烤红薯。她在手机上翻看婚纱的样式,等阵雪停歇。

上周他们刚去过几家婚纱店,最后选中了一家店,打算这周末去看看。

宋晞没想到婚纱的样式多成这样,看来看去,觉得眼花缭乱,于是把手机拿给裴未抒看:"怎么办?我挑不出来。裴未抒,周末我可不可以约杨婷陪我一起挑婚纱,她也许也有看婚纱的计划呢?"

"可以,你想怎么样都行。"

车上开着暖风,围巾被他们摘掉叠放在一旁。

电台里播放着几首近两年流行的歌曲,播放完一首《凉凉》后,又播放了一首《告白气球》。

裴未抒想起宋晞在小镇上过年的时候,他和朋友们在程燏的家里聚会。当时一个朋友说等到他们结婚时,要亲自为他们弹唱《告白气球》。

裴未抒把这件事讲给宋晞听,然后问:"宋晞,你期待的婚姻生活是什么样的?"

他说周围结了婚的朋友并不多,男生们凑在一起也很少聊家里的事情。

他怕自己想得不够周到。如果宋晞有什么期待,要和他说,他都会尽力地做到。

雨刷刮掉了车玻璃上的一层浮雪,车里依然缓缓地流动着音乐。

放在腿上的手机显示着婚纱店的招牌婚纱的照片。

宋晞捧着热乎乎的烤红薯,咬了一大口,咀嚼着,又认真地想了很久:"我也没什么特别的期待,生活就还像现在这样吧。"

以后就像现在这样,他们总是彼此惦念、彼此尊重、彼此珍视。

这样就已经很好很好。

12月中旬,宋思凡从国外回来了。

他坐的又是大半夜抵达帝都的航班,宋晞接到电话,亲自开车去机场接人。

夜里路上的车辆少,而且她已经把车技练得不错了,去机场时并不觉得车难开。

宋晞是信心满满的,一路开车也平安顺利,只是宋思凡这位少爷是一个十足的"事儿精"。

一听说宋晞是自己开车来的,宋少爷差点儿拎着他巨大的行李箱跑去打车,被宋晞揪着羽绒服的帽子拎回来。

哪怕坐在车上,宋思凡也是一惊一乍的,似乎总觉得她会握着方向盘带他上树,还嫌她踩刹车踩得太猛,说什么"要吐了"……

有好几次宋晞都想打开车门，把宋思凡蹬下去，图一个清静。

"裴未抒不是说你开车还行吗？这叫'还行'？！"

"他说的不是'还行'，是'很不错'。"

宋思凡一脸吃了苍蝇的表情："你能别这样踩刹车吗？我真的要吐了。"

"吐吧，你又不是没在他的车上吐过。"

宋思凡："……"

他们又有几个月没见面了，宋思凡还和过去一样，喜欢怼人，说话惹人讨厌。

但他也有些成长。

夜里进家门后，他终于会放下行李箱，先去拥抱深夜等他回家的张茜和宋晞的妈妈，也会放轻脚步和动作，免得吵醒在睡觉的宋思思小朋友。

但宋思凡面对裴未抒时，那些本就不太明显的变化就像突然被"超人"吃了，他对裴未抒总是一副不冷不热的狗样子。

周末，宋晞带裴未抒来家里吃饭。

这天又是小雪的天气，饭后，宋思思吵着要出去，宋晞带着"超人"和妹妹在院子里玩，两位家长在厨房里收拾碗筷，客厅里只剩下坐在沙发上的裴未抒和宋思凡。

裴未抒这个人的骨子里就很从容。他到任何地方都挺放松的，大大方方的，从不过分拘谨。

他喝了几口茶，偶尔抬眼看看窗外。

他看见宋晞的那副笑容灿烂的样子，眉眼也随之变得柔和起来，脸上露出笑意。

感情好的情侣间也许真的有些心灵感应。

裴未抒看着窗外时，宋晞也从窗外看过来。

她穿着厚厚的羽绒服，围着裴未抒送的围巾，举起两团雪挥舞着，作势要把雪往他这个方向的玻璃窗上砸。

她只是在做假动作而已，什么真实的伤害也没造成，自己却开心得不行，呵着白色的雾气，在室外笑弯了腰。

裴未抒把茶杯端到唇边,没喝茶,也跟着女朋友轻笑一声。

他这边很平静。

倒是一旁拿着 Nintendo Switch 的宋思凡总有些心不在焉。

宋少爷也没玩进去游戏,最后干脆把游戏机往沙发上一丢,罕见地主动和裴未抒说话:"喂,裴未抒。"

"嗯?"

"你……你会对我的姐姐好吧?"

眉心皱得能夹死苍蝇,宋思凡挺烦躁地挠了挠头。

他深深地吸气,又吐出来,连"姐姐"也不叫了:"宋晞有点儿傻,心大,又盲目地乐观。她遇到什么事情不爱和家里的人说,怕家人担心,就喜欢自己憋着心事。但你……你不能因为她倔、她嘴硬,就欺负她,知道吗?"

就嘱托了这么几句而已,20 岁的宋思凡竟然有些哽咽,吸了吸鼻子,才控制住情绪。

其实仔细地想想,宋思凡已经不记得宋晞和她的妈妈搬到他的家里生活究竟是哪一年的事情了。

他只知道那会儿自己应该还在上小学。

宋家群和张茜忙于工作,宋思凡被爸妈放养,再加上以前的保姆什么都不管,他肆意妄为惯了。他对张茜回家养胎都不太适应,更别提突然出现的宋晞母女。

这对"不速之客"对宋思凡来说,是他的自由生活里的阻碍。

她们既碍事,又碍眼。

而且妈妈动不动就会说"思凡,你看你的宋晞姐姐学习多好""思凡,你看你的宋晞姐姐多懂事""思凡,你看你的宋晞姐姐……"

他很烦,耳朵起茧。

在家里上房揭瓦的皮猴子哪里会乐意听逆耳的良言?他心想,那个从非洲来的瘦竹竿好不好关他什么事?妈妈总和他念叨什么?

张茜越是这样说,宋思凡看黑不溜秋的宋晞就越不顺眼。

但宋晞这个女孩有她的脾气,发觉他不待见自己之后,从不主动地和他说话。

她偶尔开口，也会把宋思凡怼到哑口无言，实在不是一个好欺负的人。

他也就只能给她起外号，来表达自己的不满，别无他法。

他们就这样一起生活了几年，后来宋晞去南方上大学，经常不在家，宋思凡居然觉得有些不习惯。

不习惯的人不只有他，连"超人"都会抗议，拒绝走他带着散步的路线，坚持走宋晞散步的那条路。

"超人"实在是一个"大孝子"。

哪怕在春天，宋思凡花粉过敏最严重的时候，"超人"也要扯着牵引绳，非要去走那条有合欢花丛的路。

某年的寒假，宋晞从南方回来。

出于经济的原因，宋晞出行都是坐火车的。她从南方折腾回来，要花20个小时。

她还不嫌折腾，第二天还要早起，先练字，再去院子里练习英语口语。

他无意间发现了宋晞的火车票，那是一张硬座的车票。

宋思凡几乎发火了，把宋晞拉到角落里："你有病吧，宋晞？硬座和卧铺的票才差多少钱？你竟然坐20个小时的硬座回来？"

宋晞表现得很淡定，说："你才有病，春运时火车票不好买，我能买到硬座的票都不错了，你别和家长说，免得他们担心。"

说完这些话，她就拿着她的英语资料学习去了。

宋思凡实在搞不懂，宋晞明明都上了大学，看起来竟然比高中时更累。

小少爷从来没有那么努力过。

他不能理解宋晞，但也有一种微妙的感觉，好像宋晞回到家里和他斗几句嘴，这个家才更完整。

在这种莫名其妙的感觉的影响下，天天惦记着往外跑的宋思凡，偶尔也会找上一大堆的理由，推掉两三次和朋友们的娱乐活动。

他多在家里宅上一两天，就为了嘴欠地叫宋晞几句"小矮人"。

那年的冬天，宋家群的生意终于兴隆起来。

订单多，宋家群和宋晞的爸爸忙不过来，张茜也常常跑去帮忙。

家长们还挺开心的，觉得能大赚一笔钱，连宋晞的妈妈也经常跟着过去，给大家送些可口的餐食，或者帮忙做做最简单的工作。

临近年关，家里喜气洋洋的，但宋思凡总感觉宋晞其实并不开心。尤其是某天吃晚饭时，家里的人聊到鹭岛。

宋晞的爸爸说在短视频 App 上刷到了一个视频，那是鹭岛的英仙座流星雨的录像，流星雨很漂亮。他转头问宋晞，她夏天和室友去看的是不是就是英仙座的流星雨。

宋晞有些走神儿，点点头，没多说什么。

他们在一起生活了好几年，宋思凡对宋晞多少也有些了解，宋晞会把开心的事明晃晃地写在脸上，都不用别人问，就会像倒豆子似的把事情讲给家里的人听。

她没说太多的话，说明不是很开心。

那天的晚上工厂的事务比较繁忙，宋思思睡后，家长们去工厂那边了。

夜里宋思凡在客厅的沙发上刷手机，琢磨着英仙座的流星雨怎么招惹宋晞了，突然听见宋思思的哭声。

他去二楼看，才发现小朋友在发烧，脸颊都已经烧红了。

"哥哥……哥哥，我好难受……"宋思思哭得嗓子都哑了。

人心都是肉长的，平时宋思凡这个做哥哥的人再怎么不称职，在关键的时刻还是心疼妹妹的。

可是那一年，宋思凡还在上高中，一点儿都没有照顾人的经验，手足无措，本能的反应就是打电话叫家长回来。

宋晞也没睡，听到哭声从楼上跑下来，冲进宋思思的卧室里，探额头试了试体温，又抱着宋思思哄她，直接拿出手机打了一辆出租车。

"工厂离这边有 40 分钟的车程，我们等家长回来，还不如先去医院。"

宋晞很瘦，抱着宋思思有些吃力，又要帮她穿好衣服，折腾得额头上都是汗，转头吩咐无头苍蝇似的宋思凡："你拿好家里的钥匙，出门反锁房门。"

那天的晚上多亏有宋晞在,后来宋思凡总能想起这样的一幕——

宋晞坐在医院的走廊里,递给他一瓶水,声音很疲惫,却也很温柔:"妹妹没事,只是发烧,输过液就好了,你别担心。"

而宋思凡的那些莫名其妙心思的消失,也是在医院里……

算了,那些事都不值一提。

宋思凡这样想着:不管怎么说,宋晞是他们的家人,绝对不能受欺负。

晚上回家的路上,裴未抒开着车,忽然和宋晞说:"以后我要小心点儿,小舅子发话了,说我要是敢欺负你,我就完了。"

宋晞倒是有些意外。

前两天宋思凡还对她冷嘲热讽的,说她开车像老太太,坐她的车时还想吐,怎么今天又帮她说话了?

弟弟果然还是长大了,宋晞欣慰地想。

有了后台,宋晞顿时变得像"狐假虎威"故事里的那只得意扬扬的小狐狸。

要是她有尾巴,此刻尾巴都是翘起来的:"那你真要小心点儿,敢欺负我,小心我的弟弟打断你的腿。"

"哦,宋思凡这么凶吗?"

宋思凡当然不凶,凶的是宋思凡的姐姐。

晚上宋晞和裴未抒共同沐浴。身上涂满了西柚味道的沐浴泡沫,宋晞被抱起来。

她靠着墙,流着眼泪、吸着鼻涕威胁他:"裴未抒,今天你再不轻点儿,我可是要打断你的腿……"

宋思思小朋友对圣诞节有一种执念,每年都要学着电影和动画片里的样子,在家里弄一棵圣诞树,挂上彩灯和各种小挂饰。

今年的圣诞节,宋思思邀请了裴未抒。

她还很有仪式感,给裴未抒发了一张"邀请函"。

只不过裴未抒的名字对上小学低年级的宋思思来说有些复杂,但宋思思很聪明，用英文代替了他的名字：

To my dear Mr. Pei（写给我亲爱的裴先生）……

12月25日，圣诞节。

这天是周一，宋思思小朋友还没放寒假，要上学，只好把她的圣诞节聚会安排在晚上。

不巧的是，裴未抒要加班。

宋晞先回到了宋叔叔的家里，和家人交代说裴未抒要晚点儿赶过来，大家不用等他吃晚饭，先吃就行。

吃饭时宋晞给裴未抒发信息。

她拍了妈妈做的烤鸡，今年妈妈的手艺比去年精进了，烤鸡简直像大饭店里卖的那样，外焦里嫩。

"你再不来，烤鸡要被吃光啦。"

她还发了一个"小熊转圈"的表情包。

裴未抒是几分钟后才回复消息的，说他再过十几分钟可以结束工作，半个小时后能赶到他们家。

"你偷偷地给我留一块烤鸡。"

"我晚上报答你。"

至于他怎么报答她……

宋晞的脑子里装了足够多的素材，最近的某一天，他们在客厅里的沙发上，她跨坐在裴未抒的腿上，和他吻在一起。

…………

她真是不能想这些事，脸都发烫了。

张茜留意到了，还体贴地问了一句"是不是屋里太热了"。

宋晞慌忙摇头否认。

幸好"剧本杀王者六人组"的群里及时地冒出几条消息，分散了她的注意力，不然她可能会和桌上的那只烤鸡一样，脸皮都要变得焦脆了。

朋友们在群里发着圣诞祝福，其实也就是找一个借口，想在下一个周末相约出去玩。

剧本杀的店里有一个新剧本，那个剧本据说很不错，却是一个

"七人本",他们得凑够七个人才能去玩。

蔡宇川发了一个"举手"的表情,说自己可以去问问李瑾瑜周末是否有空。

其他人早已开始"哟哟哟"地起哄,宋晞也笑着,跟着在群里发了一串"哟哟哟"。

手机里一片热闹,家里也一样。

在宋思思小朋友的提议下,家里的人合唱了 *Jingle Bells*(《铃儿响叮当》)。

小朋友刚在学校里学过这首歌,发音很标准。宋晞的爸妈就不太行了,唱着唱着就开始跑调,闹出不少笑料。

连宋思思都有点儿急了,说:"姨姨,是'all the way(一直)',不是'狗狗味'……"

宋晞笑到捂着肚子,但也不忘看一眼墙上的挂钟。

之前裴未抒说半小时后到,现在时间已经差不多了。

她转头看窗外时,坐在身旁的宋思凡吐槽了一句:"你有点儿出息好吗?"

"不要你管。"

宋晞说完这句话,感觉一道车灯的光晃过,看见裴未抒的轿车停在庭院的门口。

手机上,"剧本杀王者六人组"的群里不断地跳出消息——

程熵问起杨婷和男朋友的婚期。

杨婷他们说,两家长辈都希望婚期在春天,可能他们比宋晞和裴未抒还要早些举办婚礼。

"各位,不要乱花年终的奖金。"

"请备好礼金,谢谢。"

蔡宇川发了一张截图。

他收到了李瑾瑜的答复,刚才问李瑾瑜周末是否有空去玩剧本杀,李瑾瑜回复他的是:"我应该有空,周末难得双休。"

"我分一天假期给你。"

而宋晞所在的房间里回响着发音不准的 *Jingle Bells* 的欢快歌声，还有"超人"不甘寂寞的"汪呜——汪汪汪——"的伴奏声。

宋晞处于欢声笑语中，看向窗外，裴未抒关上车门，走进庭院里。

裴未抒单臂夹着巨大的毛绒玩具熊，进门后先抱起了跑向他的宋思思。

他和长辈们一一地打过招呼，才蹲下来，笑着把毛绒玩具熊给宋思思："思思，圣诞节快乐，这是我送给你的礼物。"

宋思思很喜欢裴未抒的礼物，快乐地叫着："裴哥哥好像圣诞老人呀！"

长辈提醒着："思思，谢谢裴哥哥了吗？"

"谢谢裴哥哥，裴哥哥世界第一好。"

餐桌旁还有一把椅子，裴未抒就坐在了宋晞的身旁，在桌子下钩着宋晞的小拇指，把她的手牵走。

宋晞有些不好意思，但手腕上传来冰凉的触感。

她抬起手，手腕上多了一条坠着浅蓝色宝石的手链，宝石在灯光下闪着光。

宝石很漂亮，像一块来自北极圈的蓝冰。

长辈们在聊天儿；宋思凡在远处接电话；宋思思抱着"超人"，在和她的圣诞礼物合影。

没人留意这边的情形。

裴未抒凑到宋晞的耳边，对她说："圣诞节快乐，女朋友。"

他不只是宋思思小朋友的圣诞老人，更是宋晞这个大朋友的圣诞老人。

窗外的新雪覆盖着静夜，她看不见群星，只有圣诞树上的小灯泡闪着光。

宋晞把留给裴未抒的鸡翅中夹到他的餐盘里："圣诞节快乐，男朋友，加班辛苦了。"

番外三

圣诞节过后，2017年的阳历年也接近尾声，他们再放假时已经是元旦的假期了。

12月29日，工作结束的当晚，宋晞和裴未抒都不用加班，和同样不用加班的程熵相约，一起在外面吃了一顿火锅。

川锅的红油汤底上浮起层层的香气，他们放进去的任何食材再被夹出来时都变得辛辣油香，开胃又驱寒。

程熵被辣得"咝咝"地吸气，低头看了一眼手机里的信息，又拿起饮料喝了两口，挺闹心地开口："昨天我去相亲，对方是我爸妈的生意伙伴家的孩子……"

程熵之前没和朋友们讲过相亲的事，突然提起这件事，宋晞难免好奇，放下了筷子，认真地倾听。

据程熵说，女孩挺优秀的，留学归来，自己开了舞蹈工作室，舞蹈工作室很大，还有分店。

但她也是真的和他合不来。

女孩热爱跳舞，性格也开朗。她吃过饭，非要把他拉到舞蹈工作室去，教他跳爵士舞，美其名曰让他"感受舞蹈的魅力"。

火锅店里热闹，宋晞听得差不多了，才拿着餐盘，一边往汤底里放笋块，一边问程熵："那你感受到舞蹈的魅力了吗？"

"我感受到个鬼。"

程熵的表情是麻木的，他用筷子挑着鸭肠："我只感觉到了筋骨疼，今早起床后感觉像被人揍了一顿似的。正好这几天是元旦假期，我得去找一个正骨的老师，让他给我按按筋骨。干脆我就明天去吧，你们俩去不去？"

"明天我们要去长辈那边吃饭。"

裴未抒说，程熵要是对人家女孩没意思，也趁早说明白，别吊着人家。

"放心吧，我是那种不负责任地瞎撩的人吗？明天正完骨，我就约她出来谈谈，好聚好散。"

有人情场失意，也有人情场得意。

蔡宇川就在群里发了定位，说明他此时身处一家西餐厅。

那家西餐厅挺有情调的，餐巾纸上印着的英文都是"meet you like the wind（像风一样遇见你）"，蔡宇川总不可能是自己去吃西餐的。

至于他约了谁，答案不言而喻。

杨婷和周昂信也在外面吃饭，同样拍了照发在群里，两个人还在照片上用手合着比了心。

程熵放下筷子，拿着手机"噼里啪啦"地打字："对对对！"

"你们都甜甜蜜蜜吧！"

"不用管兄弟我的死活了！"

但在蔡宇川的眼里，程狗并不怎么值得同情。

因为程熵腕上的那块闪闪发光的手表是他从蔡宇川那儿抢来的。

蔡宇川肉疼了好久，今天终于有了报仇的机会，不可能放弃这个机会的，火速地在群里发了一张牛排的照片。

"人还真是得和女伴一起吃牛排。"

"实话说，我都觉得是厨师的技术精进了。"

"这次的牛排比上次我和程熵一起吃的牛排可好吃太多了。"

程熵不甘示弱，也在群里发了火锅的照片，意思是说他也在吃好吃的东西，并不羡慕那点儿牛排。

眼尖又心细的蔡秘书却在照片上发现了宋晞夹菜的手、裴未抒的侧脸……

"哟,程少爷吃得也不错呀。"

"看来你是在和裴哥、宋晞共进晚餐呢?"

"程少爷当电灯泡当得开心吗?"

从损人的程度来看,宋晞都瞧出蔡秘书的那块表有多贵了。

程熵化悲愤为食欲,抬手叫了服务员,打算加几道菜,大快朵颐。

不过,程熵瞬间又把抬起的手缩回来,看向裴未抒:"裴哥,我今天的心情不好。"

他们是多年的朋友了,裴未抒还能不明白程熵的意思?

他点头:"你加菜吧,今天我买单。"

程熵打了一个响指:"还得是我的裴哥!"

不远处的服务员得到示意,拿着平板电脑过来,准备帮忙加菜。

裴未抒又看了一眼宋晞面前的那份被吃得精光的小酥肉,礼貌地笑着:"您好,小酥肉再来一份,谢谢。"

程少爷得了便宜还卖乖,说:"我也不是抠门儿,明年你们都要结婚,我总得给你们多攒点儿份子钱,是不是?"

宋晞吃火锅不爱吃主食,饱得快,饿得也快。她偶尔夜里会觉得饿,钻到厨房里找吃的东西。

裴未抒知道她的这个习惯,回家的路上从便利店里买了几样夜宵备着,又想着她快到生理期了,到家泡了枸杞红枣水,陪宋晞坐在客厅里。

上了一天的班,宋晞当然也会觉得累。

她窝在沙发里,不愿坐直,拿了一本看过好多遍的阿加莎·克里斯蒂的推理小说,懒洋洋地慢慢翻动着。

玻璃杯里盛着枸杞红枣水,杯口水汽氤氲。

宋晞在熟悉的剧情中逐渐地犯困,只看了几页书,支撑不住,睡了过去……

她再醒来时,已经是夜里的11点多,身上多了一层柔软的毛毯。

客厅里各种能坐人的地方都很舒适，比如沙发、椅子、懒人沙发，裴未抒选了一个离宋晞最近的地方，就坐在旁边的地毯上。

他靠着沙发，离她只有半臂的距离，在翻看她刚才看过的那本推理小说。

宋晞刚醒，裴未抒就察觉到了。

他放下书籍，问宋晞饿不饿，见她摇头，又问她要不要去卧室里睡觉。

宋晞张开双臂，裴未抒于是浅笑起来，把人抱起来。

宋晞喝了半杯枸杞红枣水，又去洗漱，折腾了这么一圈，真正躺在床上后反而睡不着了。

而且手机里还有闺密发来的信息。

之前她和杨婷一起去试了婚纱。她迟迟地没定下婚礼场地的布置风格，也就还在犹豫该选什么样式的婚纱。

杨婷今晚又在婚纱店的网站上看见了几款婚纱和发饰，觉得不错，把照片发过来，问宋晞有没有喜欢的搭配。

宋晞翻着那些珠光宝气的照片，看那些华丽或优雅简洁的婚纱和发饰，感到了准新娘才会有的快乐。

宋晞趴在床上，拿着手机和闺密聊了一会儿，也拿手机给裴未抒看照片，让他帮忙参谋。

她用胳膊支撑了身体太久，再躺下来时，很自然地皱了皱眉，觉得该问问程嫡那位正骨老师的店远不远，随口和男朋友说："脖颈不舒服，肩膀也不舒服……"

她这样懒洋洋地卧在床榻上，语气都是软的，像撒娇。

裴未抒伸过手来，问宋晞脖子的哪个地方不舒服，要帮她稍微按按脖子。

爱运动的男生似乎很少手脚冰凉。

他的手是温热的，落在宋晞的肩颈处，力道竟然恰到好处，缓解了她的酸痛感。

宋晞感到很意外，眼睛发亮。她带着一脸"你还有多少惊喜是我不知道的"的表情，问他："裴未抒，你们国际学校的老师还教按摩的手法吗?"

"不教,你想什么呢?"

裴未抒好笑地揉揉宋晞的头发,说以前奶奶坐轮椅,适当的按摩可以防止腿部的肌肉萎缩。而且老人总是坐着、躺着,肩颈也会不舒服,家里的人都会帮忙按摩。

连裴嘉宁那种看起来没有耐心的人,都能给奶奶按摩半小时以上。

那一段时间裴未抒和裴嘉宁都学了乐器,还和奶奶开玩笑,说学校的乐器课果然很有用。

虽然他们在音乐上没有太多的造诣,但是他们天天弹奏乐器,手上的力气确实增加不少,这起码能让他们的按摩多发挥一些作用。

幸亏那些乐器课的老师没有超能力,不然他们听到两位得意门生的肺腑之言,非气到吐血不可……

裴奶奶听完裴未抒和裴嘉宁的话,倒是笑得很开心:"这可怎么办?看来你们的爸爸要好好地做医疗器械、多多地赚钱才行。我们家的孙子和孙女怎么都这样没有理想啊?"

裴未抒回忆着,那天裴嘉宁把他推了出来:"裴未抒有理想啊,喜欢法律嘛。我就没什么大理想、大抱负,以后可以陪在奶奶的身边,给奶奶按摩一辈子。"

"还按摩一辈子,我们的嘉宁难道不嫁人了?"

"我当然要嫁人啦!我还要找一个手上有力气的男人回来,带他一起给奶奶按摩。"

往事有多温馨,现在就有多令人难忘和伤感。

宋晞知道裴未抒想念奶奶,主动地转身,像泥鳅一样往他的怀里钻,去拥抱他,亲吻裴未抒的侧脸。

裴未抒的眉眼间充满柔情,他发自内心地感慨,觉得有女朋友真好。只不过他的女朋友拥有的浪漫细胞真的不多,眼神倒是很深情很深情的。

宋晞望着裴未抒,温柔地说:"裴未抒,以后等你老了,我也会帮你按摩的,真的。"

其他女孩子的温柔，是绕指柔。宋晞的温柔是硬核的告白，令人不知道该欢喜还是该忧愁。

裴未抒有些无奈，先是谢了宋晞的这份好意，然后才说："你还是盼我点儿好的吧。"

他关掉灯，卧室里暗下来，睡意终于缓缓地归来。

宋晞合着眼，都困得迷迷糊糊的了，还缠着裴未抒，抱着他的手臂，枕着他的胸膛，嘀咕着。

声音很小，她像是在呓语——

"裴未抒，再到夏天，我们还去鹭岛吧？"

"我们再去看英仙座的流星雨。"

"他们都说，逝去的亲人会变成流星回来看我们。"

"到时候最亮的那颗流星就是奶奶，其他的流星是奶奶在天堂里交到的好朋友……"

第二天早晨，宋晞起床，在枕头的旁边摸着找手机，却先摸到了一个厚厚的红包。

她一骨碌爬起床，打了两个喷嚏，也顾不上多想，喜滋滋地拿着大红包去找裴未抒，问他这是不是元旦的红包。

宋晞颇有些明知故问的意思，问："我们是同辈的人呀，你为什么要给我包红包？"

没想到裴未抒说这不是元旦的红包。

"这是改口费。"

"什么改口费？"

明亮的阳光驱散了夜色，洒满人世间。

裴未抒告诉宋晞他们不用去看流星雨了，昨夜的梦里奶奶来过，说很满意他找到的孙媳。

"这是我替奶奶给你的改口费，昨天你不是叫她'奶奶'了吗？"

鼻子一酸，宋晞揣着那个厚厚的红包，竟然有些不知所措。

她在客厅里原地转了三圈，也不知道该拜哪个方向。

她最后像一个不倒翁，朝哪边都鞠了九十度的躬，还念念有词：

"谢谢奶奶。"

秋天女孩才通过了考试,涨薪又升职,在男朋友的面前也会没心没肺,有一种傻乎乎的可爱。

准备吃早饭时,宋晞追问裴未抒:"你真的梦到奶奶了吗,还是随口那样说的?"

他们还没吃昨晚买回来的欧包和香肠,再煮一锅白粥,刚好可以把它们搭配成早餐。

裴未抒拆开欧包的包装袋,把它放进餐盘里:"我是真的梦到了,记忆还挺清晰。"

"那……奶奶还有没有说别的什么话?"

"还真有。"

裴未抒笑了:"老太太让我对你好点儿,不许我欺负你。"

宋晞又有了一座靠山,脸上有藏不住的得意。

她点点头,把空空的陶瓷碗递过去:"那你就该多听听老人言,过来吧,先把粥给我盛满。"

这是2017年的12月30日,是阳历年的最后一天。

阳光实在好得过分,他们打开一扇窗子,清新的空气就扑面而来。

天气寒冷,商厦的巨幅广告牌上展示着国际品牌的春季款服饰,街道上的车仍然川流不息。

裴未抒撑着桌沿,先探身吻了吻宋晞的额头,才接过她手中的陶瓷碗:"行,遵命。"

昨晚宋晞吃过火锅后,身上有了微微的汗意。饭后她图省事,想着出门就能钻进裴未抒的车里,围巾、帽子一概没戴。

也许是吹了冷风有些着凉的缘故,吃早饭时,她就提不起精神,食欲不佳。她只吃掉半个欧包,倒是勉强喝下去了一碗粥。

宋晞捧着脸,蔫蔫地开口:"裴未抒,我好像感冒了。"

她这样说着,还应景般咳嗽了两声,虚弱地趴在了桌子上。

被她依赖着的男朋友放下手里的东西,用消毒的湿巾擦了手,才把手背贴在她的额头上,挺心疼地问:"你好像有些发烧,冷吗?"

"嗯,有点儿。"

裴未抒把敞开的窗子关好,又拿出了家里的备用医药箱,用额温枪给宋晞测了测体温。

体温是38℃,她果然发烧了。

他们原本计划在今天的中午回长辈那边吃饭,裴未抒先把宋晞抱回床上,给她喂了退烧药,才分别给两家的家长打去电话,说明情况。

家长们都说没有那么多折腾人的礼数,让他们不用瞎讲究,宋晞病了就在家里好好地休息、好好地养病。这几天降温,让她不要出门吹风,否则病情容易加重。

听说宋晞生病了,裴嘉宁特地跑来探望她。

过来之前,裴嘉宁去了宋家群的家,把宋晞的妈妈煮的菌菇汤带给宋晞和裴未抒。

裴嘉宁带着两大箱的进口水果,人没到,电话先来了:"裴未抒,下楼接我,东西太重,我自己拿不动。"

接人的苦力在后面搬着水果,裴嘉宁先风风火火地上楼来。

她们见了面,裴嘉宁拥抱了宋晞,心疼地问她怎么每年的这时候都要发烧,让她多吃点儿好的东西补补身体,还拿自己的亲弟弟是问:"你是不是苛待我们的宋晞了?"

裴未抒笑了:"你是来探望病人的,还是来挑拨离间的?"

宋晞穿着家居服见裴嘉宁,有些不好意思,但当姐姐的人丝毫不介意,也不怕被传染,走进他们的卧室里,摆好了送给他们的扩香石,滴了新买的精油。

裴嘉宁想得周到:"这个东西是用来舒缓压力的,可以安眠,待会儿我走后,你好好地睡一觉,我听裴未抒说你上班也很累,搞不好你是累病的……"

"谢谢姐姐。"

"你都叫我'姐姐'了,还跟我客气什么?"

无意间看见床头上的红包,裴嘉宁问道:"这是元旦的红包?是裴未抒给你包的吗？嗯，看不出来，这小子还挺浪漫的嘛……"

不知道该不该和裴嘉宁提起奶奶，宋晞只好去看裴未抒，见他点头，才把昨晚裴未抒的梦讲给裴嘉宁听。

裴嘉宁是那种特别喜欢仪式感的姑娘。

哪怕过元旦，她也要应景地换上一身红色的连衣裙，把头发挑染成了红色的，还戴着小灯笼样式的耳环，满身喜庆的气息。

但裴嘉宁听到关于奶奶的事情时，脸上的表情有片刻的紧绷。随后她又垂头笑笑："真好呀，我也想梦到奶奶。"

裴未抒说她没梦到奶奶也是好事，这说明她最近谈的对象没有过去的那样离谱儿了。

不然老太太那么喜欢操心，早就托梦耳提面命……

姐弟俩互相开着玩笑，那些关于逝去的亲人的伤感也就淡化了，虽然只是在表面上淡化。

宋晞还病着，勉强打起精神也还是没有平日活泼，裴嘉宁也没多叨扰，只和他们聊了十几分钟，又匆匆地离去。

走前，裴嘉宁叮嘱宋晞一定要好好地休息、按时地吃药，还拍了拍裴未抒的肩膀："你要照顾好我的弟妹，知道吗？"

裴未抒含笑："知道。"

可能是药物的作用，宋晞很困，窝在被子里迷迷糊糊地又睡了几觉。

好在感冒并不严重。

中午她吃饭时，胃口已经好了不少，到了下午，体温降回36℃，人也活蹦乱跳了。

手机里接连收到了短信，那都是市应急办发来的提示：道路结冰黄色预警，注意行车安全；大风预警，谨防高空坠物；降温、风雪预警，注意增添衣物。

外面的天气毕竟是冷的，但他们在家里完全感觉不到气象台播报的那些恶劣的天气，家里甚至有些阳光明媚般温暖。

难得放假，自己又是病人，宋晞打算在2017年的最后一天彻底地放松。

之前他们去剧本杀的店里玩剧本杀,老板老隋知道宋晞是一个推理迷,给她推荐过一款国外的游戏,说它值得一试。

宋晞工作时一直没什么时间玩游戏,假期里终于可以把它下载下来玩了。

这是阿姆斯特丹的游戏设计工作室发行的,属于密室类的游戏,画风挺简洁。

宋晞玩推理的部分还可以,但背景音乐太诡异了,而且游戏里偶尔会突然冒出瘆人的画面,让她有些招架不住。

可这个游戏是有故事架构的,她想知道全貌,必须坚持玩下去,按捺不住那些好奇心,只能拉着裴未抒陪自己一起玩。

裴嘉宁上午送来的车厘子和奇异果都很甜,他们窝在沙发里,偶尔吃吃水果,喝几口饮料,然后商量着怎么获取线索来走出游戏中的密室。

屏幕上出现吓人的画面时,宋晞就往裴未抒的怀里钻。

她觉得如此消遣时光温馨又愉快。

这个游戏还挺令人上瘾的,她玩完一个密室又想继续玩。

他们玩到黄昏时分,外面的天色都暗了下来,两个人有些饿,才肯停下来。

宋晞刚放下手机,还没来得及插上充电器,手机已经开始不停地振动。

程熵在群里讲述自己在2017年的最后一天的奇葩经历——

程熵说,那个热爱跳舞的女孩又约了他见面。

他没那种心思,本来也觉得该和人家说清楚,所以打算请女孩吃一顿饭,和她好好地谈谈。

程熵怕女孩误会,都没敢找太浪漫的吃饭的地点,在商场里找了一家评价不错的店,约了女孩过去,想体面些说"再见"。

女孩给程熵买了一份元旦礼物,把礼物装到礼盒里送给他,他挺不好意思的,吃饭时他都多点了几道硬菜。

他到底把事情挑明了。

程熵说不想耽误女孩,人家也没有异议,点点头,吃过饭说他们以后就做普通的朋友,然后先走了。

事情到这里算是圆满地结束了。

但程熵刚才午觉醒了,在窗帘紧闭的昏暗的卧室里,把那个女孩送的礼物拆开了,里面竟然躺着一个人偶……

打字已经不足以表达程熵此刻震惊的情绪,他在群里发了好多条语音消息,声音都是茫然的——

"她这是送给我一个娃娃吗?这还是那种被拿起来还会睁开眼睛的娃娃。"

"我无语了,这个娃娃真的差点儿把我送走。"

"我以为我一觉醒来穿越回去年的那个都是门的密室里了……"

"朋友们,谁能给我分析分析她送给我一个娃娃什么意思?我是一个大男人,为什么元旦她要送娃娃给我?"

"算了,你们先别分析了,先来一个人救救我吧,我从小就怕娃娃,真的不能和这个玩意儿共处一室,害怕!"

"裴哥,裴哥,你今天在爸妈这边吗?你快来救救我,我怎么觉得我家这么阴森……"

宋晞在生病,裴未抒也不太方便走开,后来还是杨婷和男朋友好心地打车去了程熵家,把娃娃重新打包并放在玄关处。

杨婷打来电话,幸灾乐祸地给宋晞讲了后来的事。

据说是那个女孩送错礼物了。

她送给程熵的礼物本来是钱包,结果她把给闺密的娃娃送去了。

那个娃娃还不便宜,价值几千块钱。

"刚刚她已经把娃娃取走了。别说,我看那个姑娘窄脸尖下巴的,她和程熵还有点儿夫妻相呢。"

感冒没好利索,宋晞笑得嗓子痒,咳了几声,举着手机转头想要找水喝时,发现裴未抒已经伸手去拿玻璃杯了。

前些天裴未抒帮宋晞拿东西,手腕被柜门上的棱角划过。

他的皮肤很敏感,其他地方的皮肤依然冷白、干净,只有腕骨处留了一道血痂。

这样的手越过床头的灯去拿玻璃杯，在明亮的光线下一闪而过，有一种性感。

宋晞眨了一下眼睛，水杯已经被递到自己的面前。

她就着裴未抒的手喝水，温水入口，喉咙的不适感才有所缓解。

后来的某天，宋晞和婚礼的策划师聊场地的布置风格。

策划师抱着笔记本电脑询问："宋小姐，您的先生平时给您的感觉是什么样的呢？"

策划师说她最好多描述一些细节，团队能更好地抓取设计的灵感。

宋晞想了好久这个问题。

在她漫长的暗恋时期，裴未抒这个名字曾像她踮起脚仍无法触及的一轮月、张开双臂仍无法拥抱的一缕风。

但他们相恋之后，恋爱的关系并没有像跌宕起伏的剧本那样有快意恩仇或惊心动魄的事。

最初他们搬家同居时，裴未抒说过"I want to join your life（我想融入你的生活）"。

事情真的是这样，他们已经融入彼此的生活里。

现在提到裴未抒这个名字，非要具象化的话，宋晞只想到了最常见的两样东西——她连日加班后终于可以放松身心，躺在沙发上不小心睡着了，他是她醒来时身上盖着的那条柔软的毛毯；她生病时咽喉不适，咳嗽几声后，他是那个被及时地递到唇边的、盛着温水的玻璃杯。

朋友们再次聚在一起，已经是腊八节前的周末了。

相聚的地点在程熵的家里，先到的仍然是蔡宇川、裴未抒和宋晞，三个人在茶几旁玩"德国心脏病"。

蔡宇川几乎全程心不在焉。

裴未抒停下来，把手里的水果牌丢在茶几上，伸手拍拍蔡宇川的肩膀："出什么事了？"

起初蔡宇川还嘴硬，勉强地说"没什么"。

但几分钟后,他又憋不住了,神色落寞地说自己和李瑾瑜告白过了。

蔡宇川的这副模样不像是告白成功了。

宋晞问:"瑾瑜拒绝你了?"

"也没完全拒绝我,她说要再想想,但我感觉她有顾虑。"

宋晞大概能明白李瑾瑜在顾虑什么。

她明明知道很多朋友暗恋的往事,但不好从中乱说什么,怕适得其反。

李瑾瑜如果愿意解开心结,应该会自己和蔡宇川讲那些事吧?

这边蔡宇川的眉头紧锁,楼上刚洗漱过的程熵的心情倒是很不错。

程少爷唱着歌、跳着舞下楼来,摇着喷了发胶的头,一屁股坐在蔡宇川的身边,欠欠地说着风凉话:"怎么了,蔡秘书?你一大早就愁眉不展,便秘啦?"

蔡宇川用死亡射线般的眼神盯着程熵:"那程少爷为什么在周末喷发胶,是为了庆祝自己上厕所通畅吗?"

这又是老情况——

有人情场失意,也有人情场得意。

只不过今天得意的人是程熵。

上次和程熵相亲的那个女孩被程熵提起过很多次,他说那个被送错的人偶害得他做了好几天的噩梦。

可能是因为娃娃给他的印象太深了,他对那个女孩的印象也挺深的。

元旦之后的某一天,程熵下班,意外地遇见了那个女孩。

女孩开着车,在路口被后车追尾了,站在寒风里,等着交警处理事故。

程熵开车路过,一眼就把人家认出来了。

她好歹是他认识的人,程熵这人又外向、热心,把车稳稳地停到一旁,下车和女孩打招呼:"林愉,这是什么情况?"

林愉的驾龄只有一年多,她也是第一次发生这种事故。

车被撞得挺严重,虽然后车的司机全责,但她也有些蒙,捂着侧颈没什么主意。

她看见了程熵,好歹他是她认识的人。心里生出些底气,她小声说:"我的车被追尾了。"

程熵看她摸脖颈,皱眉:"人怎么样,脖子不舒服?"

"嗯,脖子有点儿疼……"

那天程熵全程陪着林愉,等交警处理完事故,又带她去了医院。

他们再见面时,程熵发现林愉没有前两次见面时那么亢奋了,她也不像之前那样对舞蹈大聊特聊。

她的脸庞恬静,性格也像是变了,这也许是因为她遇上了事故。

在医院里等检查结果时,程熵买了两杯热饮,递给林愉一杯,坐到她的身旁:"待会儿我送你回家。"

"程熵,你人挺好的。"

程熵突然想起两个人相过亲,马上澄清:"哎,你不用给我发好人卡,咱们俩上次已经把事情说清楚了,以后就是普通的朋友,我做这些事只是举手之劳,可没有要撩你的意思。"

"我知道,不是在发好人卡,是单纯夸你。"

脖颈疼,林愉不方便低头,用两只手捧起热饮喝了两口。

"我其实不喜欢相亲,是被长辈们逼着去见你的。那天我故意想惹你讨厌,才带你去舞蹈教室里跳舞。"

林愉笑了笑:"没想到你的脾气还挺好的,我让你跳舞你还真跳……"

"你不乐意相亲,早说呀,还折腾我跳了俩小时的舞。我累得浑身的骨头都散架了,后来找了一个正骨的师傅,他给我捏了半天筋骨,我才缓过来。"

林愉愣了一下,然后笑起来。

她又不敢用力地笑,怕脖颈疼,抿唇忍笑的样子落在程熵的眼里,居然还挺可爱的。

程熵也跟着笑了:"我说林愉,你别告诉我那个娃娃也是你故意送错的。"

"娃娃真的不是我故意送错的,我是觉得折腾你有点儿不好意思,想送一个礼物,和你好聚好散,没想到拿错礼物了。"

"幸亏你不是故意的,不然我得和你绝交。娃娃害得我做了好几天的噩梦呢。"

"不会吧？你怕娃娃？"

后来林愉请程熵吃饭，感谢他那天陪她。

约饭的地点依然在商场里。

吃过饭他们在商场里转转，总能看见影院的海报，所以又顺理成章地去顶楼的影院里看了电影。

那天两个人抱着爆米花桶，在放映厅的外面等待。

他们放下相亲时刻意的疏离，卸下假面，以自己平常的状态和对方相处，居然相谈甚欢。

这么一来二去，程熵心动了。

他握着手机，先认真地回复了林愉的微信消息，然后在失意的蔡宇川的耳边唠叨："还是和女伴聊天儿有意思，这比和蔡狗聊天可有意思多了。"

程熵以其人之道，还治其人之身。

他报了 29 日那晚的仇。

程熵报仇的结果就是，那块他从蔡宇川那里抢来的手表被蔡宇川抢了回去。

还不只是手表，连程熵刚买的袖扣和背包都被洗劫一空，改姓"蔡"了。

晚上告别了朋友，宋晞和裴未抒回到家里。

宋晞挺为李瑾瑜和蔡宇川担心的，洗漱时含着满口的牙膏沫，都忍不住幽幽地叹了一声，吹出两坨白色的泡沫，泡沫落在洗漱池里。

裴未抒问："你担心他们？"

"嗯。"

宋晞吐掉牙膏沫，有些犯愁地说："我觉得蔡宇川很不错，他也挺幽默的，瑾瑜要是能和他在一起，应该会很开心……"

可是她想起了李瑾瑜高中时的校服衣袖。

每个周一的早晨，宋晞都能看见李瑾瑜安静地坐在座位上描画校服的左侧衣袖上的字母。

两个"L"每每被洗涤到褪去颜色，又会被李瑾瑜描绘清晰。

年少时认真地喜欢过的人，是真的很难忘。

躺在床上，宋晞把这句话说给裴未抒听，裴未抒亲吻她的额头。

"所以你还记得我和山洞说的秘密吗？"

宋晞记得那个秘密。

当时裴未抒说："我觉得我挺幸运的。"

他有着和蔡宇川类似的经历，心知宋晞深深地喜欢过一个人、很难忘却那个人，但愿意继续喜欢宋晞。

"为什么？裴未抒，你就没想过干脆不喜欢我了吗？"

"没有。"

裴未抒说他从未这样想过。

"宋晞，你是我坚定地选择的女孩，这就像我坚定地选择法律一样。"

几天后，杨婷把婚期定了下来。

婚期就在新年之后，在3月18日。

一确定婚期，杨婷突然开始紧张，连周昂信也紧张得不行，莫名其妙地敏感，也莫名其妙地易怒，两个人吵架都吵了两三次。

感情深厚，两个人吵倒是吵不散，只是拉着学心理学的程熵打听："怎么办，我们是不是有婚前焦虑症啊？"

程熵也算是靠谱儿的朋友，想到最近蔡宇川也情绪低落、裴未抒和宋晞也在备婚，干脆找了一个周末，约大家一起来家里玩。

程少爷买了不少花花草草摆放在室内，用音响播放着舒缓的轻音乐，引导着大家冥想。

"双臂自然下垂，放松，深深地吸气……"

周昂信鼻塞，呼吸总像吹哨，惹得大家总是笑场。

宋晞都跟着笑了两次。

在程熵无可奈何地叫停时，宋晞偷偷地和裴未抒耳语："裴未抒，我怎么总静不下心？脑子里一直乱想，我没办法放空大脑。"

裴未抒也笑："嗯，我也是。"

"刚才程熵说，想象你的眼前是广袤无垠的碧蓝色的大海，我怎么想到的都是Yamal号？我想起了以前姐姐录的那个极光的视频，还想到了你出镜的那个视频。"

宋晞很好奇，问裴未抒："那你呢，你想到大海了吗？"

"没有，我满脑子都是你。"

他们笑过几次之后，冥想渐入佳境。

做完十几分钟的冥想，宋晞感觉整个人都是轻盈的。

她沉浸在这种思维放空的状态下，下意识地、漫无目的地伸出手去。食指被身旁的裴未抒钩住，她才回神。

她细思自己的举动才发现，好像自己刚才伸出手去本来就是想要触碰裴未抒。

裴未抒也看向她，两个人相视而笑。

轻音乐还在响着，程熵一本正经地给他们讲放松身心的小技巧，直到他的手机铃声响起。

宋晞听见程熵回了一个电话，他声音很温柔地向别人汇报："我刚带朋友们做了冥想。嗯，你有兴趣吗？那下次我带你一起做。"

她知道程熵一定是在和之前送给他娃娃的女孩通话，刚想说什么，身旁的蔡宇川突然一跃而起，激动得把手里的饮料都洒了。

"李瑾瑜约我见面了！李瑾瑜约我了！"

蔡宇川举着手机，给所有人展示了刚收到的信息，然后告别朋友，高高兴兴地出门见李瑾瑜去了。

不知道是不是冥想的作用，杨婷和男朋友今天也挺放松的。

他们没有锱铢必较地钻牛角尖、吵架，而是和睦地手拉手。

晚上，宋晞睡前和裴未抒聊起高中时期的某个夜晚。她抱着哭闹的宋思思小朋友，哄着、安抚着宋思思，随口给宋思思讲过一个故事。

时隔多年，那个故事依然令她印象深刻：

从前有一座花园，花园里有一棵生得很美很美的树。

那棵树的周围种植着奇花异草，它们又美又香，都是树的家人。漂亮的蝴蝶、歌声动人的小鸟是树的朋友。

可是花园的篱笆外，有一棵不起眼的小草。它偷偷地喜欢那棵树，喜欢了很久很久……

宋晞讲故事讲得哈欠连天,掩着唇忍住打哈欠的冲动。

眼里噙着打哈欠迸出来的泪,她对裴未抒说:"故事里的那棵生得很美很美的树就是你,不起眼的小草是我。"

"你现在还这么想?"

"当然不是了,我现在觉得,你是生得很美很美的树,但我也是生得很美很美的小草。"

只不过"很美很美的树"不怎么安分,"树杈"极其灵活,伸到宋晞的背后,捻开了搭扣。

他还说是小草美得过分、让人把持不住。

他们在意识混沌时缠吻在一起……

第二天早晨起来,宋晞早已忘记自己昨晚讲故事的事情了。

身体上的愉悦让她心花怒放,哪怕腰和腿都隐隐地酸痛,她还是睁开眼就想哼点儿跑调儿的小曲。

在今年公司的年会上,宋晞抽奖时抽中了不怎么实用的章鱼小丸子机。到处都有卖章鱼小丸子的商贩,他们买着吃就很方便,很少想要自己动手做章鱼小丸子。

机器被拿回来后,一直在柜子里闲置着。

今天宋晞的心情超好,她洗澡洗到一半,从浴室里探出头来。

她突发奇想,对裴未抒说:"裴未抒,今天下班后,我们去超市吧,买点儿材料,晚上一起做章鱼小丸子呀?"

水蒸气从门缝儿里争先恐后地飘散出来,裹挟着沐浴露中植物的气息。

裴未抒举着刮胡刀回头,看见宋晞满身泡沫、笑容灿烂的样子。

他轻轻地叹气,推着她的额头,把人关回浴室里:"好,但我还要上班,你别勾引我,洗好澡出来吃饭。"

她收到裴未抒的"续写"是在几天之后。

那天裴未抒出差,宋晞一个人在家里过周末,收到快递小哥送来的文件袋,还挺莫名其妙的,不知道里面是什么东西。

寄件人的信息被隐藏了,宋晞反复地确认过收件人是自己,才拆开了文件袋。

里面是几页从笔记本上撕下的纸张，字迹一看就是裴未抒的。

他续写了那个大树和小草的故事。

从前有一棵大树，喜欢篱笆外的一株小草。

小草生得很美很美，有油绿的衣裳，在晨光下顶着露珠，灿烂地生长，叶片舒展。

大树觉得自己粗粗壮壮的，配不上纤细可爱的小草。

到了每年的秋天，大树都会费尽心思，把树叶变成一封封情书，托清风把树叶送给小草……

裴未抒续写的故事挺长，他写了一棵树一年四季对小草持续不断的爱意。

宋晞还以为自己会看到类似童话故事的结尾，比如"从此大树和小草过上了幸福快乐的生活"。

但她翻到最后一页，故事并没有那样的结尾，结尾只有四个字：未完待续。

她给裴未抒发信息，有些愤愤，问他为什么故事没有结尾、他是不是故意吊人的胃口。

她还说："裴未抒，如果你是一个写童话故事的作家，你写的每本书一定都能卖得很好，因为你太懂得怎样勾起我这个读者的好奇心了。"

裴未抒是效仿建筑学家林徽因女士的话回复她的。

林徽因女士曾说："答案很长，我得用一生去回答你，你准备好听了吗？"

而他说："大树和小草的故事很长，我准备用一生讲给你听，你要听吗？"

番外四

2018年1月31日,早间的新闻报道,今天夜间的7点至11点11分,天上将会出现"超级蓝血月全食"。

据说,这是152年才会出现一次的天文奇观。

宋晞和裴未抒住在高层,视野好。杨婷他们临时决定下班后去宋晞和裴未抒的家里聚会,一起观看月全食。

他们都是上班不止一年的人了,在小孩子们看来,肯定应该更稳重、更成熟的。

但他们几个人凑在一起,总有些幼稚和中二。

只是要看月全食,程熵把天文望远镜都搬来了,进门就嚷嚷:"蔡秘书,周昂信,快来帮我,这个打包袋里的烧烤好像漏油了……"

"让蔡秘书帮你。"

周昂信拆着花生米和其他坚果的包装,像小时候参加运动会时带零食的观众似的,有一种莫名其妙的兴奋:"我忙着呢,给你们搞一个坚果的拼盘。"

窗台上的鱼缸里,宋晞的那两条小金鱼快乐地游着。

两个人搬家并同居之后,裴未抒给它们换了新的鱼缸,还养了水草,做了布景。

据杨婷说,这两条小金鱼比她姑妈家的那两条价格不菲的金龙鱼活得更滋润。

"裴哥,怎么调天文望远镜?"程熵在客厅里嚷嚷。

裴未抒本来陪着宋晞待在厨房里,听见朋友的鬼叫声,摇摇头:"我出去看看他们。"

"你还会调天文望远镜?"

被宋晞这么满怀崇拜地看上一眼,裴未抒都笑了:"不会,当年进天文社团的也不是我。"

"这是因为裴未抒总给人一种特别稳妥的感觉吧。"

杨婷从外面走到厨房里,笑着说:"前些天我和二狗商量订婚的流程,当时还说想让你帮忙呢。结果我们俩一算,你和宋晞的婚礼比我们的还晚呢……"

裴未抒和杨婷短暂地交谈了这么两句,程熵和蔡宇川实在太吵闹,裴未抒只好摇摇头,先去帮忙调试天文望远镜了。

宋晞围着围裙,正把面糊倒入章鱼小丸子机里。

操作机器不算难,她只用过几次机器,已经能熟练地掌握方法了。

头顶的油烟机"嗡嗡"地运转着,宋晞把头发随便地绾成一个发髻,用小夹子夹起包菜丁放进去。

知道杨婷不爱吃洋葱,宋晞十分偏爱闺密,说:"我给你做几个不放洋葱的丸子吧。"

杨婷忍不住打趣:"我们的晞晞呀,怎么越来越像贤妻良母了?"

"我也就是刚研究明白怎么做章鱼小丸子。平时裴未抒下厨比我多,我也没什么锻炼厨艺的机会,会做的还是以前你吃过的那几道菜……"宋晞叹着气说。

厨房里有切好的水果,杨婷洗了手,打算先吃点儿水果,听宋晞这样说,把水往她的脸上弹:"我要不是也有男朋友,还不得羡慕死你?你还在这儿叹气呢?!"

宋晞笑着躲闪水滴:"我不是那个意思……"

章鱼小丸子被烤好了。

宋晞挤上番茄酱、沙拉酱，再撒一层木鱼花，章鱼小丸子看起来就和外面卖的一样，让人特别有食欲。

杨婷早就饿了，拿着竹签迫不及待地叉了一颗丸子，咬下去，被烫得龇牙咧嘴地呼着气，还不忘给闺密竖大拇指："好吃好吃，你都能去摆摊儿了，就这一盘章鱼小丸子不得卖几十块钱？"

"肯定能啊。咱们的楼下有卖章鱼小丸子的人，六颗丸子都涨价到15块钱了。"

杨婷的男朋友接过杨婷手里的竹签，也叉了一颗章鱼小丸子塞进嘴里，被烫得话都说不利索，只能重复着："好吃好吃好吃……"

在人前，宋晞和裴未抒还是老样子，不怎么有太过亲密的举动。

只不过，感情好的情侣间总有一些自然而然的出于关心的举动，这是别人模仿不了的。

就像现在，裴未抒会在宋晞落座前，帮她放好垫子、倒好饮料。

他又在她坐下后，帮她把碎发别到耳后，顺手夹了一片刚才大家觉得好吃的糯米藕给她："味道还不错，你尝尝？"

在场的都是自己人，她也不必太顾着形象。

宋晞"啊呜"一口吃掉大半块藕片，像被杨婷和杨婷的男朋友传染了似的，竖起拇指："好吃。"

她鼓着腮的样子太可爱，惹得裴未抒都笑弯了眼睛。

宋晞问他："你笑什么呀？"

"我笑你可爱。"

杨婷忍无可忍地敲敲桌子："你怎么不问问这么好吃的糯米藕是谁买的？"

这群人彼此间混熟了，连宋晞都学会了蔡宇川和程熵拍马屁的招数，赶紧给闺密送章鱼小丸子、倒饮料："不用问，那肯定是我们的婷婷呀！"

为了看"超级蓝血月全食"，他们没坐到餐桌旁，搬了茶几坐在落地窗旁，聊着天儿，也时不时地往窗外看两眼。

月亮挂在天边，皎洁又明亮。

将近晚上的 8 点钟，月亮似乎有了些变化，颜色也变得粉了些。

程熵好歹也是在学校里参加过天文社团的人，记得不太清楚了，但还是能说出"初亏""食既""生光"这些名词。

他再辅以手机里的百科知识，对着月亮侃侃而谈，给大家科普知识。

其他的人也就是看看热闹。

他们顶多发出几句"变了变了""拍照吧，能拍清楚吗""我去好牛"之类的感叹……

看了挺久的月亮，杨婷的男朋友喃喃地感叹："要我说，这种天文奇观还挺治颈椎病的。"

也是，漫长的夜晚刚开始，他们总不能一直仰头看月亮，还是要吃饭的，也还是要喝酒水饮料的。

今天在家里聚会的还是只有"剧本杀王者六人组"里的这些人。

被问起和李瑾瑜的事，蔡宇川放下啤酒杯，挺认真地和朋友们说了些掏心窝子的话。

李瑾瑜那天约蔡宇川出去，和他讲了自己学生时代的暗恋。

她说那个男生给她留下的印象太深刻了，一时半会儿根本忘不掉对方，偏偏蔡宇川也喜欢叫李瑾瑜"小金鱼"。

那天李瑾瑜说："蔡宇川，实话告诉你吧，我最开始愿意和你接触，就是因为你叫了我'小金鱼'。"

蔡宇川说他听见这句话时，其实觉得挺受伤的，但后来想想，觉得这也算是一种缘分吧。

"毕竟我也从来没给哪个女孩起过外号，怎么那天就脑子一抽，叫了人家'小金鱼'呢？"

蔡宇川对李瑾瑜说，无论以前的事是否和感情相关，人只要经历过那些事，确实挺难忘记往事的。

在他小的时候，奶奶家楼下的流浪猫、流浪狗和他没什么关系，但因为总是能见到它们，他都记得一清二楚呢。

更别提李瑾瑜的用心过又带有遗憾的暗恋了。

茶几的中央放了卡式炉，炉子刚刚熄火不久，煮好的番茄牛腩拉面散发出酸爽的香气。

程熵盛了大半碗面吃着，听到这儿，用胳膊肘碰了碰蔡宇川："那她肯定也忘不掉那个男生吧，以后你打算怎么办哪？"

"有什么怎么办的？"

蔡宇川也挑起拉面，吹了吹热气："她记得就记得呀，难道有个人跑来对李瑾瑜说'不行，你必须忘记他'，她就会忘吗？那不可能吧，谁也没有那种超能力。我喜欢她，就一起喜欢她成长到现在的所有经历呗，没有那些经历，她也不是现在的李瑾瑜了。"

杨婷咬断拉面，潦草地鼓了鼓掌："可以呀蔡宇川，你想得还挺开呢，够爷们儿！"

"当局者迷，我自己哪里能想得这么明白？"

蔡宇川摇摇头："多亏了裴哥。之前裴哥和宋晞刚谈恋爱的时候，我们俩聊过这种问题，当时裴哥的观点就是这样的。"

"所以，后来你和李瑾瑜是怎么谈的？"

蔡宇川也挺有原则，和李瑾瑜说，她记得那个男生本身是没错的，这是人之常情。

人都是有感情的，又不像计算机那样能一键删除不想要的程序。

但如果她记得那个男生意味着以后无论她和谁在一起，只要那个男生来钩钩手指，李瑾瑜就会跟他走，那就算了。

"你记得那个男生，如果偶尔想起他，怀念或者遗憾都没关系。但如果你和我在一起最开心，也想和我有那么一些关于未来的发展，那我们就在一起。"

这是蔡宇川对李瑾瑜说的话。

李瑾瑜暂时还没给他答复。

最近医院和导师那边都忙，李瑾瑜有好几台手术要跟，说她暂时不太能分神，要等忙完再抽空好好地想想。

但这些天，她也一直和蔡宇川保持着联系。

蔡宇川笑了笑："我觉得我的希望还挺大的，李瑾瑜应该也有那么点儿喜欢我。是吧，宋晞？"

"嗯。"

宋晞是实在的女孩，不会夸大其词，仔细地想想，很中肯地鼓励着："瑾瑜上学的时候就爱憎分明，我们那会儿叫她'小辣椒'，她对不喜欢的人没有那么多的耐心天天聊天儿的，加油。"

朋友们举起杯子碰在一起，给蔡宇川打气："加油！"

程熵那边也算是情势大好吧。

和林愉聊得也挺合拍的，程熵打算在情人节和林愉表白，于是举起杯子说："你们顺便也给我加加油呗？"

"加油，你们俩都加油。"

月亮已经进入食既的状态，发着光，金灿灿的，很美。

新闻里说，"超级蓝血月全食"下次出现可能是在 2037 年。

那是 19 年后了。

程熵放下手机，可能是因为刚收到了林愉的什么信息，他高兴得思维有些混乱，没算明白数，还挺兴奋地说："那下次看'超级蓝血月全食'的时候，咱们怎么也得是八个人了吧？"

"八个人可不止……"

杨婷的男朋友说："那可是 19 年后，到时候咱们怎么也都有孩子了吧？搞不好会有 12 个人看月全食，要是有人生二胎呢，人得有更多。"

顺着这个话题，杨婷带着微微的醉意凑过来，问宋晞："晞晞，你和裴未抒打算要孩子吗？"

他们还真没聊过这个问题。

"我还不知道，以后再说吧……"小声说完话，宋晞有点儿脸红，捧着果汁喝了好几口。

这次的饮料和啤酒也是蔡宇川买的，红心番石榴的果汁很好喝。

她挺喜欢果汁的，没喝酒，反倒喝了好几罐果汁。

月亮缺了又圆，颜色也在变。它确实很美，氛围也很浪漫。

可程熵一开口，浪漫的氛围全无。

程少爷捏着一个啤酒瓶,指了指窗外:"这要是在古代,算不算是天有异象啊?这恐怕不是吉兆……"

蔡宇川往他的身上丢了一团餐巾纸:"异象个鬼呀,这么迷信,你要狼人变身吗?"

其他人都在笑。

朋友们聚在一起,无论话题有营养还是没营养,他们都能聊得津津有味。后来他们居然争论起天文的知识来——

明明新闻里说152年才有一次"超级蓝血月全食",怎么又说19年后就是下一次月全食了?

一群人又不是天文学家,查了半天的资料。直到半夜聚会散场,他们也没争论出个所以然来。

聚会结束,那箱果汁也被喝光了。

宋晞喜欢那种味道,想着再买些果汁,又觉得自己搬不动它们,最后是在网上买的,直接下单了两箱果汁。

第二天傍晚,快递小哥送来的果汁是四箱。

她有些不解,还多问了两句,又拿了手机去查看订单,自己确实只买了两箱果汁。

快递小哥也查了订单:"这些果汁不是一个账号下单的,但收件人都是你,它们就是你家的人买的。"

"好的,那谢谢您……"

告别了快递小哥,宋晞也反应过来,给裴未抒打了电话:"裴未抒,你也买了果汁吗?"

裴未抒在回家的路上,笑着说果汁是他买的,昨天看她挺喜欢喝这种番石榴果汁,就买了。

宋晞蹲在四箱饮料的旁边,忍不住笑起来:"可是我也买啦……"

看来他们太心有灵犀也不是什么好事。

他们的家里现在果汁泛滥。果汁有四大箱,足足96罐。

裴未抒说:"你慢慢地喝,周末不是要回你叔叔的家吗?你怕喝腻的话,就搬两箱果汁送给宋思思小朋友。"

479

"那你什么时候回来？"

"10分钟后吧。"

裴未抒到家时，宋晞已经快喝光一罐果汁了，盘腿坐在沙发上，对他摇晃着几乎空了的果汁罐："裴未抒，你回来啦。"

外面的天气是冷的。

裴未抒把装着电脑的双肩背包放到玄关处，脱掉沾染着冷气的羽绒外套，换了拖鞋，走到宋晞的面前。

他俯身，用双手撑着沙发的靠背，把宋晞圈在自己的面前，含笑问："果汁好喝吗？"

他们在一起这么久了，只是简单地对视一下，就能知道彼此心里的想法。

宋晞主动地噘嘴："你来尝尝？"

这简直是诱人的邀请。

裴未抒轻笑一声，垂头吻她。

所以在他们结婚后的某一年，裴未抒在国外出差了17天，每天都会买红心番石榴的果汁喝。

和他一起出差的同事有些不解，开玩笑地问他："裴未抒，你这么喜欢红心番石榴的果汁？"

裴未抒只是笑而不语。

他无法向旁人解释自己对宋晞的爱。

就像他无法矫情地对别人解释，在2018年的伊始，自己加班之后驱车回家。

风雪交加的夜里，家里有他的未婚妻在等他，他打开家门就能看见她喜滋滋的样子，她还噘起嘴，和他接过一个果汁味的吻。

那一刻，他觉得自己是世界上最幸福的人。

.

临近新年，宋晞和裴未抒找了一个有空的周末，一起去逛商场，给彼此的家人挑选礼物。

他们只有足够了解家人，才能挑到称心的礼物。两个人商量着，在商场里消磨了几乎一整天，才给长辈们选好了礼物。

他们还给裴嘉宁买了亮晶晶的背包挂饰，给宋思凡买了一双潮牌的鞋子，给宋思思小朋友买了进口的巧克力……

他们连"超人"和"雪球"都没忘记。

在卖宠物服饰的商店里，宋晞刚拿起一件绣着南瓜图案的小型狗狗的红色衣服，转头想问男朋友它是否好看时，才发现裴未抒也在大型犬服饰的置物架旁给"雪球"挑选了同款的衣服。

两个人相视而笑。

宋晞挺高兴地说："那咱们给它们买一样的衣服吧，过年出来散步时，还可以给'超人'和'雪球'拍合影，它们是南瓜兄弟。"

车的后排座椅上和后备箱里堆满了各种礼盒、购物袋，他们把车开回地下车库后，又步行出门，打算再去附近的超市里逛逛。

这一年短视频 App 很红火，也带火了很多歌曲，超市里放着歌，大多数歌曲宋晞都没听过。

年前超市里的人多，竟然算得上是摩肩接踵了。

购物车是裴未抒在推，宋晞的外套和背包都在购物车里。

她穿着高领的毛衣和奶油色的小皮裙，一身轻便地挤进人群里，盯上了货架上的零食大礼包。

以前在镇上，宋晞是没有这种习惯的。

她在 2008 年来到帝都之后，总是陪张茜逛超市。家里的人多，宋思凡还经常带小伙伴回来玩，后来家里又有了宋思思，张茜买东西时总喜欢挑这种大包装的商品。

一来二去，宋晞也有了张茜的这种习惯。

她抱着两大袋零食，转身发现裴未抒在和一位老人说话。

老人很瘦，略显佝偻地推着购物车，车里坐了一个三四岁的男孩，男孩穿着绿色的毛衣。

男孩指着货架偏上方的桶装薯片，大概是在说想要薯片。

裴未抒站在货架旁，在吵闹的人群里微微地俯身，倾听过老人和小男孩的需求后，抬起手，从货架上拿了两桶薯片。

宋晞已经走近了些，看口型就知道，裴未抒在问小男孩："这种味道的薯片，两桶？"

"就是它。"

小男孩举起薯片快乐地摇晃，又经老人的提醒，跟裴未抒道谢："谢谢叔叔。"

"不客气。"裴未抒说着，抬手又拿了一桶薯片。

小男孩和老人还没离开。见他又在拿薯片，小男孩抱紧自己的两桶薯片，急忙摆手："谢谢叔叔，我不要了……"

裴未抒也就对他们笑笑，用手里的原味薯片指一指宋晞的方向："这是给我的女朋友的，她也喜欢薯片。"

他们今天穿了情侣装，穿的都是同色系的高领毛衣，老人看见宋晞，慈祥地笑着，走前还对裴未抒说："你们有夫妻相。"

宋晞抱着零食挤过来，笑吟吟地问："我的男朋友在助人为乐吗？"

"没有，我就帮人拿了两桶薯片。"

裴未抒拿着原味薯片，要把它放进购物车里，又临时改了主意："刚才那个小不点儿说烤肉味的薯片好吃，你要尝尝吗，还是坚持吃原味的薯片？"

"我坚持吃原味的薯片吧。"

"好。"

得到宋晞的回答后，他才把薯片投进购物车里。

"一包零食是给宋思凡和宋思思的，另一包零食是我们在家里吃的。"

宋晞把零食大礼包给裴未抒看，还给他推荐自己童年时喜欢吃的零食："你吃过大米饼吗？它很好吃的，和电视最配了，晚上我们放一部电影边吃边看吧？"

"行。"

超市的收银台前，排队的人比往常多了一倍。

裴未抒在队伍里等待，能看见宋晞像一只欢快的小鸟，她一会儿去这个货架旁瞅瞅、拿两样东西，一会儿又去那个货架边看看、拎一袋东西……

他快要结账时，她及时地回来了，把怀里的东西通通放进购物车里，然后整个人挡在裴未抒的前面："我来结账吧，这些都是我爱吃的东西……"

结果她被裴未抒拎到一旁："所以我买单。"

外面不知道什么时候下起了雪，细小的雪花轻轻地飘落，情景像李白的那句"应是天仙狂醉，乱把白云揉碎"。

气温不算冷，雪落地即化，道路都是潮湿的。

裴未抒一个人提着两大袋零食，用另一只手握着宋晞的手，把她的手揣进他的羽绒服口袋里。

宋晞收到了微信消息，那是婚礼策划公司的策划师发来的场地初步设计的方案。

她举着手机，边走边看。

策划师问他们什么时候方便去面谈，她就调出手机的日历，和裴未抒商量共同的空闲时间。

回家的路并不远，他们却有聊不完的话题，话题一直在变。

他们从"什么时候去谈策划的方案"，聊到"要在杨婷和周昂信的婚礼上送什么礼物"。

他们又从"今年的年终奖变多了"，聊到"明年的这个时候差不多可以联系旅行社，咨询去亚马尔半岛的行程费用了"。

"裴未抒，你之前去过那么多的地方，认不认识靠谱儿的旅行社？"

宋晞没有出国的经验。

上大学时，她憧憬着去亚马尔半岛旅行，也辗转咨询过旅行社。

旅行社的人主张安排好旅行的全程，连往返的机票、酒店都会帮忙订，还会联系当地的中文导游。

这样省事是省事，就是收费太高昂，毕竟人家不做义务劳动，也是要赚钱的。

"你不用问旅行社,把这件事交给我就行。"

裴未抒在国外待得久,又去过亚马尔半岛,可以当导游,也可以自己订机票和酒店,还知道怎么安排路线最划算。

裴未抒笑着:"小裴导游愿意全程为您服务,有什么报酬吗?"

宋晞抱着原味薯片,企图用一片薯片蒙混过关。

她捏着薯片往裴未抒的嘴边送:"裴导游辛苦了,您吃薯片,多吃薯片。"

裴未抒吃了女朋友的薯片,有些无奈:"这种报酬未免太简单了……"

他都没说完话,宋晞已经挽着他的手臂,踮脚亲在他的侧脸上。

路上也有其他的行人,所以她害羞得脸都红了,眼睛却是亮的、湿漉漉的,她小声询问:"那这样行吗?"

"行。"

裴未抒揉揉她的头发:"小裴导游愿意为您肝脑涂地。"

雪花落在宋晞扬起的笑脸上。

这明明是极为普通又极为平常的一天,她为了购物逛到小腿和脚趾都是酸疼的,可抱着她的原味薯片和男朋友的手臂时,笑得非常开心。

未来的一切是那么令人期待。

杨婷的婚礼、她和裴未抒的婚礼、可以安排在明年的亚马尔半岛之行、19 年后的"超级蓝血月全食"……

她哪怕想想近在眼前的事——拿着零食回家、和裴未抒一起用电视播放电影、吃大米饼,也会很高兴。

宋晞甚至在心里想:我一定是这个世界上最最幸福的人。

年底宋晞和裴未抒都好忙,不只是忙着工作、准备明年的婚礼,还忙着给他们的小家做大扫除。

受妈妈的影响,宋晞很在意这件事情,在过年前一定要把家里收拾干净,连屋顶也要清扫,在扫把上绑了一块抹布,象征性地清一清浮尘。

裴未抒下班回家，就看见宋晞戴着白色的浴帽在做家务。

她可能累了，还捶捶肩膀，像一个小老太太似的。

见他回来，宋晞说："在我们的老家，这叫掸尘，我们必须在腊月二十四这天掸尘。"

宋晞今天下班早，裴未抒还纳闷儿她怎么没去他的公司等他一起回家，原来她惦记着干活儿，自己先跑回来了。

裴未抒把人按进沙发里，接过打扫屋子的工具："你歇着吧，要收拾哪里？我来弄。"

宋晞站起来："我还是和你一起干活儿吧。"

她还没站直呢，被裴未抒挡了一下，又坐回沙发上。

她自创的这个扫把绑抹布的工具还挺可爱，裴未抒问她怎么不用吸尘器，宋晞理直气壮地说吸尘器太重，自己一直举着它肯定举不动。

可是男朋友用吸尘器打扫卫生，她又心疼，觉得他这么举着机器把整个家的屋顶吸一遍肯定会累的，她跃跃欲试地凑到裴未抒的身旁，几次想帮忙，都被拦下来了。

想来想去，宋晞只好说："那今天晚上，我在上面。"

话题变得太快，裴未抒一时都没反应过来。

看见她泛红的耳朵，他才开怀大笑，还故意地逗她："那，有劳夫人了？"

莽撞地说完那句话，宋晞才后知后觉地脸红，把头埋进沙发的靠垫里："你别笑啦——"

其实他们平时也做家务，偶尔会叫保洁阿姨来收拾东西，把室内的卫生保持得很好，大扫除也扫不出什么来，这也就是走走形式。

但北方的空气干燥，他们在再干净的空间里折腾一下，也会搅得尘埃浮动。

大扫除结束后，宋晞清理并放好了工具，跟着裴未抒去浴室里洗澡。

他们也不只是洗澡吧，反正在浴室里待的时间挺长的。

进浴室前,他们忘记打开排风的系统了,只打开了暖气。

密闭的空间里,水汽越发氤氲,人影都在蒸腾的水雾中变得模糊。

头顶的灯光像海市蜃楼似的,宋晞一眼望去,看哪里都看不真切。

她在雾气中仰头,咽下一声舒适的叹息。

她出来时已筋疲力尽,叫的外卖也被送来了,他们窝在沙发上吃晚餐。

浑身都是软的,宋晞没骨头似的瘫着,小口地喝着汤,和裴未抒聊着过两天搬家的事情。

上次宋晞回长辈那边时,爸妈和她商量,打算买一套房子。

毕竟宋晞以后是会在帝都市定居的,他们只有这么一个女儿,总要和她在同一座城市,不可能再回老家去了,一家人能互相照应。

这些年帝都市的房价飙升,价格已经高到离谱儿。

本来买房是遥不可及的愿望,但这段时间宋家群的一个朋友急于出国发展,手头儿的流动资金不够,他想要把房产卖掉。

朋友急着用钱,买家肯定要付全款,这样他很难碰到合适的买家。

宋家群听说这件事后,带着宋晞的爸爸和那位朋友聊了聊,把价格谈到双方都能接受的程度,事情就这么被定了下来。

这几年工厂的生意不错,宋晞的爸爸和妈妈也有了些积蓄。

有一部分钱是宋家群和张茜帮忙补足的。

新买的房子不算大,但宋晞的爸爸和妈妈终于能有一个像样的家了,宋晞挺为他们高兴的。

房子本来就装修得不错,家具都是实木的,人家要出国,也就不要家具了,他们拎包就能入住。

这几天宋晞的妈妈在收拾东西,准备搬家。

其实在宋叔叔的家里住了这么多年,他们早已习惯了,突然决定搬走,伤感和有了新家的喜悦是同样多的。

"明天我要早起,回去帮爸妈搬家。"

"我和你一起去。今天吃午饭时我和蔡宇川说了,他和程熵明天也去,还有周昂信。"

宋晞愣了一下:"东西不太多的,我们多搬几趟就好了……"

裴未抒揉揉宋晞的头发:"以前你不是和我说过,你妈妈的腰不好?"

"那我会给妈妈帮忙的……"

"你是宝贝女儿,就算你要帮忙,叔叔阿姨也舍不得让你多出力。明天有我们几个男生在,叔叔阿姨在楼上收拾东西就行,我们几个人来搬东西。"

宋晞扑进裴未抒的怀里:"那我明天请你们吃饭,要请你们吃好的、吃贵的……"

"你跟我客气什么?我好歹也是未来的姑爷,好好地表现是应该的。"

幸亏裴未抒想得周到,带了朋友们来帮忙。

宋晞也是第一次去新买的房子,到了那里才知道那是个老小区,楼里没有电梯,新家又在五楼,虽然东西不多,但是他们上上下下地爬楼梯也实在挺累的。

宋晞的妈妈和张茜眼眶红红的,张茜帮忙拆箱,忍不住抹了抹眼角:"姐姐,你要搬走,我昨晚都没睡着,总觉得心里空落落的。"

宋家群笑呵呵地安慰:"两家人就隔着两个街区,开车不到10分钟就到了。再说咱们天天都要见面呢,宋哥和嫂子分居好几年了,也该团圆了。"

宋晞的妈妈也抹眼泪:"就是,怎么,我搬家了,你连保姆也不让我做了?明早我还来给你们煮粥,咱们又不是见不到了。"

"我知道,就是舍不得……"

张茜擦掉眼泪:"明早你就别折腾了,我和思思吃点儿什么都行,你今天搬家累,明天休息吧。"

大人们突然分开,是有些失落的。

宋晞把空间留给他们,自己跟着跑上跑下,拿的都是裴未抒分给她的较轻的箱子、袋子。

其中的一个箱子不太结实,他们搬它的时候,里面的东西露出了一角。

程燏怕搬到一半纸箱会散架,干脆把东西拿出来,和周昂信一起把它装进其他的袋子里。

宋晞刚好送完一趟东西，从楼道里跑出来，看见被装进袋子里的东西，笑着把它拿出来："这不是我小时候的相册吗？"

连蔡宇川也凑过来："这是你小时候的照片哪，我能瞅瞅吗？"

"你看呗，不过我小时候不好看，黑瘦黑瘦的，宋思凡说我像非洲人呢。"

那时候宋晞家连数码相机都没有，只有一台放胶卷的"傻瓜相机"，他们还不能乱拍照，胶卷和洗照片的费用也是不便宜的。

相册里的照片记录的都是很重要的时刻，比如宋晞的生日、宋晞奶奶的大寿、某个新年。

后面有一张照片是宋晞中考结束后和初中校门的合影。

也是因为她考得很不错，家里的人才同意把相机给她用。

宋晞在那个暑假里，拿着相机，见到什么拍什么，还臭美地让当时的小伙伴给她拍了不少照片。

程嫡指了指照片上河边的景色："这是宋晞带咱们去过的那条河吧？"

黑溜溜的小女孩光着脚丫坐在河边。

她把脚探进清凉的河水里，捧着半块西瓜，笑得很灿烂。

裴未抒看到这张照片时，也跟着轻笑一声。

"我不怎么好看吧，但牙挺白的。"

说完，宋晞凑到裴未抒的耳边："这张照片是我在2008年的7月拍的，当时我就快要遇见你了。"

裴未抒"嗯"了一声，然后问她能不能索要搬家的报酬。

还以为裴未抒是要她亲他，宋晞有些不好意思地瞄了一眼捧着相册翻看的蔡宇川他们，扯了扯他的衣角，压低声音说："你昨天还说，未来的姑爷表现好是应该的……"

但今天挺冷的，裴未抒跟着忙前忙后，额角现在还带着汗意，宋晞也就心软了，问："那……你想要什么报酬？"

"你把你以前的照片送给我一张吧。"

宋晞没想到他会想要照片，大大方方地答应了。裴未抒从相册里抽走的就是她坐在河边的那张照片,他还挺郑重地把它放进了钱包里。

楼上,宋晞的妈妈探出头,在阳台上叫他们:"孩子们,上楼休息休息吧,阿姨给你们泡了养生茶。"

当时他们正忙,还没搬完半车的瓦楞纸箱,也就没顾得上多聊。

后来宋晞问裴未抒:"你拿我小时候的那张照片干什么呀?"

裴未抒告诉宋晞,他要时刻提醒自己,他的未婚妻在遇见他之前是这样快乐的女孩。

她无忧无虑,笑得很灿烂,能露出八颗牙齿。

他要对她好,照顾她。

他要让她永远这样开心、这样笑。

2018年的情人节在除夕的前一天,也是工作日。

到了这天,"剧本杀王者六人组"的群里多了两位新成员,这个群正式地变成了"八人组"。

李瑾瑜已经是蔡宇川的女友了;

程熵这个藏不住心事的家伙也没有按照原计划在情人节表白,而是迫不及待地在某个深夜里吐露真言,现在已经和林愉谈了整整五天的恋爱。

所以情人节这天,是八个人一起聚餐的。

李瑾瑜坐在宋晞的身旁,蔡宇川把李瑾瑜介绍给其他人,程熵也带着林愉和朋友们打招呼,场面有一种别样的热闹……

聚餐的地点在KTV里。

现在娱乐行业的竞争压力特别大,人们开KTV还不能只购入好麦克风、好音响,还得布置好环境,甚至得招好厨师。

这家KTV的厨师确实不错,咖喱牛排饭和炸鸡排饭都挺好吃的。

明天是除夕,大家还要陪家人守岁,这又是李瑾瑜和林愉第一次正式地和大家见面,今天朋友们像是提前约好了一般,谁都没提出要喝酒,只点了几扎现榨的果汁。

杨婷和男朋友为了活跃气氛,拿着麦克风挥挥手:"我们来对唱一首歌,开开嗓子。"

频闪的灯光掠过每个人的面庞,欢声笑语凝聚在密闭的空间里,这个小圈子本就充满善意、正能量,李瑾瑜和林愉也都是性格很好的女孩子,很快融入进来。

后来,宋晞陪李瑾瑜去洗手间。

李瑾瑜把手放在水龙头的下面,冲掉洗手液的泡沫,和宋晞说:"宋晞,我昨天还梦见了李晟泽。很奇怪,我醒了之后没有过去的那种激动的感觉了,反倒在看见手机里有蔡宇川的未读信息后,感到很开心。"

KTV包间里的洗手间不隔音,昏暗的光线里,她们能听见蔡宇川在外面唱一首英文歌。

宋晞抽了两张擦手的纸巾递给李瑾瑜。哪怕光线并不明亮,她也能看清李瑾瑜发红的眼眶。

她分不清朋友是感到释然、开心还是对未果的暗恋感到遗憾。

但她还是毫不犹豫地张开双臂拥抱了李瑾瑜。

"瑾瑜,你一定会幸福的。"

门外,杨婷没心没肺地敲门:"小金鱼,快出来听你的男朋友唱歌,他唱得还挺好听呢,比我家的二狗强多了。"

李瑾瑜拉着宋晞,率先推开洗手间厚重的门,笑着走出去,在彩色的光点中,对着蔡宇川微笑。

宋晞看看李瑾瑜和蔡宇川,又看看在旁边说悄悄话的程嫡和林愉、坐在周昂信的腿上打手鼓的杨婷,最后视线落在裴未抒的身上。

他靠在沙发上浅笑。

宋晞坐到他的身边,他听不清她的话,她只能用手机打字给他看:裴未抒,我好高兴,已经想好今年的新年愿望了;我希望我的朋友们能永远像今天一样快乐。

想了想,宋晞又打了一行字:当然,我们也是一样。

在这次的聚会上,宋晞真是挺忙的。

她在家里做宋思凡和宋思思的姐姐,操心习惯了,总担心和大家不熟的李瑾瑜和林愉会拘谨,后半程都没怎么和裴未抒在一起,总是坐在女生那边，和她们聊着各种各样的话题。

偶尔抬头，她就能看见裴未抒含笑的目光。

后来果汁和果盘都不够了，宋晞和裴未抒出去找工作人员加单。

两个人手拉手走在声浪混乱的走廊里，听着从各个包间里传出的不同旋律，宋晞提高声音问："刚才我看见你看我啦，你干吗呀？"

裴未抒凑近些，笑着说不干什么，只是觉得她端坐在女生的中间照顾她们情绪时的样子特别像当家的主母。

KTV 里有骰子和酒桌游戏的道具，裴未抒和朋友玩游戏时从来不较真儿，胜负欲也很低。没想到就算是这样，总输的人也不是他，居然是宋晞。

宋晞可能把运气都用在抽中章鱼小丸子机的那件事上了，连连地败北，好在抽中的问题都很简单。

这也可能是因为这家 KTV 的问题牌太少，光是"你对另一半心动的瞬间"的这个问题，宋晞就抽中了三次，三次给出的答案都不一样。

她还挺理直气壮的，说："那我就是有很多对裴未抒心动的瞬间哪。"

裴未抒点头："我也有，有更多这样的瞬间。"

杨婷的男朋友不甘示弱，举着那张牌，问杨婷："杨婷，我们也是明年要结婚的人呢，不能输，你也来说说对我心动的瞬间。"

杨婷说："宝贝，那当然是咱们第一次去吃饭的时候，你骑着自行车摔在泥泞的小巷里，像一个泥猴。我当时就想，这个男的可太傻了，我不答应他，他可怎么办……"

她没说完话，被周昂信捂住了嘴："你说的哪里是心动的瞬间？这不是我的黑历史吗？"

其实那天某家快餐店搞限量打折的活动，刚毕业的学生们没什么钱，周昂信为了给杨婷抢她爱吃的炸鸡，骑着自行车抄近路，才发生了那么一幕。

宋晞了解详情，垂眸浅笑，有一种属于娘家人的欣慰，同时也想着晚上回去后一定要把这件事说给裴未抒听。

反正无论她说什么，他都是她最忠实的听众。

宋晞知道自己唱歌跑调儿，即便和朋友们在一起，除了合唱，也基本没有拿起过麦克风。

但在回家的路上，她在车里看着窗外的景色，无意识地唱了几句刚刚在KTV里听过的歌。

回过神后，宋晞同裴未抒开玩笑："完了，我被这首歌洗脑了。我是不是好吵，你有没有感觉'呕哑嘲哳难为听'？"

她借用白居易的叙事诗自嘲，这是《琵琶行》中的一句诗。

她没想到裴未抒这么维护她，他连她的自嘲都听不得，开着车依然思维敏捷，也用《琵琶行》中的诗句回答她。

他说："我没那么觉得，反而觉得'如听仙乐耳暂明'。"

除夕将至，他们这一晚开车离开KTV后，并没回自己的住处，而是各自回了爸妈的那边。

除夕的当天，宋晞和爸妈一起提着大包小包的年货，聚到宋家群的家里，两家人还是一起过新年，和以前一样。

家里还是老样子，宋思凡还是和宋思思斗嘴、抢零食。

宋思思举着大米饼，扭头说了一句"宋晞姐姐新年快乐"，再转头时，大米饼已经只剩下一半了。

宋思思小朋友已经标榜自己是"大女孩"了，皱着眉头看着宋思凡："哥哥，你好幼稚！"

宋思凡确实幼稚。就在宋思思这样吐槽他的时候，他已经又以迅雷不及掩耳之势，把她的手里剩下的半块大米饼塞进嘴里。

这种烦人的行为终于惹毛了宋思思，宋思思扬言要一百年都不理他。

还是宋晞从中斡旋，训了宋思凡几句，逼着他亲手拆开大米饼的包装、赔给妹妹一个大米饼，事情才得以收场。

晚上的8点钟，春节联欢晚会准时开始，电视上热热闹闹地播放着春晚。

宋晞却收到了裴未抒的信息，准备抱着早就想要出门的"超人"

去散步。

她说要去散步,其实有一颗司马昭之心。

路人皆知。

看着宋晞欢欢喜喜地往身上套羽绒服的样子,宋思凡"喊"了一声:"没出息。"

宋晞把自己裹得严严实实,把围巾的末端塞进羽绒服的领子里,不紧不慢地回怼宋思凡:"我可没出息了,有出息的人都在和妹妹抢大米饼吃。"

宋思凡:"……"

小区里张灯结彩,裴未抒带着"雪球"就等在庭院外的道路上。

"雪球"和"超人"穿着同款的宠物衣服,特别可爱,宋晞给它们拍了合影之后,把手放进裴未抒的羽绒服口袋里,和他一起散步。

"我妈说晚点儿包好饺子,让我把饺子给你们送过去。她是用笋干做的饺子馅儿,这种饺子和你们北方的饺子不太一样,你们尝尝。"

裴未抒笑了:"我爸也是这样说的。"

这是他们过的第一个能随心所欲地见面的新年。

他们不用再像去年那样借着视频通话和有胡萝卜鼻子的雪人表达思念,连饺子都可以互相分享。

他们端着不同馅儿料的饺子,在光秃秃的合欢花丛前相见,交换饺子后不忘趁着街道上无人,凑近对方亲一下,再挥挥手,各回各家。

春节联欢晚会将近尾声时,宋家群和宋晞的爸爸举起啤酒杯,带领着家人们一起齐声欢庆:"新年快乐!"

宋晞举着半杯雪碧,给家人们送完祝福,飞快地在手机上打字:裴未抒,新年快乐……

她还琢磨着要不要再写点儿特别的话,还没把信息发出去,先收到了裴未抒的祝福。

"宋晞,新年快乐。"

宋思思小朋友今年也熬了夜,还记得去年的春节时小镇上的那种热闹。

满街鞭炮齐鸣,烟花炸开,铺满了半边的天幕。

小朋友对很多规定都不太了解,只知道老师说放鞭炮会污染空气,但依然渴望那种暗夜里有焰火在灿烂地燃烧的快乐。

"宋晞姐姐,那我们明年能放烟花吗?"

"应该不能的。"

宋思思叹气时特别像一个小大人,感到了无限的惆怅似的,拖长声音说:"唉——"

手机振动,裴未抒打来电话。

宋思思特别喜欢裴未抒,在宋晞接电话时,也凑到手机的旁边,很讨喜地说:"裴未抒哥哥,新年快乐。"

"新年快乐,思思怎么还没睡?"

宋晞笑着:"今年不能放烟花爆竹,小朋友正在惆怅呢,刚刚叹过气……"

电视上在重播春晚的小品,宋思凡跟着傻乐,像一只鸭子,"嘎嘎嘎嘎"地笑着……

爸爸们还在推杯换盏,展望明年的生意。

周遭太热闹,宋晞连听清裴未抒的话都费力,也就没察觉到那边是有风声的。

直到裴未抒说:"你多穿点儿衣服,带思思出来吧,我在外面。"

宋思思显然也听见了他的话,翻身站到沙发上,透过窗户往外面瞧:"哇,那真的是裴未抒哥哥,宋晞姐姐,我们走吧,去找哥哥玩!"

两个女孩穿得厚厚的,跑出家门,裴未抒站在皑皑的白雪间,很有一种玉树临风的感觉。

他的脚边放着一个纸袋,宋思思小朋友跑出来时,他已经按动打火机,点燃了一根"仙女棒"晃动着:"新年快乐,女孩们。"

火光迸溅,暖光映亮了裴未抒的笑容。

宋思思小朋友高兴疯了,激动得不知道怎么表达,只指着裴未抒,都破音了:"Santa Claus(圣诞老人)! You are Santa Claus(你是圣诞老人)!"

宋晞也很高兴,他们明明一个多小时前刚刚见过面,却像是几年没见面似的。要不是有妹妹在身边,她肯定是要以百米冲刺的速度撞进男朋友的怀里的。

还好天气不太冷,他们在外面多待了一会儿,陪着宋思思玩这种小型的冷焰火。

他们还用积雪堆了一个巴掌大的小雪人,把燃尽的"仙女棒"插在雪人的身上。

宋晞将一根新的仙女棒与裴未抒手里的那根仙女棒相碰触,点燃它,问他是怎么想到买这些东西的。

"我怕你觉得无聊。"

裴未抒知道她的身边会有家人陪伴,但也记得去年宋晞在小镇的街上给他打电话,当时她笑盈盈地说:"裴未抒,你听,这是不是很热闹?"

他担心女朋友也许会怀念家乡街道上的那种"噼里啪啦"的热闹,也就买了些可以放的冷焰火,想哄她开心。

春节的假期有好几天,他们还答应了宋思思,要带着她去逛庙会。

今天的星群也比平时亮。虽然星星没有宋晞在小镇上看到的那么多,但她还是能分辨出北斗七星。

宋晞仰头看着天幕,忽然问了一个傻问题:"裴未抒,你说,以后每次过年时我们都能在一起吗?"

手里的"仙女棒"慢慢地熄灭,裴未抒抬手捂住了宋思思的眼睛,趁着小朋友的视线受阻,俯身浅吻宋晞。

"当然能。"

裴未抒弹了一下宋晞中指上的戒指,答案不言而喻,他们的戒指上,有相同的承诺。

往后的年年岁岁,他们都会如此度过。

番外五

春节过后,这一年的2月也进入尾声,杨婷和周昂信的婚期越来越近了。

杨婷在电话里和宋晞抱怨,非要说自己在过年的期间吃得太好,脸都变圆了。她还决定去单位的附近办一张瑜伽卡,再把晚饭换成蔬菜沙拉……

"一辈子就结一次婚,我出镜时怎么也得好看点儿吧?我以后再看录像、照片时,上面总不能都是我肥嘟嘟的样子吧?"

杨婷明明是一个吃不胖的瘦子,都穿S号的连衣裙,其实不需要减什么肥。

她结婚前可能是因为过于紧张,才会敏感地乱想,生出这些不必要的焦虑。

宋晞很不放心,怕闺密瞎折腾会把身体搞垮。

她循循善诱,开导闺密:"你办瑜伽卡也就办了,反正多运动对身体也是有好处的,尤其是我们这种整天坐在电脑前的上班族,特别需要多运动,要是你喜欢练瑜伽,我也可以办一张卡陪你一起练。但你就别换晚饭了吧?"

从杨婷发来的照片看,那种沙拉根本就不健康,里面连鸡胸肉、虾仁这种低脂的蛋白质都没有，只有绿叶的菜。

杨婷这是拿自己当羊养呢？

"婷婷，你本来就低血糖，只吃这种沙拉会发晕的。举行婚礼又那么累人，你起得很早，忙一天，晚上还要参加舞会，到时候晕倒了怎么办？"

宋晞说这些话时，裴未抒就坐在她的身边，拿着笔记本电脑处理工作上的一些问题。

也许是因为宋晞说的都是长句子、语气也急切，他才分心地暂停了手上的工作，偏头去看她。

宋晞穿着长袖的睡裙，坐在沙发上。

她刚洗过澡、吹过头发，发顶蓬松，发尾有些潮湿。

她说到激动处，把腰背都挺直了。

她对闺密关怀备至的样子特别温柔，举着手机唠叨半天，像童话书里的那种可爱的动物妈妈的形象，就差戴上眼镜了。

察觉到裴未抒的视线，宋晞才转过头看向裴未抒，用口型问他："怎么了？"

裴未抒笑着摇头，做了一个"你们继续聊"的手势，却没移开目光，继续看宋晞。

其实宋晞的长相并不是那种让人一眼看上去就感到惊艳的浓颜系长相，但她特别耐看，五官秀气。

她思考时咬着下唇，显得有点儿倔，笑起来又很灿烂、很有感染力。

他越看越喜欢她。

他的女孩真可爱。

有时候，裴未抒觉得宋晞特别像一个饺子。

这不是指长相，而是他觉得她"皮薄"，她总是脸红，却特别有思想、有内涵。她坚定、善良、努力……

之前婚礼的策划师也联系过裴未抒。

由于裴未抒特别忙，不能总去和人面谈，婚礼的策划师就托宋晞带了一份纸质版的表格给他,让他写一写对宋晞的印象,这样他们方便找设计的灵感。

裴未抒迟迟地未能落笔。

他不是写不出来,是总觉得,自己用这个世界上的所有能用在女性身上的美好词汇来形容他的女孩,也不为过。

那天程熵刚好在裴未抒的家里,凑过来看一眼,误会了他迟疑的原因,咬着苹果大咧咧地给出建议:"你就是要填一个表格而已,又不是要写诗歌,就不用想措辞了好吗?你是怎么想的就怎么写呗……"

裴未抒当时浅笑着回答:"那表格里的这点儿空间,可能不够我写的。"

窗外是风恬月朗的夜。

女孩子们聊起天儿来,可以聊很久。她们哪怕两天前刚见过面,也还是能找出很多很多的话题,怎么聊也聊不完似的……

"可是晞晞,我好不上镜啊。"

杨婷像变了一个人似的,语气都是沮丧的:"你知道吗?我那天试妆之后,让二狗用手机的原相机录过像,录出来的样子可太丑了……"

宋晞的声音很柔和:"那是他的拍摄技术不行,回头我给你录视频,你肯定是好看的。而且在婚礼上跟拍的摄像老师都特别有经验,得找角度才能拍好视频,你别太紧张了。"

"婚礼就这么一次,我想要完美的婚礼。"

"我知道我知道,但你想想,之前咱们大学毕业时,学姐也给咱们拍过纪念的小短片。你多美呀,不是还有一个学弟看了短片想追你吗?"

宋晞是在安慰杨婷,特地讲好玩的事给闺密听,还叫杨婷看群里,程熵在那儿嚷嚷呢,问是谁用了他的视频 App 的账号。

杨婷果然分心了,纳闷儿地说:"我和二狗这几天可没用过他的账号,忙着备婚呢,哪里有空看连续剧呀……"

热播的综艺和电视剧总是分布在不同的视频 App 上。

他们几个人也不见外,经常共用各类需要开会员的 App。

"蔡狗,你是不是用我的视频账号发弹幕了?"

"你还发什么'哥哥好帅''太帅了''爱了爱了'。"

程熵发了一个"小熊不解"的表情包。

"不是,我说,你怎么还有这种癖好哇???"

"你看我像你的哥哥吗?"

蔡宇川否定了,说自己忙得和陀螺似的,好不容易有点儿时间,和李瑾瑜约会还来不及呢,哪里有空看视频?

"肯定是你,人家宋晞和裴哥根本不看剧……"

"弹幕总不能是裴哥发的吧?"

"你们别吓唬我呀,难道裴哥也婚前焦虑?"

"何至于此呀?!"

裴未抒也在看手机,看程熵自己在那儿胡言乱语,都气笑了。

"不是我。"

最后还是林愉在群里发了一个举手的表情。

"举手。"

"程熵,是我看的……"

林愉又发了一个"小熊转圈"的表情包。

一个群里的人迟早要用一样的表情包。

宋晞看林愉也开始用小熊的表情包,忍不住笑起来,有一种朋友被自己同化了的感觉。

"破案"后,程熵开玩笑地在群里"训"女朋友。

这人说难道他还不够帅,林愉怎么还趁他忙着工作,看别的男人哪?

金发碧眼的外国人还能比他好看吗?她还至于发弹幕欢呼?

"关键是你的这条弹幕被人点赞了一百多次了,我手机的状态栏里冒出一大串提示。"

"我还以为银行卡被盗了,以为卡被人刷爆了呢。"

杨婷和宋晞简直是一心多用,打着电话还关注着群里的动态。见程熵这样说,两个人都笑了。

杨婷"哟"了两声,和宋晞说:"你看,程熵也就敢在群里嘚瑟、装装大哥,人家林愉不爱拆穿他,给他点儿薄薄的面子而已。他就等着给林愉跪搓衣板吧,哈哈哈哈哈……"

语气轻松起来,闺密也能说能笑了,宋晞才放心,又陪着杨婷聊了十几分钟,杨婷说要去敷面膜,宋晞才挂断电话。

北方冬季的供暖很足,宋晞身处暖洋洋的室内,又打了这么久的电话,难免口干舌燥。

裴未抒适时地递过来一杯水,问她:"杨婷怎么了?"

宋晞举着水杯,"咕咚咕咚"地喝掉大半杯水,才愁眉不展地和裴未抒说,杨婷应该是有些紧张,总觉得自己的状态不够完美,还想减肥,非说镜头让人显得胖。

宋晞窝在沙发上,举起手:"报告,明天我想去陪陪杨婷,陪她去挑喜糖。"

裴未抒总是特别尊重她的决定。

而且在关键的时刻,他比宋晞想得更周到。

宋晞问他要不要跟着去逛逛街时,裴未抒拒绝了,说明天会把她们送到商场。

"逛街就算了,你们去吧,时间挺充裕的,你还能陪杨婷喝喝下午茶、好好地聊聊。"

宋晞放下玻璃杯:"那你明天要做什么?"

"我约了周昂信。"

也不知道是谁影响谁,周昂信也焦虑着呢。

周昂信都没顾得上在群里聊天儿,不停地给裴未抒发信息,生怕弄不对婚礼的哪个环节,怕给杨婷留下毕生的遗憾。

"那好吧,我也顺便看看我们的喜糖。要是有喜欢的喜糖,我买点儿回来给你尝尝?"

"好。"

满脑子都是为闺密排忧解难的事,宋晞说:"要不我明天带杨婷去一趟程熵的心理咨询室吧,让他再带着我们做做冥想,感觉冥想对放松身心挺有用的。"

时间也不早了,他们打算回卧室休息,宋晞刚站起身,裴未抒就把她整个人都抱了起来。

"小裴导游为您保驾护航。"

她连拖鞋都不需要穿,就回到了床上。

裴未抒按亮卧室里的灯,还逗她:"我还提供代脱服务,你需要吗?"

"哪个'脱'?脱什么?"宋晞发蒙地问。

"脱衣服的脱。"

宋晞披着头发,仰头躺在被褥上,笑着:"裴未抒,你干什么呀?我又不是残废了,你怎么突然像一个护工似的?"

然后她又恍然大悟般,不怀好意地瞥他一眼:"我还在生理期呢,不能做那件事的,你忘啦?"

"我记得。"

"那你这是……"

裴未抒笑着坐到床边,揉揉她散乱的头发:"怕你和杨婷他们一样婚前焦虑,小裴导游打算时时刻刻地为你服务,让你放松心情。"

反正家里只有他们两个人,他们做些亲密的举动,也没什么可害羞的。

宋晞的脸都没红。

她张开双臂,舒展地躺在床上,露出睡裙上的那排整齐的纽扣:"那……今天我就先要一份代脱服务吧……"

裴未抒的指尖真落到纽扣上时,宋晞先忍不住了,捂着脸侧过身去,笑得蜷成一团,像虾米。

纽扣已经被解掉一粒,她的动作这样大,锁骨都露出来了。

裴未抒俯身吻了吻她的侧脸:"咱们还脱不脱了?"

他问完自己也笑了,说暖心的服务被她搞得像流氓的调戏……

"那你会焦虑吗?我也给你服务服务?"

宋晞有一肚子的坏水儿,伸手就往男朋友的痒痒肉上戳,又被裴未抒攥住手腕镇压住了。

两个人这么在床上闹了一会儿,额头上都沁出了细密的汗珠,他们才起身,一起去洗漱。

裴未抒熄灯后,卧室里陷入昏暗,嗅觉和触觉反而变得更灵敏了。他们的口腔里有同样的薄荷味,身上的沐浴露、洗发水的味道也是同款的。

宋晞想,这些清爽的香味混合在一起的味道,大概就是家的味道。

今晚他们只关了一层窗纱,能看见窗外的灯光,也能隐约地分辨出,挡住那些璀璨的灯光的黑色部分是他们在春节前贴的窗花。

窗花是镂空的小蘑菇图案,这是宋晞花了好几个晚上用小刻刀刻出来的。

其实今年是狗年,各类新年的装饰上都应景地画着各种狗狗的形象。

但宋晞是一个做窗花的新手,只是突发奇想,想给他们的小家增添点儿节日的气氛,又想弄点儿有纪念意义的东西,才着手做了窗花。

她哪里会雕刻狗狗的图案?她只能从自己擅长的小蘑菇的图案入手。

那几天她做窗花做得累了,嫌手酸,也会叫裴未抒帮忙雕刻图案。

两个新手比着半斤八两的雕刻技术。

最后窗花被贴在窗户上。虽然精细的程度不足,但它们还是显得挺喜庆的。

现在春节过去了,宋晞往窗户的方向看了几眼:"裴未抒,你说我们是不是该把窗花摘掉了?正月都快过去了呢。"

裴未抒笑着拒绝了。

她问他为什么不摘窗花,他就说:"这不是挺好看的吗?你花了那么多天才做出来窗花呢,让它们再多留一段时间吧。"

他们这样紧挨着彼此躺在床上,聊着天儿,意识逐渐地模糊……

宋晞隐忍地打了一个哈欠:"那到时候,我们可以直接把它们换成喜字了,是自己刻喜字,还是买现成的?"

"买吧。蔡宇川参加过很多次婚礼，说新娘婚前挺累的，你看杨婷这段时间不也难有消停的时候吗？你别给自己揽那么多的事情了。"

"也对……"

"睡吧，你明天逛街也需要体力。晚安。"

"晚安。"

宋晞喜欢在每晚入睡前和裴未抒聊天儿，这些对话很温馨。

她就这样侧靠在他的身旁，慢慢地入梦，两只戴着素圈戒指的手交握着。

第二天的晚上，裴未抒回家后拿出好大的一束花，宋晞诧异地问他今天是什么日子、他怎么买了这么漂亮的花束。

裴未抒就把她抱起来："哄你开心的日子。"

杨婷和周昂信举办婚礼的那天，天公作美，帝都是一个大晴天，连一片云彩都没有，气温也适宜。

宋晞作为杨婷的亲闺密，又是伴娘团里的一员，全程穿着高跟鞋，跟着忙前忙后。

她切实地体会到了在刀尖上行走的感觉，累得脚踝都要断了。

可即便这样，看着闺密在台上和周昂信交换戒指、说着"我愿意"，宋晞还是感动地抹了抹眼泪，哭得假睫毛都快掉了。

杨婷和周昂信紧张了好几个月，把婚礼办得十分特别且顺利。

白天的传统仪式是用来哄长辈们开心的。

到了晚上，杨婷和周昂信又开了一场 party，这是年轻人的狂欢，还有跳舞的环节。

杨婷穿着闪亮的小裙子在舞池的中央跳舞，路过宋晞的身边，一把拉起了坐在椅子上鼓掌、看热闹的闺密，把宋晞也带入了舞池里。

而宋晞紧张兮兮的，像抓住了救命的稻草，又拉上了坐在身旁的李瑾瑜，李瑾瑜又抓住了林愉……

一个人拉一个人。

她们像在草原上烤篝火似的，围成了一个大圈。

宋晞对画点儿简单的图案或是密室、剧本杀这种游戏，还算在行。但她实在不太擅长唱歌、跳舞。

她被拉进舞池里也跟不上音乐的节奏，只能依葫芦画瓢，自创动作，在人群里瞎晃悠。

Party的环节是杨婷自己设计的，特别符合她的性子，又疯又热闹。到场的人还要戴面具，乍一看，这挺像电影里的那种假面舞会。

不过舞者们的舞姿让人不忍直视，这更像是康复中心……

林愉不愧是舞蹈老师，跳得最美，跟着节奏甩着长发，特别有范儿。

就是她拉着的人不怎么行。哪怕他戴着面具，其他人也能认出那个同手同脚地在林愉的身边混的男生是程熵。

周昂信今天特别高兴，笑得嘴角都要咧到耳根了，喝酒喝得有些上头。舞会还没开始，他就有些醉了。

杨婷不方便出入男洗手间，裴未抒作为伴郎团里最稳重、靠谱儿的成员，扶着周昂信，陪他去了洗手间。

音响里播放的是 *A Thousand Dreams of You*（《关于你的一千个梦》），这是张国荣老师在20世纪90年代发行的一首老歌，很有一种风情摇曳的味道。

宋晞跳得不专心，在音乐里东张西望，没找到裴未抒的身影，却刚好看见程熵的那副肢体不协调的鬼样子。

她五十步笑百步，仗着音乐的掩护，掩着唇笑话程熵。

她这一笑，本就没有节奏的步子更乱了，她不慎踩到了身后的人的脚。

宋晞穿了高跟鞋，觉得自己笨手笨脚地踩下去，对方肯定还挺疼的。她低头匆匆地看了一眼，提高声音，连声说："抱歉，抱歉……"

她转身，再抬眸，却迎上了裴未抒柔和的目光。

难怪她刚才看那双皮鞋时，感觉它有些眼熟。

原来被她踩中的倒霉蛋是她的男朋友。

宋晞松了一口气，倦鸟归巢般迫不及待地扑进裴未抒的怀里："还好是你,不然我真是太不好意思了,刚才踩得很重吧?你疼不疼?"

"不疼。"

舞曲还是那首歌——

I hope you to dream, a thousand dreams of me(我想让你做梦,一千个关于我的梦)……

周昂信已经吐过了,这会儿特别精神,回到舞池里,正在和杨婷跳舞。

裴未抒托起宋晞的手,带着她随着旋律晃动身体。

周围的环境很嘈杂,他们靠得很近,说着悄悄话。

"我怎么没看见瑾瑜和蔡宇川了?"

裴未抒说,李瑾瑜明早要跟着导师做手术,和杨婷打过招呼,先回去了。

蔡宇川没喝酒,开车送女朋友去了,晚点儿再回来接着玩。

不知道是因为杨婷就选了这样的曲子,还是音响老师放错曲子了,后面的几首曲子都特别欢乐且富有年代感,《红日》和《冬天里的一把火》直接把西洋风的舞会带偏了。

婚礼本就是喜庆的事,天南海北的朋友也都能聚齐,大伙儿高兴,再喝点儿酒,气氛直接升到顶峰。

这会儿舞池里的人个个都是"社牛"。无论音响里放什么歌,他们都敢跟着音乐跳起来。

蔡宇川送完人从外面回来,一推门就看见舞池里的几个朋友在扭着,他们在模仿费翔早年爆火的经典舞步。

但他们跳得可比费翔差太远了,像中毒变异的丧尸,蔡宇川吓得差点儿夺门而出……

舞会的环节结束了,人们各自找到座位休息。

他们开 party 的地方是一个偏西式的餐厅,今天杨婷算是包场了,在场的都是自己人。

夜宵被服务员端上来时,朋友们也纷纷地摘掉面具。

宋晞看着裴未抒解开了系在脑袋后的黑色缎带。

他把面具拿下来放在桌边,又绅士地回头接过服务员端来的餐盘,点头道谢:"谢谢。"

一盘奶酪沙拉被他放在餐桌上,裴未抒拿了饮料瓶,用目光询问宋晞是否要喝饮料。

倒饮料时,他问她要不要换掉高跟鞋:"我给你带了平底鞋,鞋在车上。"

主灯光是昏暗的黄色,头顶密集的黄色小灯泡像被揉碎的星辰。

宋晞看着裴未抒,微怔了片刻。

后来在回家的路上,忙了一整天的宋晞靠在副驾驶座上,声音倦倦的,精神却很亢奋。

她和裴未抒说,如果她过去没有暗恋过他、他们又有机会在杨婷的婚礼上相遇,她一定也会很喜欢他的。

"一样。"

"什么一样?"

裴未抒说他陪周昂信去洗手间,回来后随便地往舞池里那么一瞧,第一眼看见的就是她。

"你第一眼看见我,是因为我跳舞最不协调吗?"

"不是,你还能有程熵跳得不协调?"

裴未抒说,这可能就是一种专属于他们的缘分。如果事情真像宋晞假设的那样,先心动的人可能会是他。

回去的路不算难走,之前预订 party 的场地时,裴未抒陪着周昂信来过这里,认识路,也就没打开导航。

累了一天,他们默契地沉默下来。

他们终于从东区回到自己所住的区域时,两个人的手机同时在静谧的空间里响起,是杨婷在群里发起了语音通话的申请。

除了已经睡下的李瑾瑜,其他人都接通了电话。

今天杨婷也喝了酒,特别兴奋地向朋友们道谢,语调上扬:"我真感谢有你们,要不是大家帮忙,我和二狗的婚礼也不会这么顺利,我之前紧张得口腔都溃疡了,真是谢谢大家……"

程燏和蔡宇川一唱一和的，明明不是差钱的人，非要摆出一副财迷的模样："道谢就只有口头上的吗？"

"真是，千言万语抵不过俩红包，你知道吗？"

"今天你收了那么多的礼金，来点儿实际的报酬呗。"

其实在这场婚礼上，朋友们确实尽心了，又肯出人出力，又肯花钱。

连在晚上的 party 上，他们几个人都合资订了 9 束 999 朵玫瑰，玫瑰寓意"长长久久"，摆在那里显得特别气派。

有这么一群好友，杨婷和周昂信当然也感动，在群里发了一堆红包。

他们发的红包太多了，裴未抒趁着等红灯的时间，抽空朝宋晞的手机看了一眼，笑着："现在都几点了？新郎新娘也早点儿休息吧，别发红包了，改天请客吃饭。"

蔡宇川也笑："就是，这都几点了，你们还不准备进洞房呢？快别和我们聊了……"

"我哪里睡得着？"

杨婷喜滋滋地说："我正坐在床上数钱呢，你们的红包可太厚了，我现在乐得简直合不拢嘴。"

这天两个人到家已经是夜里的 2 点钟了。

在电梯里，宋晞已经哈欠连连，进家门后更是直接走进了浴室里，敷衍地洗漱过，就钻进被子里。

裴未抒洗过澡出来时，她已经靠在床头上，困得直点头了。

"你怎么不躺下睡？"

宋晞惊醒般睁眼，揉着眼睛笑笑："我等你呀……"

早晨他们 4 点钟就起了，折腾到现在，将近 24 个小时都身处热闹的环境中，没休息过。

这一天显得格外漫长。

她躺在床上，脑子里也像走马灯似的，难以抑制地闪回着白天的各种片段。

宋晞喃喃地和裴未抒说:"好羡慕杨婷呀,我也想快点儿结婚了,现在离我们的婚礼还有多久?嗯……两个月吗?"

"62 天。"

"哦,也是,今天是 3 月 19 日了,我们是 5 月 20 日举行婚礼,现在离婚礼确实还有 62 天。"

因为这段对话,宋晞第二天醒来后,先下载了一个那种有倒计时的 App。

她在 App 里添加了婚期,把婚期放在手机屏幕上最显眼的地方。

这就像她高考前黑板上的倒计时,她每天都能看见距离她和裴未抒的婚期还剩下几天。

新年之后,裴未抒给宋晞换了和他的手机同款的手机,说这是给她的新年礼物。

两个人的手机都没有密码,他们在家里时,时常会拿错手机。

这天宋晞和裴未抒吃过晚饭,裴未抒把餐具收进洗碗机里时,她随手从沙发上抓起一个手机,点亮了屏幕,就看见了倒计时 App 的界面。

宋晞还以为手机是自己的,但退出 App,屏幕上的图案不一样,是一只落在篮筐上的北红尾鸲,羽毛鲜亮又蓬松。

她才反应过来,这是裴未抒的手机。

宋晞有些茫然地举着手机,跑到厨房里找裴未抒:"裴未抒,你也下载了这个 App 吗?"

裴未抒正在洗餐后的水果,偏头看了一眼,捕捉到话语中的"也"字,轻笑着:"嗯,你下载过它?"

"对呀,我前些天下载了它,用来给婚礼倒计时……"

宋晞没再说下去,而是瞥了一眼裴未抒的手机,App 里的倒计时显然和她的相同,也是在倒数每一天距离他们婚礼的天数。

她不用多问了。

这还能是为什么呢?裴未抒和她一样,也在期待着他们的婚礼呗。

一周后，杨婷和周昂信把婚礼上的照片精修完毕。

摄影老师把照片发给杨婷后，她第一时间把照片上传到云盘里，并在群里分享了链接和提取码。

这天是工作日。

宋晞忙了半天，看见手机里的群消息时，时间已经是中午的 11 点多。

她拿了食堂的卡，和同事们一起去食堂，一边下楼，一边往上翻着群消息。

群消息太多，好像有人提到了她，但她找了挺久都没看见那条消息。

她时不时地能看到杨婷和周昂信的合影，两个人郎才女貌，画面特别养眼。

宋晞好不容易翻到提到她的那条消息——

李瑾瑜把下载好的照片发到群里，有一张是婚礼上周昂信和杨婷交换戒指的照片。

照片不是那种手部的特写，摄影师开了全景模式，把伴郎团和伴娘团、在舞台下鼓掌的李瑾瑜和林愉都拍了进去。

这是一张人比较全的合影，李瑾瑜在群里提到了每个人。

食堂窗口里的阿姨举着餐勺，同事在身旁问宋晞："小宋，你吃什么？"

"土豆丝和红烧肉吧，再来一份汤。"

宋晞应着，也就没来得及看云盘里的照片，连群里的这些聊天儿记录也没翻完。

端着餐盘落座时，她接到了杨婷的来电。

"晞晞，你看小金鱼在群里发的那张照片，去看看你家的裴未抒，妈呀，他在那张照片上比为你洗手作羹汤时更让人有那种感觉，那个词是什么来着？一往情深。"

宋晞这才仔细地去看那张照片——

她穿着灰蓝色的伴娘裙，垂头落泪。

而舞台另一端的伴郎团中，裴未抒的目光越过了台上的新人、花团锦簇的布景，他在看她。

她看照片时，李瑾瑜也给她发了微信："裴未抒看你的这个眼神，有点儿犯规了。"

"他可真深情啊。"

"我已经开始期待你们的婚礼了。"

除了那张照片，还有一张照片是朋友的朋友拍摄的。它辗转落到了周昂信的手里，被他发到群里。

这是晚上他们开 party 时拍的照片。

那会儿音响里应该正在放《冬天里的一把火》。

宋晞戴着舞会的面具，和舞池里的其他人一样，在模仿"好像天上星"的那句歌词的动作。

身为没有舞蹈天赋的人，她是有些不好意思的，用右手的手背挡着眼睛，耳朵都红了。她笑得头都几乎仰过去，只露出笑得灿烂的下半张脸。

唇上涂了口红，她大笑着，特别美。

裴未抒就站在她的身旁，动作和大家的动作是一致的，但目光是看向宋晞的，照片上只留下一张他笑着的侧脸。

周昂信在群里发消息："我的朋友说，这张照片是他在无意间抓拍的。"

"他还问我拍到的这两个人是不是情侣。"

裴未抒回复了消息："他拍得不错。"

"我存下照片了。"

有人欢喜有人愁，杨婷和周昂信、宋晞和裴未抒这两对情侣被拍得好看，总有好看的照片被发到群里讨论。

蔡宇川和程熵则成了难兄难弟，总是被发现有丑图。他们不是吃蛋糕蹭得嘴边都是奶油，还热情地张着大嘴叫好、鼓掌，就是跳舞时像《植物大战僵尸》里的僵尸……

林愉还给他们俩做了几个表情包，后来几乎没人再用宋晞的那套

510

小熊的表情包了。

连裴未抒表达疑惑时,都会在群里发程熵拧彩带时用力到挤出双下巴的表情包。

宋晞也是偶然间发现裴未抒把手机的壁纸换了,那只落在篮筐上的北红尾鸲不见了,变成了在舞池里的他们。

他笑着在看她,像在看一件珍宝。

真正到了举行婚礼的这天,宋晞才明白大家在办婚礼时要花重金请摄影、摄像老师的原因。

宋晞在 5 月 20 日的那天,感觉自己的大脑内存严重不足……

她很想调动所有的"灰色小细胞",把每一个瞬间、细节都存进去。

可现场的亲朋好友太多,温馨的场面也太多,幸好有摄影师帮她和裴未抒记录下了这一切。

之前他们和婚礼的策划师沟通时,讨论了鲜花种类的选择、logo 字母的朝向、餐具的材质和摆放,仔细地甄别了布景道具的颜色……

他们千挑万选,那些细节最终只成了婚礼的过程中非常短小的帧频。

宋晞再回忆自己的婚礼时,印象最深的是司仪邀请新娘入场的场景。

那时她拖着重工婚纱的大裙摆,挽着爸爸的手臂,缓缓地迈着步伐。

他们要走过用淡蓝色的玻璃砖垒砌而成的隔断墙,她透过头纱和那些玻璃砖,只能看见裴未抒和宾客们模糊的身影。

婚礼的主题是"Glass castle"。

BGM 是裴未抒求婚时写的那首曲子,无比温柔舒缓。

在化妆室里,杨婷她们明明叮嘱过宋晞,让她千万别太激动。

"你哭得太凶的话,贴上去的睫毛会掉的。"

当时宋晞满口答应,还以为自己和裴未抒在一起这么久了,也没在环节里设计什么煽情的对话内容，根本不会落泪。

没想到在音乐里终于走过隔断墙时，她抬眼看见站在不远处的裴未抒，忽然鼻子发酸，眼泪根本不受控制地落下。

爸爸颤声说："小裴，我今天把我们的女儿、我们的掌上明珠，交给你，晞晞是一个好孩子，是我和她妈妈的骄傲，我希望你也能爱护她……"

裴未抒穿着一身剪裁得体的西装，不会说太多的漂亮话，语气却很郑重："爸，我会的。"

宋晞还没登台，已经泣不成声。

还好裴未抒准备了纸巾，为她掀起头纱，动作轻柔地帮她拭掉了眼泪，还贴心地把纸巾折成尖角状，没有破坏掉她复杂的新娘眼妆。

裴未抒牵着宋晞的手，向舞台的中央走去。

那里有用玻璃砖砌成的玻璃城堡的造型，周围是纯白色的鲜花，鲜花丛中，还有几个仿真的红色小蘑菇。

"宋晞，不哭。"

宋晞吸着鼻子，小声跟裴未抒说话，试图掩饰自己的激动。

"裴未抒，你真的是预言家。你怎么知道我会哭的？"

裴未抒说，之前他们参加杨婷和周昂信的婚礼时，她当伴娘都哭得稀里哗啦的，他怕她今天也会落泪，所以提前向裴嘉宁取了取经。

"你怎么取的经啊……"

他问了比较柔软亲肤的纸巾的品牌，也问了要怎么擦拭眼泪才能不晕妆。

"裴嘉宁的皮肤很敏感，她总过敏，用纸巾也特别讲究。她的皮肤就像检测的仪器，要是她说哪个品牌的纸巾用着还行，那应该是没问题的。"

"姐姐听到了这些话，肯定要骂你的。"

两个人这样说着话，忽然司仪凑到跟前："看得出来，我们的新郎和新娘的感情真的很好，但你们也听听我说话好吗？我可是司仪……"

这场婚礼温馨又顺利，宋晞平时挺坚强的，不知道今天怎么这么容易掉眼泪，连长辈们、朋友们也跟着哭了又哭。

婚礼结束后，等录像出来的那几天里，宋晞才后知后觉地有些紧张，当时自己哭了那么多次，在录像上可能会不好看。

她是在周末的早晨收到录像的。

宋晞从床上爬起来，迫不及待地冲进了书房里："裴未抒，婚礼的录像来啦！"

他们打开电脑，从网盘里下载视频。

视频有130分钟，时长和一部电影的时长差不多。

她和裴未抒一起看完视频，看到中间才发现，家人和朋友们竟然都对着摄像机说过祝福的话。

这是他们不知道的环节，像婚礼上的彩蛋。

家长们当然希望宋晞和裴未抒能互爱互助，希望他们在婚姻里相互扶持、相互包容。

"爱和尊重并行，开开心心地生活。"

"你们两个人能幸福美满地生活，就是我们这些做父母的人最高兴的事情……"

裴嘉宁则在说了一堆祝福语之后，许了愿望："借着今天的这个大好的日子，我想给自己许一个愿，愿我能遇到良人。"

宋思思小朋友唱了一首新学的歌，祝宋晞姐姐和裴未抒哥哥百年好合。

宋思凡是特地从国外请假回来的，穿了一身休闲的西装，模样挺像那么回事。

他站在镜头前，皱了皱眉头，好像有人把刀架在了他的脖子上，他才同意录像似的："姐，新婚快乐，要是姐夫敢欺负你，你就和我说，我立马去打断他的腿……"

他没说完话，一旁的宋家群拍了拍他的肩膀："哎，思凡哪，今天是你的宋晞姐姐大喜的日子呢，咱们说话要文明，不能暴力。"

张茜挤进镜头里："晞晞，小裴，张姨祝福你们两个人，好孩子，你们一定要幸福……"

宋晞忍不住又开始掉眼泪。

裴未抒把人抱进怀里，帮她擦着眼泪："好了，不哭，我不会欺负你的。"

"我知道……"

"你不知道原因。"

宋晞眨着泛着泪光的眼睛，有些不解。

这还能是什么原因？

他当然是因为喜欢她、爱她，所以不欺负她呀，难道事情不是这样吗？

裴未抒其实是见不得宋晞落泪的，心疼她，想哄她开心。

他故意开玩笑，说他不能让他们打断他的腿。要是他瘫痪了，以后谁陪着她出国去坐破冰船呢？谁给她省旅行社的钱？

宋晞破涕为笑："腿都断了，你怎么还想着帮我省钱哪？"

他们没点暂停，婚礼的录像已经播放到后面的流程。

视频中，裴未抒把那个11层的蛋糕切开，和宋晞一起把蛋糕分给宾客们。

家族里的长辈接过蛋糕，笑呵呵地祝贺着："两位新人要长长久久、甜甜蜜蜜。"

窗外"淅淅沥沥"地下着初夏的雨，空气潮湿而清新。

宋晞擦擦眼泪，和裴未抒在书房里接吻。

眼泪还没干，她已经开心地说："裴未抒，我们要长久、甜蜜。"

"嗯，会的。"

情绪好了起来，宋晞也想多说几句浪漫的话，可惜肚子先"咕噜"响了一声，打破了情调。

她有些不甘心，和裴未抒朝厨房走去，还是想搞点儿小浪漫，追在人家的身后，又想不出任何花招……

她连那年在路上撞见有女孩用日语向裴未抒表白的事都想起来了。

现在她也多少会说几句日语了，可无论是日语、韩语还是英语的"我爱你"，都差点儿意思……

514

走在前面的裴未抒忽然止步，转身和宋晞面对面。

他叫她："宋晞。"

还在冥思苦想的人茫然地抬头："嗯？"

"我爱你。"

宋晞顿时心花怒放，说："我也爱你呀。"

原来她想说的和想听的，就是这句话。

大家说"我爱你"是一句俗套的表白，可宋晞觉得其他的语言无法与之媲美，只有"我爱你"这主谓宾俱全的三个字最动听。

"裴未抒，你再说一遍吧。"

"我爱你，我爱你，我爱你。"

"这是三遍。"

"嗯，程熵以前不是说过吗？重要的事情要说三遍。"

婚后的生活其实没有什么特别大的变化，宋晞和裴未抒还是像以前一样，恩恩爱爱的，都没吵过架。

有人说，爱情是递减的。

两个人结婚之后，夫妻关系中的爱情会越来越少，亲情会越来越多。

也许是这样吧。

但宋晞和裴未抒始终觉得，等他们到七八十岁了，爱情才会趋于亲情。

反正现在他们之间还有纯粹的爱情。

他们依然会和朋友们聚餐、玩密室逃脱和剧本杀，也依然会在周末回到家长的身边，陪长辈吃饭。

生活和以前没什么不一样。

只不过宋晞结婚后，运气变得超好。她在工作中因成绩突出，得到了一笔数目不小的奖金。

于是，亚马尔半岛之旅提前了，他们计划在年底就出发。

再入冬时，宋晞和裴未抒已经结婚半年。

周末他们宅在家里,计划着过些天就去亚马尔半岛旅行。

宋晞又没去过那里,除了特别期待去几个地方,在其他的行程上都听从裴未抒的安排。

所以操心的只有裴未抒一个人。

她就喝着裴未抒泡的养生茶,坐在阳光下,愉快地开小差,捧着阿加莎·克里斯蒂的《帷幕》,细细地品读。

对"阿婆"的很多书,宋晞都看过无数遍,它们对她来说已经不再是推理的书籍,更像是她从小就抱着入睡的毛绒玩具。她闲暇时就会翻看它们,这是习惯。

这本《帷幕》是她开始喜欢"阿婆"时在图书馆里借阅的第一本书,她虽然也把它买了回来,但几乎没再翻看它。

因为在这本书中,主角侦探已经老去,这是主角的最后一案。

宋晞觉得伤感。

宋晞很少拿起它,今天是一个例外。

她靠在裴未抒的身旁,翻着书页,看了大概 1/3 的内容,不小心睡了过去。

也许是因为知道主角的结局,她做了长长的一个梦。

梦里她和裴未抒已经出国,在 Yamal 号的甲板上,迎着凛冽的寒风,看破冰船的船艏推裂冰层。

梦里有外国人同他们的对话,裴未抒很自然地向那位金发碧眼的老先生介绍宋晞。

他说:"这是我的太太,宋晞。"

梦境变幻莫测,关于亚马尔半岛的情景没有维持太久,不知怎么,他们已经垂垂老矣。

像《帷幕》中的波洛和黑斯廷斯,她和裴未抒也到了不得不拄拐杖、戴假牙、染黑发的年纪……

"宋晞。"

宋晞是被裴未抒叫醒的,他说她已经睡了三个多小时,她再睡下去,晚上一定会失眠。

"裴未抒,我做了一个梦。"

她把梦境细细地讲给他听,裴未抒听得很认真,还逗她:"你才20多岁,就开始想着老年的生活了?"

"才没有,我以前很怕老,怕死亡,只是觉得好像和你在一起就没那么怕了。"

虽然当下裴未抒没有过多地表示什么,但后来,去国外旅行时,他们在酒店的大堂里遇见了热情的外国游客。和外国人聊天儿时,裴未抒真的那样向他们介绍了宋晞。

当时宋晞本来在塞着耳机听歌,等着裴未抒办好入住酒店的手续,耳机里刚好随机播放到那首《词不达意》。

毕竟这是她暗恋他时听过千百遍的歌,哪怕身处异国他乡,她乍然听到这首歌,还是会下意识地揪心一瞬间。

可她看见裴未抒推着行李箱回来,他的身旁多了一对热情的外国夫妇。

宋晞摘掉耳机,刚好听见裴未抒的介绍。

他说:"This is my wife(这是我的妻子)。"

出版番外

序曲

【2016年8月6日】

一个很普通的星期六,宋晞不加班,被杨婷约出来逛街、吃饭。

闺密见面,总有说不完的话。

在杨婷男朋友被老板压榨掉90%的精力、气若游丝地打电话过来时,两个姑娘才恍然发现已经是晚上9点30分。

杨婷问男朋友:"那你吃晚饭没,要不要加两个菜等你过来?"

"吃了,办公室有泡面。发个定位,我坐地铁过去找你们。"

杨婷接电话期间,宋晞溜去前台把晚饭的账单给结了。

这事被杨婷叨叨一路。

走出商场杨婷还在念宋晞:"下次让我请客,听见没?"

宋晞狡黠地反问:"我们之间还分什么你我?"

"那倒是。走着,请你喝柠檬茶。"

周末夜晚的商业街区里一片繁华热闹,商铺灯火通明。

路边有些卖东西的散户商家,卖的商品有鲜花、手机壳和贴膜、挂饰首饰之类。

宋晞和杨婷排队买了两杯手打柠檬茶,站在有些闷热的夏夜里等杨婷男朋友。

躲过发健身房传单的小哥，没躲过另外两位热情的店员。

店员们抱着一叠厚厚的铜版纸，脸上挂满令人没办法忍心拒绝的笑容，问宋晞对推理、解谜和角色扮演是否感兴趣。

在她们迟疑的瞬间，店员已经把传单塞进她们手里，自说自话地介绍着，说是剧本杀店里出来宣传的。

反正也要等人，宋晞和杨婷倒是认认真真地听过一会儿。

杨婷男朋友找过来时，她们已经主动地在问剧本杀相关内容了。

杨婷男朋友跟着看传单，还加了上面的微信联系方式。

刚才听店员介绍说过，小程序里面有剧本的分类和简介。

宋晞和杨婷边走边看。

宋晞拇指向下滑动屏幕："怎么好像没有三个人可以玩的……"

杨婷恨铁不成钢："干什么找三个人玩的！"

"我们不是只有三个人吗……"

"我们是只有三个人，所以才要选人数多的剧本，结识些新朋友啊。"

杨婷的男朋友靠杨婷的半杯冰柠檬茶回血成功，打趣地说："你朋友还不够多？"

"谁说是我找朋友了，万一……"

杨婷眨着眼睛去看宋晞，故意拖长音："万一，我们晞晞通过剧本里的厮杀，遇见个头脑灵活的真命天子呢？"

宋晞已经习惯了杨婷的媒婆属性，闹着去捂杨婷的嘴，闺密俩在杨婷的男朋友苦口婆心的"欸欸，看路""看人"叮嘱声中，走进地铁站里。

电动扶梯上站满了人，有些拥挤，他们索性直接去走步梯。

在宋晞低头翻找公交卡，几个身高挺优越的男生乘坐电动扶梯从下面上来。

隔着金属扶手栏，和他们擦肩而过。

几个男生聊着天儿，走出人群涌动的地铁口——

裴未抒他们刚从体育馆打完篮球回来。

程熵失恋不久，间接性心情不好。

今晚又是比较郁闷，打球都提不起兴致，场上失误好几次。蔡宇川于是提议去吃烤肉，打算坐一块聊聊天儿。

出地铁站，迎面撞上熟面孔。

剧本杀店的两名员工在发传单，看见他们，热情地打招呼："嗨，来这边吃饭啊？"

裴未抒点头，往传单上瞥一眼："有新剧本？"

员工说："还真有，这几个都是，估计你们能喜欢，约一个不？"

程熵来了些兴致，拿传单看："我们俩之前玩了几次，真挺有意思，你哪天有空也和我们试试？"

蔡宇川在中间，左边搭着裴未抒肩膀，右边搭着程熵肩膀："这几天够呛，我这总加班，闲了再约。"

这天，两方人马都在讨论剧本杀。

离9月10日相遇，还有月余。

【2016年9月3日】

星期六，宋晞加班，回到家里已经将近夜里11点。

没开主灯，只点亮夜灯照明。

刷牙时接到杨婷的电话，问她有没有到家，也问她下周是否加班。

宋晞被薄荷辣得口齿不清，匆匆地对着手机说了句"稍等"。

吐掉牙膏泡沫，又漱口，才继续接听："明天要加班，但下周不用。"

"不加班好啊，我们也不加班，联系联系那个剧本杀店，约个剧本杀玩？"

宋晞说好，这事就这样定下来。

联系的事情都交给杨婷的男朋友，据说选了六人本，店家那边帮忙拼了三个年龄相仿的玩家。

杨婷实时把沟通结果发给宋晞，也趁着男朋友沟通，用网页版塔罗牌做缘分小测试，发给她，让她也选。

链接点开，屏幕飘着几张牌。

宋晞随便选一张，截图发个杨婷。估计闺密在看解析，看完接连发来信息。

"哇！"

"晞晞，你下个月有正缘！"

"正缘！！！"

收到这些消息的时候，宋晞坐在飘窗边，看楼群缝隙里露出来的、弯弯的新月。

月色温柔。

身边矮书柜里有整套的阿加莎·克里斯蒂，金鱼在鱼缸里静静地睡着。

宋晞回复闺密，说小网站的测试看看就算了，不准的。

放下手机再抬头看月亮，她这几年对恋爱这件事并不感兴趣。对所谓正缘的期待，远远不如对下周末去玩剧本杀的期待多。

而同座城市里、相同的月色下，裴未抒正牵着"雪球"在小区里跑步。

回来时有些喘，进家门前，他仰头看了眼天上的新月。

月色很好，神秘又温柔。

裴未抒的妈妈听见"雪球"的叫声，推开房门，探头看向庭院，问："未抒，出门没带手机吗？程熵找你，电话打到家里来了。"

"手机在楼上充电。"

"是有急事？"

"不会，别担心，我去楼上回个电话。"

手机里好几条未读消息、未接来电。

消息大都是程熵和蔡宇川在问他，下周末剧本杀有没有空。

拔掉充电线，裴未抒把电话回拨给程熵，听见程熵一连串发问："我记得你下周末没什么其他事来着？"

"我们把打球换成剧本杀怎么样啊？"

"六人本,蔡宇川新手,老板给拼了另外三个新人。"

裴未抒对剧本杀、密室这类都算喜欢,没什么意见,由着朋友们决定。

闲聊几句,挂断电话,他脱掉被汗水打湿的白色短袖,赤着上身走进浴室。

浴室窗台上的无火香薰是裴嘉宁选的,挪开香薰瓶,拉下百叶窗时,他又看见窗外透着柔光的那一弯新月。

裴未抒动作稍顿。

不知道为什么,有种"会遇见有意思的事情"的预感。

而这天,离他们的相遇,只隔一星期。

后　记

老实说，在写《玻璃城》这个故事前，我是有些紧张的。

那时候我想写宋晞一个人坚守的暗恋，想写她那些因爱而起的动力和勇气。但太苦了。

连认识都不能的暗恋，还是太苦了。我不知道该怎么安慰故事里晞晞这个姑娘；也不知道怎么去描写，才能让故事里的这份苦不同于残酷现实。

后来我想：起码不要再伤害到终于结识了裴未抒的宋晞，不要再伤害到也许是因暗恋失败、才想着来看此类题材的读者朋友。

写着写着，裴未抒出现了。这是一个和我最初设定有所不同的裴未抒。

也许裴未抒的"过于温柔"显得不够真实，其实在最初设定时，他们是会吵架的。

争吵应该会发生在他们恋爱初期，发生在裴未抒不知道宋晞暗恋的人是自己，信息差会引起不安和误会。

但写到原本构想的那个地方，关于争吵的内容纠结到失眠，怎么也没办法写完，总觉得不对、不该如此。

这部分反复废了很多稿，最终变成了大家现在看到的版本。

没有争吵。裴未抒从来没有对宋晞说过重话。

在英仙座流星雨那部分，他说，以前是"I wish you love"，刚才发现，可能更多的是"I wish you well"。

写完这句，我终于睡了个踏实的觉。

感觉好像他们有生命，我没办法强行改变。好像裴未抒就该是这样的，才能承载起宋晞如同破冰船般满腔孤勇的暗恋。

我分不清这份执拗到底是裴未抒的还是我的。

没有裴未抒的话，宋晞依然会过得很好很好，她事业顺遂，身体健康，还是那么可爱，还是那么斗志昂扬。

既然重逢，既然相恋，我们不希望她再受到哪怕一丁点儿的伤害。

我知道这个故事不够好。故事里没有争吵，没有误会，没有一波三折，所以不够跌宕起伏，不够带劲。

故事过于平缓。

但这是在我能力范围内，自己最能够认可的《玻璃城》了。

仍然感谢有读者愿意与我共鸣。

感谢喜欢和偏爱。

番外都写完的那天，是去年的6月末。

宋晞和裴未抒开启了亚马尔半岛的旅行，他们很幸福。

转眼又是春天。我想，他们现在应该正过着幸福的生活。

依然愿所有暗恋的女孩，都能拥有良性的结果：暗恋成真，或者成为更优秀的自己。

殊娓

2024年2月 雨水